# 七転びなのに八起きできるわけ

浅暮三文

柏書房

# まえがき――すべてのことわざには謎《ミステリー》がある

ことわざ。あるいはそのルーツとなる故事成語や慣用句……。誰もが知り、誰もが口にする文言で、それは過去から我々に託された未来への指針ともいえる。あるいは困ったときの人生訓か。だがことわざに頼っても、必ずしもうまくいかない場合がある気がする(気持ちだけど)。人生訓としては無茶があるようにも思う(だよね)。ことわざには、なんだかここ怪しいよね。謎《なぞ》だよな、という箇所が散見しませんか。そこで私は立ち上がった。ことわざをちゃんとしよう。優柔不断はやめなさいと。本書はそんな辺りの謎、矛盾《むじゅん》を各種の専門学で解明した一冊である(はずだ)。

浅暮三文

目次



PART 1

## ことわざの謎は科学で解明できる（と思う）

PART 2

## ことわざの謎は歴史学で解明できる(だろう)

PART 3

## ことわざの謎は生物学で解明できる(のかな)

PART 4

## ことわざの謎は社会学で解明できる（かしら）

PART 5

## ことわざの謎は経済学で解明できる（はずだ）

装丁・装画
藤塚尚子（e to kumi）

PART 1

# ことわざの謎は科学で解明できる（と思う）

# 「棚からぼた餅」が発生する傾きは八〜十五度だ。

**【棚からぼた餅】** 棚の下でのんびり寝ていたらぼた餅が落ちてくるということから、思いがけない幸運が舞い込んでくることのたとえとして使う

私はミステリー小説家である。とはいえ、一介の市民に過ぎないので「棚《たな》からぼた餅《もち》」は大いに好きである。おそらくこの手の出来事が嫌いな人はいないと思う。

牡丹餅と書いてぼた餅。春のお彼岸《ひがん》に供えるアンコの餅を季節の花である牡丹《ぼたん》に見立てたところからくるという。昔は砂糖が貴重だったので、労せずして甘い物が手に入ったなら確かに大喜びだったろう。

だがおかしな話ではないだろうか。「棚からぼた餅」は「開いた口にぼた餅」と同義なのだが、これは棚の下で寝ていたらぼた餅が落ちてきて開いていた口に入ったというエピソードなのである。

棚の下に寝ていたのだから室内なのは確かだ。仮にそれが自宅なら自分のぼた餅が自分の口に入っただけで得したわけでもなんでもない。では自室ではないのか。といって客として訪れた家で口を開けて寝ているのも変だ。しかも棚の下でである。

訪問者なら話に興じるだろうし、泊まっていったなら布団の中のはずで棚からぼた餅が落ちてくるような室内の隅に布団を敷くだろうか。とすると旅館かなにかか。昔のエピソ

ードだから日本旅館だろうが、和室にそんな棚があった覚えはない。

和室の収納は引き戸の付いた押し入れや天袋《てんぶくろ》でぼた餅が落ちてくるような剝《む》き出しの棚などないはずだ。仮にあったとしても、そもそも旅館で寝ころんでいるなら畳なり、布団の上なりで大の字になっているはずで、棚があるように壁際にひっついていないだろう。となると寝ていたのは自宅、と振り出しに戻ってしまう。

さらにぼた餅は牡丹の花に見立てたという。牡丹の花はかなり大きいから、ぼた餅もかなりのサイズだ。ボリュームのあるタイプは百十グラムもある（ネット調べ）。成人男性の拳ほどあるものが、いくら大口をあけていたとしても、すっぽり入るだろうか。

以上のようにこの言い回しには矛盾《むじゅん》が多い。本当に「棚からぼた餅」になるケースなどあるのか。ぼた餅が落ちてきて口に入り、得したとなると自分のものではないはずだ。だが口を開けて寝ているとなると前述したように自宅しか考えられない。自宅でありつつ、自分のものでないぼた餅となると家族の誰かのもの。

お鉄牡丹餅

ここで男性読者の方は「ははあ」と思い出したのではないか。あなたの恋人なり、奥さんが冷蔵庫に残していたプリンをうっかり食べてしまったときの相手の激怒ぶりを。女性でなくても子供の場合も自分のプリンを食べられたら激しく抗議する。だがあなたは相手の怒りに平身低頭しつつ、食べちゃったんだもん仕方ないよねと舌を出しているはずだ。このケースなら確かに「棚ぼた」といえる。

だがまだ解《げ》せないのが棚から落ちてくるというくだりだ。ぼた餅を棚に置いておく状況というのはあり得るだろうか。昔のこととしても蝿《はえ》がたからないように台所の納戸《なんど》かなにかに仕舞っておくだろう。それを口に入るように剝き出しのまま棚に置くだろうか。せめて皿かなにかに載《の》せていたはずだ。

ひとつあり得るのは神棚である。春の彼岸にお供えとして先祖に供えるぼた餅なら神棚に載せていて不思議はない。つまり「棚ぼた」を体験したのは男性で、神棚の下で寝ていたことになる。

確かに江戸東京博物館に展示されている長屋の室内を見ると四畳半ほどのスペースの壁際に神棚が設けられている。真下に何も置かなかった場合もあるだろうから、神棚なら「棚ぼた」は起こりえる。

としてもまだサイズの問題が残されている。ぼた餅は大きい。そんなに簡単に口にすぽんと入るか。そこで調べてみた。すると江戸時代に現在の麹町《こうじまち》大通りでお鉄《てつ》牡丹餅なる名物が売られていたらしい（前ページ画像）。

お鉄という看板娘が評判だったそうでサイズは団子ほどというではないか。これなら落ちてきてもすっぽり口に入るだろう。女性のおちょぼ口でもぱくりといけたとなると落ちてきたのは奥さんのぼた餅の可能性が高い。

つまり「棚ぼた」とは江戸時代に長屋の神棚の下で寝ていた男が女房の備えたお鉄牡丹餅が落ちてきて食べちゃったという顚末《てんまつ》しかないのである。なるほど。ここまで矛盾の解明は進んだ。しかし最大の問題が残されている。ぼた餅が棚から落ちる物理的状況だ。江戸時代には陶器の皿がすでに出回っていたが神棚に載せるのだから小皿だろう。だが小皿に載っているとはいえ、棚にあるのだ。そう簡単に落ちてはこない。となるとなにかの拍子《ひょうし》で神棚が傾いたケースしかないのである。では神棚がどのぐらい傾いたら、ぼた餅は落ちてくるか。

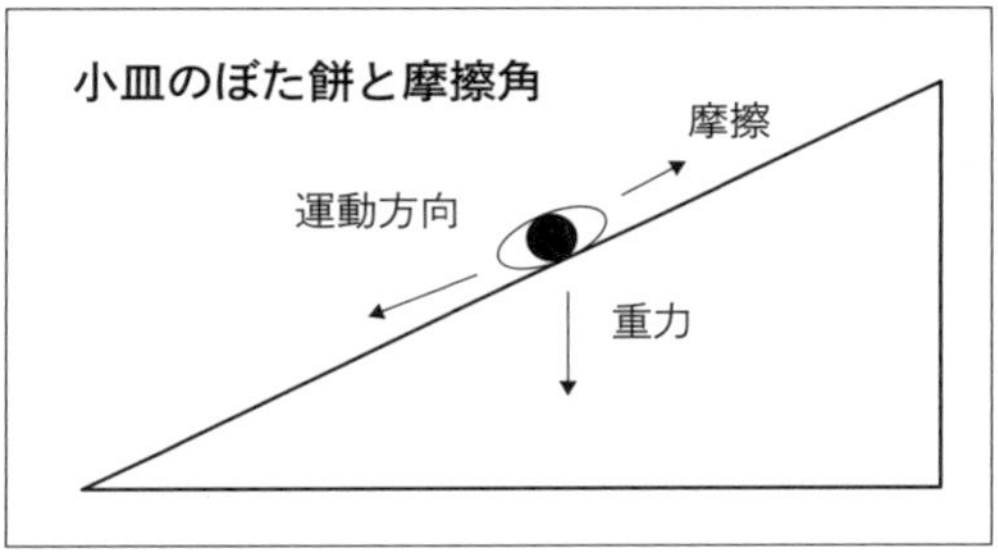


高校で習う物理に摩擦《まさつ》角というのがあるそうだ。斜面の上に物体を置き、斜面の傾きを大きくしていくと、ある特定の角度にきたら物体が滑り落ちるという。この角度は実は物体の質量には無関係で斜面と物体の静止摩擦係数で決まるという。

斜面にある物体には重力が働いているが、滑り落ちようとする運動の力が重力を超えたときに物は滑る。むろん現実には別の要因も絡んでくるが大雑把《おおざっぱ》にはこうである。では陶器の小皿を約六十グラム、団子程度のぼた餅ひとつを九グラム（いずれもネット調べ）と仮定したとき、どこで滑るかというと板にもよるが約八度から十五度と割り出された。はは あ、ちょっと棚が傾いただけで棚ぼた現象は起こるんだな。しめしめ。

# 「七転び八起き」はタイムトラベルか二人羽織りだ。

【七転び八起き】何度失敗してもくじけず、立ち上がって努力すること。失敗して落ち込んでいる人間に対して、努力していれば必ずいつかは成功すると励ますときに用いる。また人生の浮沈が激しいこと

私はミステリー小説家である。そしてかなり怠慢《たいまん》である。受験生の部屋の色紙や土産物《みやげ》の起き上がり小法師《こぼし》の腹に書かれている「七転び八起き」の言い回しとはまったく無縁だ。転んだらそのまま寝転がっているタイプである。

だがこの「たゆまず努力をしろ。倒れても立ち上がれ」とのメッセージは少しおかしい。よくよく考えてみると計算が合わないのだ。

人間は一回転ぶと一回起きる。つまり一転び一起きだ。これは物理的に絶対で、二転び二起きも、三転び三起きも変化しないはずだ。このまま四、五、六と続くこととなり、そして七回目がやってくる。まず七転び。そして七起き。ここまではよい。通常の物理の許容範囲だ。

しかしメッセージでは七起きしかできない結果を「八起き」にしてしまっている。どこでどう間違ったのだろう。そこで由来を調べてみた。

表にある通り、①のまだ人類が地面を這《は》っていた頃から二足歩行へ移る段階の「一起き」を数えるのと、③の仏教の教えは同様の過程を経る赤ちゃん（長じたあなた）なのだ

が、なんだか回りくどい気がする。通常の七転び八起きはもっとリアルタイムの現象ではないだろうか。

②の聖書由来説は時代的に合わない。この言い回しは、聖書が普及する以前の江戸前期から見られ、中期には定着しているからだ。ポルトガルではまったく同様に「七度転んで八度起きあがる」といわれ、こちらは日本のものが伝わって定着したとされている。ちなみに「豚《ぶた》に真珠《しんじゅ》」や「目から鱗《うろこ》が落ちる」も聖書由来。

| 「七転び八起き」の由来 | |
|---|---|
| | ①地面を這っていた人類が二足歩行に立ち上がった段階の「一起き」を数える |
| | ②聖書の「神に従う人は七たび倒れても、また起きあがる」（「箴言」24.16）からくる |
| | ③人は生まれてすぐ歩けるわけではなく、周囲に見守られてはじめて立ち上がる。それを1回目と数える仏教の教え |
| | ④八という数字は回数ではなく多いという表現。末広がりで縁起がよいから八起きにした |
| | ⑤一転び二起き、三転び四起き、五転び六起き、七転び八起きと続く言い回しの一部 |
| | ⑥何もしないときは座っている。よし、やるぞとなって立ち上がるので一起き多い |
| | ⑦七顚八起きとも書き、顚はあべこべ、裏返しになるという意味で、7回は裏になり、8回目に表になっている |

④の単純に多いことの比喩《ひゆ》表現や、⑤の言い回しの一部とされるとするのは論理性に欠ける。そもそも七回転ぶところはきっちりと七回数えているではないか。なのに起きるほうだけ曖昧《あいまい》なのは納得できない。

⑥の座っているときから立ち上がる場合も変だ。何もしないときに必ずしも座っているとは限らない。寝ていた場合はどうなるのか。⑦はゴロゴロしてそもそも転んでいないので七転び八起きと意味が違ってくる。

どうも変だ。もしかすると「七転び八起き」には、何かそうなった経緯があるのではないか。例えば単純な計算違い、聞き間違い。いつの時代の誰かが「七転び八起き」を試してみた。だが行為者を取り巻く面々がいたらなかった。

観察者は行為者にばかり注意を向けて周りの状況を把握しておらず、記録係のほうは観察者が行為者に目を注いでいると安心して「七転び」のときに小用かなにかで中座した。で帰ってみると観察者から八転びした後の「八起き目だよ」と声があり「そうか中座している間に一起きしたんだな」と認識し、「七転び八起き」が誕生したのではないか。

あるいはSF的展開だったのかもしれない。つまり過去へのタイムトラベルだ。当事者は「七転び七起き」の状態まで進む。この状態で「七転び」している過去へタイムトラベルして「八起き」し、現代に戻る。周囲には「七転び七起き」なのだが当事者だけは「七転び八起き」したことを認識しているはずだ。

当事者が一人ではなかったならばどうか。ここまで我々は「七転び八起き」の当事者を一人だとなんとなく認識していた。だが本当は複数ならどうだろう。実は芸人が二人羽織《ににんばお》りをしており、二人が同時に起き上がるのを数えていた。

だが、なんの拍子《ひょうし》か片方が「七転び」して「七起き」しているのに相方《あいかた》はまだ倒れていて「七転び」はそのままに、続く相方の「一起き」が加算されたのではないか。以上は筆者の推論である。

明治十八年刊行の坪内逍遥《つぼうちしょうよう》『当世書生気質《かたぎ》』では「恥もかく。名誉も得る。七転八起。

一栄一辱。棺に白布を覆うにいたって、初めてその名誉が定まるんだ」と書いていて、いわば捲土重来《けんどちょうらい》と同様に使っている。負けても気にするなという意味らしい。

人類が二足歩行するようになってから長い。人はなんでもないのに転ぶことはない。転ぶにはそれなりの理由があり、それを科学的、医学的に究明するのが転倒学だそうだ。転ぶ原因には自身が要因となるものと外的な要因があるので表にした。

転ばぬように注意を払うための標語がある。「ぬ・か・づけ」=濡《ぬ》れているところ。階段。片づいていないところ。なのだそうだ。また住まいに関しては「よい住宅」=よけずに歩ける導線を確保。居間《いま》をしっかり整理《せいり》整頓《せいとん》。じゅうたんはしっかり固定。高いところに物を置かない。暗い場所には明かりを付ける。といった語呂《ごろ》合わせなのだ。

| | | |
|---|---|---|
| 外的 | 部屋や廊下の明るさが足りない | 慣れない場所で生活している |
| | 床に凸凹がある | 靴の状態が不適切 |
| 内的 | 近視、白内障など視力の低下 | 低血圧、脳貧血などによるふらつき |
| | 認知症、しびれ・痛みといった感覚異常、平衡感覚の障害 | 筋肉の老化、関節炎、筋肉痛などの異常 |
| | 睡眠薬や睡眠安定剤のねむけ、血圧や血糖値を下げる薬によるふらつき | |

**転倒の要因**

人は足から老化するといわれ、歩くスピードが落ちてくると転びやすさが増すそうだ。近年は交通事故死よりも転倒死亡数が上回るという。日本は今や世界の最長寿国、転ばぬ先の杖《つえ》ならぬ知恵は心得ておきたい。

# 「へそが茶を沸かす」には四十℃以上、二時間半でよい。

【へそが茶を沸かす】　おかしくてたまらないこと、またばかばかしくて人間や物事をまともに取り合う気もないというときのたとえにもなる

私はミステリー小説家である。したがって現実的にはありえない犯罪行為を真剣に展開するのが仕事である。これをうまくやらないと読者のへそが茶を沸《わ》かすことになる。

へそが茶を沸かすとは、

①大笑いしてへそのあたりが大きく揺れるさまを茶釜《ちゃがま》の湯が沸騰《ふっとう》するさまに見立てた。

②へそのあたりが笑いよじれて茶が沸くほど熱くなる。

③江戸時代は現代のように肌を露出する服がない。そのため、服のサイズが小さくてへそが見えていると、へそでそのサイズを茶化された。

などの説がある。

かつてコルゲンコーワのカエルに坊やが「おまえ、へそねえじゃねえか」と馬鹿にしたCMがあったが、まさにへそを茶化したわけである。どうやら我々はへそに、ある種のユーモアを感じるらしい。最近は見かけないが、私はデベソを純粋におもしろいと思う。

物理的に「へそが茶を沸かす」ことはありえるだろうか。私の体温は三十五・五℃。一方、茶を沸かす場合、できれば五十℃ほしいが四十℃からでも玉露《ぎょくろ》なら旨味《うまみ》成分が溶け出

すという。つまりあと四・五℃の温度上昇である。

私のへそが四十℃を維持し続ければ、へそから水へと熱が伝わり、やがて茶が沸くはずである。そのためにはどうすべきか。わざと風邪《かぜ》でもひいて高熱になるか。無理だ。私はとても熱に弱い。三十八℃でふらふらで四十℃になると意識が朦朧《もうろう》とする。

別の手段はないかと調べるとゼーベック効果を利用するとあった。体温と気温の温度差を利用した発電装置で湯が沸く可能性があるらしい。最近はそんな電力による腕時計もあるという。そこでゼーベック効果について勉強してみた。ちんぷんかんぷんだった。

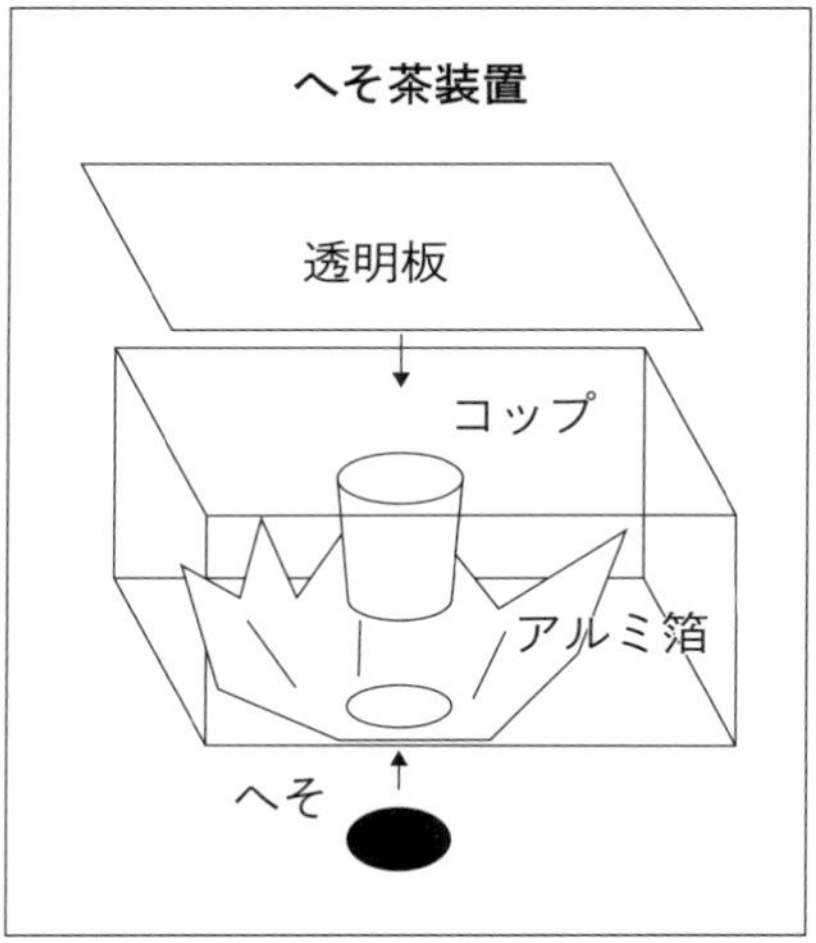


要するに物質の両端に温度差を与えて電線でつなぐと電力が出るらしい。私のへそが加熱の部分で気温（要するに外気）が冷却に相当するのだが、装置の作り方がわからないし、四十℃の湯を沸かせる電力が発生するかどうかの計算は私には無理だ。$V = \alpha \Delta T$がゼーベック係数らしいが、私には数式というよりも外国の駅名表示に見える。
困った。本項は「へそが茶を沸かす」ことを主題としている。なんとか考えろ。待て待て。困ったときは初心に返れというぞ。おお、そうだ。子供の頃、白紙に黒い丸を書き、天《てん》

眼鏡《がんきょう》で燃やした経験がある。つまり私のへそを黒い丸にして太陽熱を蓄え、湯を沸かすのはどうか。では必要な物を書き出してみよう。

①へその上に載《の》る茶器と玉露茶

②へそを黒く塗る絵の具

③天眼鏡

調べてみると左の表のように、物質はダイヤモンドがもっとも熱伝導率がよい。だがそんなティーポットは高価すぎる。ここはなんらかの蓋《ふた》付きのコップと玉露のティーバッグだ。

しかしダイヤが熱伝導素材のトップだとは知らなかった。真夏のビーチで水着姿の女性がダイヤのアクセサリーをつけてるなんてのはセクシーだが、本当に火傷《やけど》するではないか。

続いて太陽熱を利用した温水器の製作方法をいくつかのサイトで勉強した。ペットボトルを黒く塗り、アルミ箔《はく》を張った箱に透明な板で蓋をすると書いてある。この簡単な装置で二十八℃の水が二時間半後に四十四℃になるらしい。では天眼鏡の代わりにアルミ箔にしよう。光を集める操作がたやすいぞ。

また黒く塗るにしてもソーラーパネルをより効率化するソーラーペイントなる塗料がある。だがへそが焼けるようでは困るので普通の黒のペンキがよいだろう。結果、19ペ

| 素材 | 熱伝導率（W/mK） |
|---|---|
| ダイヤモンド | 1000～2000 |
| 銀 | 420 |
| 銅 | 398 |
| 金 | 320 |
| アルミニウム | 236 |
| 真鍮 | 106 |
| 鉄 | 90.9 |
| ステンレス | 84 |

**素材別熱伝導率**

ージのような装置を私のへそに装着して茶を沸かしてみることにした。

　とここまで書いたが実際に腹出しのオジサンがこんな装置を装着して屋外で寝ていたら、犬を散歩させてるマダムは赤面仰天《せきめんぎょうてん》して警察に通報するだろう。不審者になりたくないので、ここは別の方法を探ろう。

　そういえば「へそが茶を沸かす」は「へそで茶を沸かす」ともいう。むしろ「へその地」で茶を沸かすほうが穏便《おんびん》ではないか。さて地球のへそはオーストラリアのエアーズロック。日本のへそは標準時子午線《しごせん》上にある兵庫県西脇《にしわき》市だろうか。西脇市には日本へそ公園がある。ＪＲ加古川《かこがわ》線の日本へそ公園駅下車すぐだ。

　だがオーストラリアへも兵庫県にも行くのは時間と金がかかる。たかが一杯のお茶のために編集部は経費を捻出《ねんしゅつ》してくれない。そこで必殺技を見つけた。私の暮らす国分寺《こくぶんじ》市の富士本《ふじもと》三丁目の公園は東京のへそなのだ。東京都を平面と仮定した計算で、この一地点でバランスが取れる東京都の重心として日本数学検定協会が認定しているのである。

　これなら本項の主題も解決する。ということでティーバッグとホーローコップ、駅前の百円ショップで固形燃料を買って自転車でゴー。ほんの一キロ、十分もかからずに到着。絶好の日本晴れの中、日本茶を頂戴《ちょうだい》した。飲み終わって帰りながら考えたが、わざわざ沸かさなくてもへそに載せて水出しすれば茶が飲めるのではないかな。

# 「二階から目薬」による殺人は可能だが、コントロールがいる。

【二階から目薬】　もどかしいこと。また効果がおぼつかないこと。二階から階下の人に目薬をさそうとしても思うようにいかないことから

私はミステリー小説家である。そしてミステリーには密室が付き物である。当然、その密室には死体がある。さて誰がどのように被害者を殺害したのか。密閉された空間なのだ。テレポーテーションや壁抜けができたのか。

推理界の巨匠である江戸川乱歩《えどがわらんぽ》は自著『探偵小説の謎《なぞ》』で密室トリックの分類を行っている（次ページの表）。

分類はさらに詳しく続くが、まさに百花繚乱《ひゃっかりょうらん》の様相だ。まことに推理小説の世界における不動産物件は施錠ができる部屋ばかりなのだ。錠前屋は大儲《おおもう》けだろう。

屋根に施すメカニズムなどは犯行時に屋根を持ち上げたり、あげくは殺害後に死体の上に家を建てたというのもある。犯人は大工だったのだろうか。

とにかく死体を発見したら捜査をしなければならない。なんらかの残留物はないか。死亡状況はどうか。すると布団で死亡している被害者の目に出血の痕跡《こんせき》があるではないか。

ふむふむ。あなたは密室の天井を見上げる。発見。天井板に節穴がある。なるほど犯人は巨匠乱歩の手を使ったらしい。「屋根裏の散歩者」だ。天井の節穴から糸を垂らし、毒

| トリック | 各内容 | | |
|---|---|---|---|
| ①犯行時に犯人が室内にいなかったもの | 室内の機械的な装置による密室 | 室外よりの遠隔殺人 | 自殺ではないが被害者自らが死に至らしめる（誤った薬物使用など） |
| | 他殺を装う自殺 | 自殺を装う他殺 | 人間以外の犯人 |
| ②犯行時、犯人が室内にいたもの | ドア、窓、屋根に施すメカニズム | | |
| ③実際より後に犯行があったと見せかける | | | |
| ④犯行時、被害者が室内にいなかったもの | | | |

**江戸川乱歩『探偵小説の謎』密室トリック分類**

薬を目に伝わらせて殺害したのだ。

これならいびきをかかない相手も殺害できる。人間は睡眠時でも目に違和感を感じれば無意識に瞬《まばた》きをする。毒薬と知らなければ、ぱちぱちしただろう。一件落着。

と思いきや検死の結果、被害者の体内には毒物が見当たらなかった。一方で目の出血はなんらかの衝撃による結果と判明した。ああ、そうかとあなたは膝《ひざ》を打つ。死因はショック死だ。密室で睡眠中だった被害者の目に、なんらかの物体がぶつかり、そのショックで死亡したのだ。ただ天井板の節穴から被害者に落下させられるモノ。それはかなり微少でなければならない。

あなたは科捜研に角膜の鑑定を依頼する。すると塩酸テトラヒドロゾリンが検出された。これは充血を除去する薬剤。目薬に含まれる。つまり犯人が使用した凶器は点眼薬。容疑者の中から薬剤師が逮捕され、世にも珍しい「二階から目薬殺人事件」は解決された。

待て待て。おうかがいするが目薬をさされた程度のショックで人間は死亡するのか。あなたはかくのごとく疑問を

「二階から目薬」殺人事件

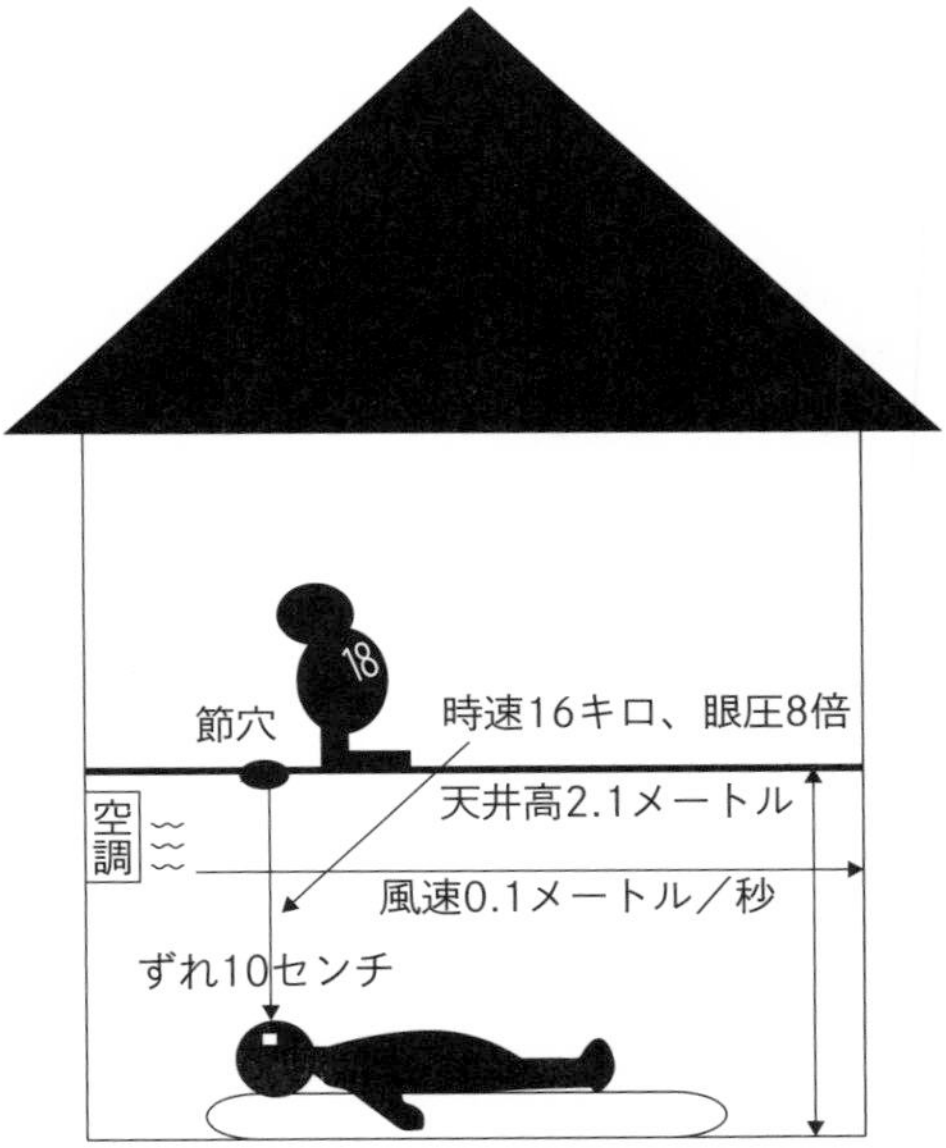


呈するだろう。だが不可能ではないのだ。目薬は種類によってショック死を起こすことがある。

昭和三十二年三月の読売新聞にも三十四歳の女性が点眼した目薬が原因でショック死した記事が掲載されている。目薬に含まれる眼球表面麻酔成分、リドカイン塩酸塩に対するアナフィラキシーである。はたまたアナフィラキシーでなくとも、被害者が極度の先端恐怖症だった場合も考えられる。目に迫る目薬＝先端に恐怖した結果のショック死。同じ疾患の被害者がバイオリニストだったらトリックになる。現場に弓が落ちていて凶器はどっち、なんてね。

そうか、実例はわかった。しかし眼球の出血は目に対する衝撃だったはずだ。アナフィラキシーなり先端恐怖症なりの被害者が七転八倒《しちてんばっとう》、目を何かにぶつけたというのか。そこのところ、どうなの。

いやいや、ホームズ君。とここで大工が説明する。君は天井高についてしっているかね。

日本の建築基準法では居室の天井高は二・一メートル以上であるように定められているんだよ。一般的なハウスメーカーは二・四メートルを標準仕様としているが。

さらに空調を設置した居室内の風速は〇・五メートル／秒以下にするようにも決められている。理想は〇・一五〜〇・二五メートル／秒。〇・一メートル／秒以下になると人間には風と感じられないそうなんだ。

ここで気象庁からお知らせが届く。気象学では落下する水滴、直径〇・五ミリ以上の物を雨と呼ぶ。そして落下速度は直径〇・一ミリで毎秒二十七センチです。通常観測される雨の滴《しずく》は直径二〜三ミリ以下なのですよ。

あなたの手元に目薬があれば調べて欲しい。したたる一滴はノズルの半分ほど、三ミリぐらいのはずだ。まさに雨と同程度である。となると無風と思われる室内、風速〇・一メートル／秒の状況でも、高さ二・一メートルの天井から目薬を落とすと、どんなに目の真上からさしても、およそ半秒かかる着地までに十センチずれることになる。

成人の眼球は四センチほどだから、これは相当に難しい点眼作業だ。よほどのコントロールを必要とする。仮に特訓の結果、二階からこの条件でぴしゃりと目に目薬をさせるようになったとしよう。するとここに時速十六キロで落ちる物体が出現していることになり、眼圧の八倍近い圧力が発生し、目が凹《へこ》むことになるのだ。

つまり二階から目薬をさすと、とても痛いのだ。そのショックはかなりになる。近隣の住人によって事件発生時刻、不審な人影を見かけたとの証言が寄せられた。その人物は背中に数字があったという。こうして薬剤師は犯人から外され、プロ野球投手が逮捕された。ジャイアンツに在籍する背番号18番で、カーブとストレートを武器とするストッパー。練習後の犯行だったらしい（動機はここでは秘する）。

事件が解決したので諸君に補足しておきたいことがある。目薬を酒に混ぜて女性を混迷させる俗説がある。しかしそんな成分は目薬には含まれていない。むしろ鎮静作用をうながすものが配分されている。そもそも飲んで利《き》くなら目にさしたほうがよほど効果的だ。

また目薬は一滴で量としては十分。一滴の体積が目の表面に溜《た》めることのできる容量と同じかそれ以上だからだ。点眼後は涙道《るいどう》を通って鼻腔《びこう》に流れ込まないように一分程度は目頭《めがしら》を押さえるか、目を閉じておく。目をぱちぱち瞬きさせると、せっかくの目薬が浸透せず、涙とともに流れ出てしまうそうな。以上がベスト点眼方法。

お子さまのいる家庭にもアナウンスすると目薬の容器は水虫のものと間違いやすい。そのため厚生労働省は水虫薬はノズルを赤、黒、茶にするように通達している。そのことを坊や、お嬢さんたちにちゃんと教えてください。事故が多いそうです。

# 「穴があったら入りたい」ときの穴は百六十四センチ。

**【穴があったら入りたい】** 恥ずかしいことをしてしまって身の置き所がなく、身を隠すような穴があったら見られないように入ってしまいたいという意味。失敗を詫びるときにも使う

私はミステリー小説家である。と堂々と述べるほど人気がないので恥ずかしい。などと羞恥《しゅうち》が極みに達して相手の視界から消え去りたい。どこかに入れるような穴があったらと、この世で最初に考えたのは中国の季孫《きそん》さん。春秋《しゅんじゅう》時代（紀元前七七〇〜前四〇三）の魯《ろ》国（現山東省南部）の領主であった。

なぜそんなことを考えたかというと魯国の単父《ぜんほ》（現菏沢《かたく》市単《ぜん》県）という街に隣国の斉《せい》が攻めてきた。この街の町長は宓子《ふくし》という孔子《こうし》のお弟子さんだが、町に生えた麦を敵国の斉に取られるから、刈るか刈らないかで両者に悶着《もんちゃく》があり、宓子の道理が正しかったので「季孫之《これ》を聞いて赧《たん》然《ぜん》として羞《は》じて曰《いわ》く穴をして入るべからしめば、吾《わ》れ、豈《あ》に宓子を見るに忍びんや（穴があったら入りたいものだ。宓子にあわせる顔がない）」と思ったそうだ。

どのような見解の相違があったかは孔子関係について回る説教としておく。我々は「赤面したために穴に

入る」行為について注目したい。もし本当に季孫が穴に入ると決意したら、どのくらいの深さが必要だったのかである。つまり外から見て目視されない穴、季孫がすっぽり入らなければならないから、彼の身長並みの深度がなければならない。

残念ながら季孫の身の丈《たけ》に関するデータは調べが及ばなかった。ただし特に背が高かったとか、その逆だったとの記述は残されていない。これが孔子の場合は九尺《しゃく》有六寸《すん》とあるから二百十六センチ（古代の尺二十二・五センチ換算）のノッポだったと伝えられている。

一時期、孔子は魯国の家臣だったので本人に記述が及ぶなら特記すべき周辺の人物も記録されるだろう。例えば隣国の斉の宰相《さいしょう》、晏嬰《あんえい》に関しては「不満六尺（百三十五センチ）」と言及されている。あらまあ随分小柄だ。だが季孫についてはコメントなしなら、まあ、珍しくないから記録しなくていいやと考えられていたわけだろう。

そこで季孫の背に関しては古代中国の人々に関する平均身長を研究したサイトを参考にさせていただく。それによると春秋時代の人々の平均身長は黄河《こうが》流域で男性が百六十三〜四センチ、長江《ちょうこう》流域では百五十八〜六十センチ。魯は黄河南東部なので前者に相当する。ここから季孫の身長を最大値の百六十四センチとし、「穴があったら入りたい」場合の穴の深さが決定された。また季孫が立っていては疲れるとしゃがんだり座った場合は座高として人間工学から人体寸法による計算で身長に〇・五五をかけて九十・二センチとなる。

さてこうやってちゃんと隠れることができる穴が判明し、季孫は無事に中に入った。でもさ。俺、身長って一度も測ったことがないんだ。今回はいいとして俺と同じような奴《やつ》はどうするの。大丈夫だ、季孫。今回は平均身長を適用したが身長がわからない場合でも体型の推定方法はある。英国のピアソンなる統計学者の身長推定方法だ。これは骨を利用するもので［身長＝八十一・〇三六＋一・八八〇×大腿骨《だいたいこつ》の長さ］としている。他にも季孫のご両親を知っていたなら［両親の身長の合計＋十三センチ÷二（女性は十三センチ引く）］。両親や本人を知らなくても、現場に足跡があれば［身長＝八〇・四四＋三・五三×足跡］。また人間の歩幅は［身長×〇・四五］なのだそうで、当該人物が立ち去った歩幅から背丈を逆算もできる。ことほどさように人間一人が身を隠すのは容易ではないのだ。DNA検査が発達した今では髪の毛一本や唾液《だえき》で本人が判明してしまう。内緒にしても、そこにいなくても、最悪、死亡していてもあなたは見つかってしまうのである。

なぜなのか我々は身長に関して、ことさら関心があるように思う。我々が身の丈に言及しがちなのは、どうしても人を見た目で判断してしまうからだろう。そこから立派な人は背丈も立派であろうと我々は思う。たとえば前述の孔子だ。「山東大漢」といって山東省出身者はノッポが多いそうだが、それにしても二メートルは余りに桁《けた》外れでないか。

だが孔子の大男ぶりは、尺の換算率をどう見るかによってかなり変化するらしい。この項の数字は『角川大字源』によるが、中国古代度量衡《どりょうこう》での周《しゅう》代の一尺は十九・九一センチ、孔子は百九十一・一三六センチで少し低くなる。さらに『漢辞海』では周代の一尺が十八センチ＝百七十二・八センチで、大男でもなんでもない。孔子が大男だったとするのは、彼は立派だから偉丈夫《いじょうふ》であろう。立派であってほしいとの思いのあらわれに思える。

季孫は恥ずかしい場合、穴に入ることにした。しかし人は恥に対して穴を選ぶだけでなく、いろいろなことをする。余りにつたない原稿に面目次第もないと顔に紅葉《もみじ》を散らし、頰《ほお》を染める。ばかりか耳まで真っ赤にし、顔面を硬直させ、汗背《かんぱい》する。人によっては、きゃっと叫んでろくろ首（牧野《まきの》信一《しんいち》）。とかく我々は恥ずかしい場合に忙しいのである。

マーク・トウェインは「人間だけが赤面できる動物である」と述べ、ダーウィン曰《いわ》く「赤面の表情は、もっとも特有でもっとも人間らしい感情表現である」という。動物行動学によると羞恥心は生物でも人間固有の感情であるらしい。社会的生物である人間は孤立しないように社会規範からはずれないための警報装置として恥を感じるという。昨今、乙女が電車内で化粧するのは「世間」に該当した地域社会が「他人化」したため、周囲を自身と関係ない状態に感じているからだという。確かに、その化粧は待ち合わせている人に対しては恥ずかしくないように施しているのだ。

最後に参考までに気になる歴史上の人物の身長を列挙しておく。聖徳太子《しょうとくたいし》百八十センチ、源 義経《みなもとのよしつね》百四十七センチ、弁慶《べんけい》二百八センチ、織田信長《おだのぶなが》百七十センチ、豊臣秀吉《とよとみひでよし》百四十センチ、徳川家康《とくがわいえやす》百五十九センチ、イエス・キリスト百八十一センチ、ベートーベン百六十七センチ、クレオパトラ百五十センチ、ナポレオン百六十八センチ、リンカーン百九十三センチ、目玉のおやじ十センチ、ドラえもん百二十九センチ、フグ田サザエ百五十九センチ、ゴルゴ13は百八十二センチとか。思ったより背が低い人はいただろうか。

# 「溺れる者は藁をも掴む」なら九万六千本。

【溺れる者は藁をも掴む】　溺れかけているときには人は役に立たない藁でも掴んで助かろうとあがく。せっぱ詰まった危急の際はそれを脱するためになんにでも頼るということのたとえ

私はミステリー小説家である。小説家が何に溺《おぼ》れるかというと、それはもうなんにでも溺れる。飲む打つ買うは一般的で猫、革命、阪神タイガース、太宰治《だざいおさむ》などは玉川上水で本当に溺れた。おそらく近くに藁《わら》がなかったのだろう。

表題の「溺れる者は藁をも掴《つか》む」は明治期にヨーロッパから入ってきたことわざだからワラは稲ではなく、麦ワラだろう。ヨーロッパ圏ではおおむね溺れた者は藁を掴んでいる。だが世界は広い。人はせっぱ詰まるといろんな物を掴むようなので表にまとめておこう。

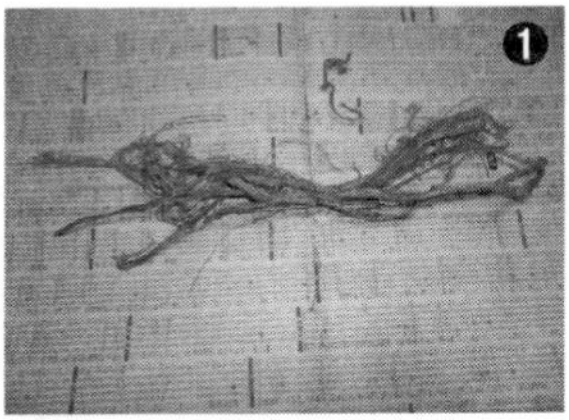


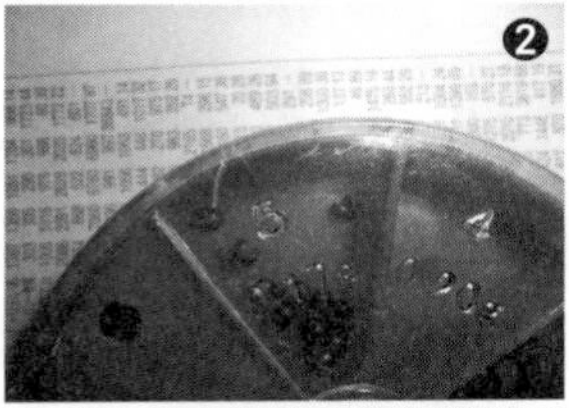


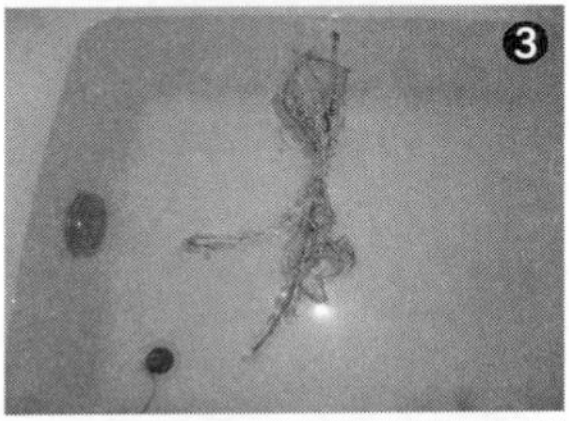

さすがに中国は溺れるよりも食べることにシフトしている。

太宰のように溺れて生還できないと困る。ことわざにあるように藁があれば助かるのだろうか。とするならばどれくらいの本数か。そこで調べてみた。しかしどこにも藁を浮き輪代わりにする方法は見当たらなかった。そこで実験だ。藁の浮力はどのくらいか。どのくらいの重さで沈むのか。

さっそく藁を求めて隣の森田さんの田圃《たんぼ》へ赴いた。真ん中に藁山が積まれている。そこから適量を頂戴《ちょうだい》してきた（写真❶）。二十センチほどの藁が八本。重さは五グラムである。これにテグスで結び、釣りで使うもっとも軽いオモリ〇・一七グラムを付けてみる。サイズは下に敷いた新聞の株式欄と比べていただければおわかりになるはずだ（写真❷）。続いて風呂場に向かい、残り湯へ藁とオモリを投入。あらら、まったく沈まない（写真❸）。それではとオモリを追加し続けて藁がやっと沈んだ（写真❹）。オモリは〇・一七グラムが一個、一グラムが四個、〇・八五グラムが一個の合計五・〇二グラムだ。藁というのは結構な浮力があるらしい。

八本の藁で五・二グラムまで浮いているのだから一キロの浮力は千六百本。六十キロほどの私は九万六千本、約六十キロの藁が必要だ。あなたの体重と比較し、溺れた際の救命具として川や海へ持参されたい。ただし結構な荷物になる。ロバを連れて行きましょう。

家にロバがいない人はどうするか。藁の代用となる物を探すことになる。世の中には法定浮力なる国家基準があり、標準体重八十キロの成人男性が二十四時間浮き続けられる浮

| 国 | イタリア | フランス | ジョージア | トルコ | アラビア |
|---|---|---|---|---|---|
| 物 | 溺れる者は**カミソリ**にしがみつく | 溺れる者は**悪魔の尻尾**を引っ張る | 溺れる者は**苔**に摑まる | 海に落ちた者は**ヘビ**にすがりつく | 溺れる者は**枯れ草**を摑む |
| 国 | スペイン・メキシコ | インドネシア | 中国 | チガ語 | |
| 物 | 困っている者は**焼け釘**をも摑む | **朽ちた木の根**にぶら下がる | 飢えたときは**食べ物を選ばず** | 困って他にすることのない人は**煙草を吸う** | |

**「溺れる者が摑むもの」世界版**

力を七・五キロとしている。藁なら十二万八千本だ。これに相当する浮力を持つ物ならなんでもいいわけだ。

そこで調べてみた。救命浮き輪五・四キロ、浮力九・二キロ、特別価格で六千三百円。救命胴衣三百七十グラム、浮力八・三キロ、特別価格で二千八百円。風船タイプのビーチボール、特別価格千八百円。最低価格がビーチボールだが危急の際に膨らませる余裕があるだろうか。

人間の体は本来、なんにもなくても浮く。ただし海水では人体の四%、真水では人体の二%、頭のてっぺんが出る程度だ。そこで何も持たずに溺れた場合の対処方法を海上保安庁のアナウンスから転載しておく。

なにより、パニックにならないこと。海の場合、落ち着いてバランスを取り、浮いたまま救助を待つと助かる確率が高いそうだ。うまく仰向《あおむ》けになれないなら垂直状態から後ろ向きに歩くように泳ぐといい。

すると体が水の流れを受け、上に押し上げる力が作用し、少しずつ斜めになり、やがてぷっかりと仰向け

大きく息を吸い、空気を肺にためる。顎を上げて上を見ると呼吸しやすい
手は水面より下
靴は履いたまま。エアソールは浮き輪代わりになる

浮いて待つ姿勢

になる。揚力の効果である。

着衣の状態で溺れると服が濡《ぬ》れてかなり重い。川釣りをする私も、流された経験が数度あるが、バカナガといって河岸《かし》のお兄さんが履《は》く太腿《ふともも》まである長靴なので水が入ったバケツを二つぶら下げているようなものだ。

とても立てないので仰向けで空を見上げて、しばらく流れに身をまかせ、おもむろに手足を岸に向かって漕《こ》いで難を逃れた。そろそろいいかなと思ったら立てるかどうか確かめるのも手だろう。

最近では学校で「着衣泳」という講習もあるそうだ。泳とついているが、ポイントは服を着た状態で浮いて待つ練習である。エアソールの靴も浮くのを助ける。

一般に水中での必要浮力は陸上の体重の十分の一といわれる。二リットルの空《から》のペットボトルは二十キロ相当の浮力がある。四本あれば八十キロの人も浮いていられる。また海の場合は古式泳法の立ち泳ぎが有効だ。

立ち泳ぎは四肢を使って浮かび続けることを目的としたサバイバル水泳法。水球などでも使われている。戦国時代の侍は甲冑《かっちゅう》を付けたまま、この泳法で泳いだという。移動したいなら横泳ぎで。どちらも言葉ではマスターが難しいのでご自身で調べてプールで試してください。

浮力を発見したアルキメデスは偉い。バスタブにざぶんと浸《つ》かったら水が湯船からあふれ出た。思わず口から「ユリーカ」。「アルキメデスの原理」の誕生である。その後、アルキメデスは裸のまま、浴場から走っていったという。当時の古代ギリシアでは裸で運動するのが普通でストリーキングは特段珍しいことではなかったそうだ。

ご存知のようにアルキメデスは王様から王冠をこわさずに偽金が使われているかどうか調べるように命じられていた。その方法に困っていたが風呂のおかげで、後は王冠と同じ重量の金塊《きんかい》を水につければ一目瞭然だった。だがこれがキャベツやキュウリだと話が違ってくる。なぜなら水に浮くからだ。一方、ジャガイモやサツマイモは沈む。一般に地上で生育する野菜は浮き、地中で育つ野菜は沈むという。カボチャは浮き、パイナップルも浮く。バナナもだ。

玉ねぎはどうか。これは例外。地中の野菜だが浮く。土から少し頭を出しているからね。トマトは熟していなければ浮くが完熟トマトは沈む。科学的には水の密度、一グラム／㎤よりも小さい物は浮き、大きければ沈むという密度の問題だ。

さて海の事故は圧倒的に海水浴シーズンに集中している。海水浴に付き物はスイカ割り。あ、溺れている人がいるとわかったら、慌てて助けに行く前に手近にあるスイカを投げてやるのもよいだろう。スイカは、あの重さだが水に浮く。まさかの救命具として携帯されることをお薦《すす》めする。

# 「耳に胼胝ができる」なら蛸は吸盤にできる。

【耳に胼胝ができる】同じことを何回も聞かされてうんざりする

私はミステリー小説家である。小説家に付き物なのがペンだこだ。そもそも胼胝《たこ》とは皮膚に物理的圧迫を反復して受け続け、角質《かくしつ》が増殖して厚く、硬くなり、ぽこりと隆起する現象で、生物の蛸《たこ》ではない。

しかし蛸の頭（正しくは胴体だが）は丸く盛り上がっているため、胼胝と形状が似ているところから名付けられたという説がある。

胼胝はいろんなところにできる。ハイヒールを履《は》く女性の踵《かかと》や小指。空手家の拳《こぶし》。正座を頻繁《ひんぱん》にする人は腰骨とこすれて足の裏に。

バイオリニストは楽器の胴体をはさむ顎《あご》にでき、ギタリストは弦を押さえる指先が角質化するが、あれも一種の胼胝だろう。人間ばかりでなく大型犬は伏せをするせいで自重による胼胝が前足にでき、猫もしこりのように毛皮の下に作ってしまう。「過形成《かけいせい》」といって細胞が外からの刺激によって大きくなった状態だ。

また生まれたての赤ちゃんは母乳をしきりに吸うために「吸いだこ」が唇にぽつりと白く生まれる。畳職人、鞄《かばん》職人、庖丁《ほうちょう》人の手の平にも胼胝。おそらくいつもジャンプしているカンガルーは足の裏にあるに違いない。

およそ生物の皮膚ならどこでも胼胝ができるといってもよいのではないか。したがって耳に胼胝ができてもなんら不思議ではない。普段はあまり意識しないが音もエネルギーのひとつである。空気が押されていて、我々はその圧力を聞いているのである。

それよりも問題は胼胝がどのように形成されるかだ。「耳に胼胝ができる」とは同じことをうんざりするほど聞かされている場合をさしている。そのような圧迫によって胼胝が発生する状況は極めて不快だ。昔は拷問《ごうもん》に採用されたケースもあるのではないか。

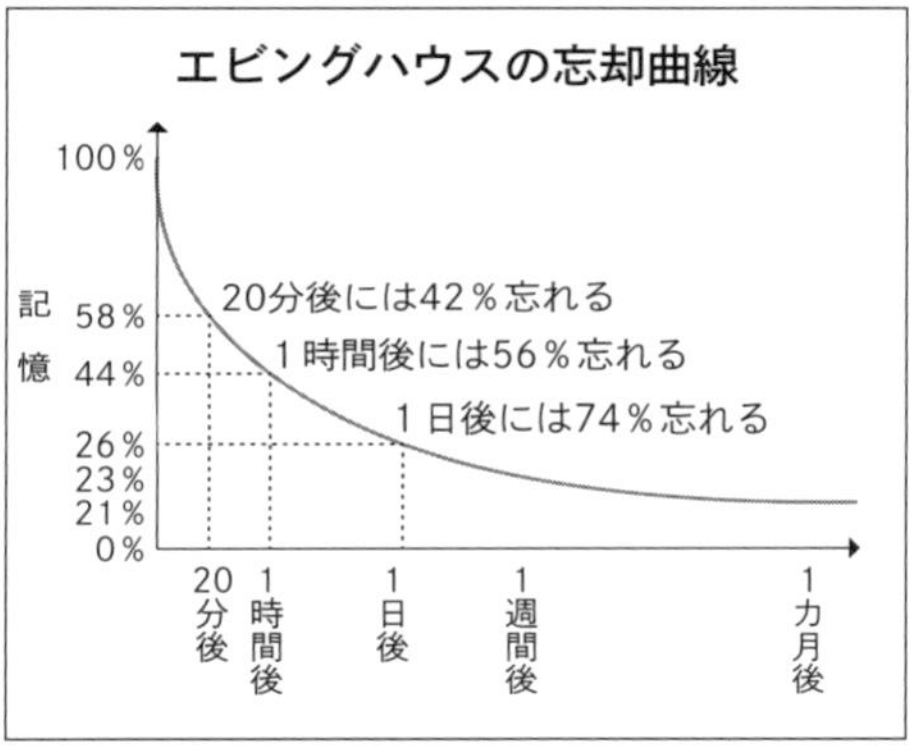


よろしい。それではベテラン刑事が取り調べで容疑者を自白させる手段として「相手の耳に胼胝を作る方法」を考案してみよう。そこで調べてみた。まずうんざりするほど何度も聞かされる回数の算定だ。

これは記憶と関係してくる。何度聞かされても鳥のようにすぐに忘れてしまってはうんざりしない。そこで人間の記憶を司《つかさど》っている脳の海馬《かいば》を見てみよう。

海馬は生きるために必要と判断した情報を長期的な記憶として残す。だから繰り返し同じ情報を海馬に送ると「あ、これは生きるために必要だ」と勘違いして脳に定着するのである。この繰り返しは記憶の達人によると最低七回だという。

一方で人間は忘れやすい生物である。ドイツの心理学者エビングハウスは記憶した内容がどのぐらいの時間経過で忘却するかを調べた。37ページに図示しておく。二十分後で内容の四十二％、一時間後で五十六％である。したがって同じことを七回、二十分以内の間隔で繰り返し続ければ確実に相手の脳に定着するはずである。

次のステップは相手に聞かせる環境である。何度も聞かせてうんざりさせるには、うんざりする状況下であるほうが効果的だ。声である音は空気が振動している状態。したがって空気の密度が高い、多湿の場合のほうが水の分子が空中に多くて振動がよく、伝わりがよい。日本では高温多湿の典型である梅雨の時期か夏の蒸し暑い夜だろう。

これは不快指数が参考になる。日本人の場合は指数八十五を超えると九割以上の人が不快感を覚えるという。この指数は気温と湿度がわかれば割り出せる。相手がうんざりする暑くてじめじめした日を選ぼう。

続いて考えたいのがうんざりするような声についてだ。声には質と強さがある。質に関して不快と感じるのは「がらがら声」だろう。取り調べ前によく練習して喉をからしておこう。一方、強さ＝音圧に関しては騒音が参考になる。

人が非常にうるさいと感じるのは六十五デシベル。洗濯機やトイレの水を流す音と同等だ。それを超えると我慢できなくなるのでそこまでで止める。同程度になるよう、事前練習にトイレに行くべし。

| | | | | | |
|---|---|---|---|---|---|
| **男性がうんざりする女性の口癖** | 1.〜じゃね？ | 2.めんどくさい | 3.なんでもいい | 4.疲れた | 5.無理 |
| | 6.別に | 7.ウケる | 8.私なんて | 9.ていうか〜 | 10.聞いてる？なんで？ |
| **彼女が彼氏にうんざりする言葉** | 「あと5円ちょうだい」など1円単位まで割り勘にする | 部屋を掃除してあげる際、「そこは最後に水拭きして」など場所ごとに掃除のやり方が決まっている | 「短いスカート、つけまつげはNG」など服装やメイクに口を出す | 「野菜が大きすぎる」など野菜の切り方から味付けまで手料理に指示してくる | 「強く閉め過ぎっ！」などと車のドアを閉める力加減にやたらうるさい |
| | 「麺類を途中で嚙み切るな」などこだわりの食べ方を強要する | 「今日のお昼は誰とどこにいったの？」と毎日の出来事をすべて報告させる | メールは「○分以内に返信して！」など自分勝手な時間制限をかけてくる | 「むだ毛の処理してる？」など会うたびに顔、手足をチェックしてくる | |
| **うんざりする自慢話** | 「愚痴を偽装した」自慢 | 「昔の武勇伝」自慢 | 「仕事ができる」自慢 | 「自分はモテる」自慢 | 「苦労してきた・不幸だった」自慢 |
| | 「家柄・配偶者・子供・孫」自慢 | 「SNSのリア充」自慢 | 「お金ある」自慢 | 「自分の知名度」自慢 | 「ブランド物」自慢 |
| | 忙しい自慢 | 不健康自慢 | 寝てない自慢 | 他人からの評価自慢 | |
| **ポジティブな言葉にうんざり** | 前向きに | 楽しければいいじゃない | いつか良い人が現れるよ | いつかいいことがあるよ | いつか治るよ |
| **職場で聞くとうんざりする言葉** | 効率よく | 仕事なんだから | みんなでしましょう | 時間が解決する | コミュニケーション |
| | 頑張れば結果はついてくる | 就職活動時の「お祈り申し上げます」 | | | |

**うんざりする言葉**

そして最後は相手が聞かされてうんざりする言葉だ。これは各種アンケートを元に表にしておく。どうだろう。思い当たる言葉があるだろうか。私としては「風呂を洗え」「種類が違うゴミを出すな」「酒を飲みすぎ」が抜けている気がする。

今やろうと思ったのにと相手に言われて嫌《いや》になることを「心理的リアクタンス」という。自発的な選択を妨《さまた》げられたとき、自由を回復しようとする心の作用だ。妻帯者は常に自由を求めている悲しい民である。

柔道選手の潰《つぶ》れた耳も胼胝

といってよいと思う。調べてみると早い人では畳や胴着にこすれて三カ月であの状態になるという。熱血も耳に胼胝を作るらしい。奥襟《おくえり》を摑《つか》む技も胼胝形成に効果的とされている。また最近では電車で音楽を聴くためにイヤホンをする人が多いが耳に胼胝のようなものができると聞く。耳鼻科医によると耳内が蒸れてカビが繁殖《はんしょく》した状態なのだとか。難聴の原因になるので気を付けたい。

さて最後になるが私は生物の皮膚ならどこでも胼胝ができると書いた。書いた以上責任がある。そこで思ったが生物であるタコには胼胝ができるのだろうか。

残念ながらタコは口を持つが発声器官はない。したがって音声によるやりとりはしない。我々のように耳で言葉を聞くこともないのだ。しかし別の可能性はある。というのもタコの吸盤は角質環と呼ばれるものだ。角質である以上、柔道選手のように何度も畳にこすれば胼胝ができるはずだ。タコが柔道をするならだが。

タコは海のチンパンジーといわれるほど、とても賢い。メジロダコという種類は二枚貝やココナツの殻を防御用に体を入れる盾《たて》とし、さらには持ち運んでいるという。いつも持ち歩いていれば当然、胼胝もできるだろう。

タコの吸盤にできた胼胝。見てみたい。これから寒くなる。おでんを食べるときによく吸盤を観察してみようと思う。うまいならなによりだ。ちなみに滋賀県近江《おうみ》地方ではうんざりすることを「ほっこり」するという。しかしこたつでおでんのタコを食する場合は別のほっこりだと思う。

# 「来年のことを言うと鬼が笑う」のは新年がまだ去年だからだ。

【来年のことを言うと鬼が笑う】人間は未来について何もわからないので誰も来年のことなど予測できないという意味

私はミステリー小説家である。小説家は不安定な職業なので来年どころか来週どうなっているかさえわからない。因果《いんが》である。そこで読者の皆さんもわからなくなって欲しい。なぜ「来年のこと」を笑うのが「鬼」なのか。

馬が笑ってもいいし、提灯《ちょうちん》が笑ってもいいではないか。膝《ひざ》が笑うなら疲れている。来年より明日のために寝るべきだ。合点がいかない。なぜ笑うのが鬼と特定されるのか。そこで調べてみた。すると、いくつかの説が浮上した。

ひとつには話しても詮無《せんな》いことを話すのは、いつも恐《こわ》い顔をしている鬼さえ、あざけって笑うという説。二つ目は昔話からきている説。これには各地の話があるようなので表（44ページ）にまとめておく。三つ目は鬼が人間の寿命を知っているから。来年、死亡する人が来年の話をしても仕方がない。鬼はそれを聞いて知らぬは仏ばかりと笑っているという。四つ目が昔の暦《こよみ》は太陰暦《たいいんれき》で閏月《うるうづき》が毎年変わったりして一般人が把握するのが難しかった。暦もわからない人間が来年の話をしているなんてと馬鹿にして笑う、などなど。

どの説もそれらしいが決め手に欠ける気がする。そこでさらに調べていくと鬼が笑うこ

（上）登別温泉の笑う鬼。（右）純米酒「鬼笑い」の笑う鬼。（下）最中「笑鬼」の笑う鬼

とのルーツは中国の南北朝（四三九〜五八九年）の歴史を記した『南史』からくるらしい。なんでも武陵《ぶりょう》の長官だった劉伯龍《りゅうはくりゅう》の家はいつも貧しくて困っていたとか。そこで周りの者を集めて商売を始めたところ、鬼が一匹やってきて手を叩《たた》いて笑ったので「俺が貧しいのは運命なのだな」と嘆いたそうだ。

中国では鬼は未来予知ができると信じられていた。だから笑ったのを見て「運命だな」と悟《さと》ったのである。中国の鬼とは死者の霊魂のたぐいなのだが、日本では怪物の鬼にすりかわり、予知能力の部分が抜け落ちて鬼が笑う理由がわからなくなったらしい。

中国の鬼は若い娘の亡霊が多く、人間と見た目が変わらないばかりか、絶世の美女ばかりという。そのような別嬪《べっぴん》さんが人恋しくて殿方に情交を求めてくるそうな。だから現れるのを待ち望んでちぎりを結んだり、子供ができたりといった話があり、中国の鬼はかなりお盛んらしい。

来年のことで鬼が笑う理由は判明した。だがまだ判然としない点がある。一体、いつの時点で来年の話をすると鬼が笑うのかだ。新年が改まってすぐに翌年の話をすると笑うのか。それとも夏頃か。大晦日《おおみそか》なら来年というより翌日の話だが、それでも笑うのか。この疑問には来年がいつからなのかにまず着目したい。つまり十二月三十一日二十四時00分00秒と一月一日零《れい》時00分00秒だ。一見、これは同じ時刻のように思える。しかし十二月三十一日二十四時ジャストはまだ今日、つまり旧年だ。一方、一月一日零時ちょうどは次の日のスタート時点、新年である。

さらにここに地球の公転が関わってくる。地球が太陽の周りを回るのにかかる日数は三百六十五日ぴったりではない。平均すると三百六十五日と六時間弱だ。つまり十二月三十一日二十四時00分00秒を過ぎて来年になったと思っていても、地球はまだ去年なのである。さらに六時間弱が過ぎなければ来年ではないのだ。

だから元旦を迎えても朝六時までは今年の話のつもりが来年の話になり、鬼が笑うことになるのである。元旦に家族を囲んで今年の抱負を述べる場合は朝六時を過ぎてからと心得ておくと鬼に馬鹿にされないで済む。

さていつの時点で来年の話をすれば鬼に笑われるかも判明した。では来年の話を聞いた

| 奈良県の「鬼が笑う」 | 熊本県の「鬼が笑う」 |
| --- | --- |
| 村を襲う鬼を殿様が、豆まきの豆が芽吹いているのを見付けたら殿様にすると騙し、真っ黒に炒った豆で毎年、豆まきをした。しかしあるとき、芽を出しているのがあり、鬼が発見し、殿様に報告。現場に戻ったが村人が芽を抜いており、必死で探しても見つからず、とうとう鬼が泣き出したのを見て役人が「また来年、探したらいい」と慰めると「当てにならない来年のことを言い出すなんて」と鬼が馬鹿にして笑った | 益城町の福田寺の和尚の教えを受ける門人の中に一匹の鬼がいた。よく働くが、よく食べ、釜の中の団子がいつも空っぽになるのを門人らは我慢していた。そこで和尚は団子と同じ大きさの竹を釜に割り入れた。それを一気に口に流し込んだ鬼が歯を折ってしまい、痛くて泣き続けた。和尚が「来年にはまた歯が生えてくるから泣くな」と慰めると鬼は「本当ですか」と嬉しそうに笑った |
| **宮崎県の「鬼が笑う」** | **島根県の「鬼が笑う」** |
| 歯医者、軽業師、山伏の三人組が閻魔の裁きで地獄へ落とされた。三人は剣の山に登らされるが軽業師の先導で登頂できる。そこで地獄の釜に入れられるが山伏の呪文で頃合いの湯加減になり、風呂を楽しむ。閻魔は業を煮やして鬼に三人を食べてしまえと命ずるが、歯医者が歯をすべて抜いてしまう。鬼がこれからはものが食べられないと泣くので、歯医者が「来年には生えてくる」と告げると鬼は喜んで笑った | 力自慢の力士が死んで閻魔の裁きを受ける。「生前何をしていた」と問う閻魔に、「相撲を取って人を楽しませていた」と答えると「面白そうだ。極楽へ行かせてやるが、その前に相撲を見せろ」とリクエストされ、鬼と四つに組む。力士が鬼を投げ飛ばすと岩に頭がぶつかり、大切な角が折れる。鬼が泣いていると閻魔が「鬼が泣くな。来年には新しい角が生えるようにしてやる」と約束すると鬼は笑ってにっこりした |

鬼はどんな風に笑うのか。高笑いか、嘲《ちょう》笑《しょう》か、呵々大笑《かかたいしょう》か。42ページの写真を見ていただきたい。まず北海道、登別《のぼりべつ》東インター前に立つ鬼の像だ。「登別温泉はあっちだわいな」と指さしているそうだが、親切そうに微笑んでいる。

大阪府茨木《いばらき》市にある茨木童子《どうじ》（酒呑《しゅてん》童子の家来）の像もかすかに笑みを浮かべている。京都府福知山《ふくちやま》市大江町の新治《しんじ》製菓舗の最中《もなか》「笑鬼」は大笑い。大津絵を売る店にある鬼の人形「笑鬼人形」も大口を開けて笑っているし、日光鬼怒川《きぬがわ》の純米酒「鬼笑い」のラベルの鬼はガハハと声が聞こえそう。鬼笑いとは大声で笑うことをいう。

ざっと見てもこれだけ鬼は笑っている。親しんでみるとなかなかフランクな性格ではないか。さらに東大寺二月堂周辺の鬼瓦《おにがわら》、埼玉県深谷《ふかや》市の民家の鬼瓦もニッコリ。

鬼瓦とはそもそも古代ローマの都市、パルミラの入り口に魔除《まよ》けとして飾られたメデューサの石像が起源。シルクロードを通じて中国へ伝わったのだが、見る者を石にしてしまうメデューサが笑う鬼に変化するとは本人も苦笑していると思う。

鬼に限らず最近の研究ではネズミさえ、かくれんぼを楽しんで超音波の笑い声を上げることが確かめられている。また言葉を理解しない乳児が笑うのは肉体的反射ではなく、単なる反射以上の理由があるらしいといわれる。

子供が一人でアニメを見た場合と他の子供たちと一緒に見た場合を比較すると、みんなで見たときのほうが八倍の頻度《ひんど》で笑っていたという。また別の実験で参加者にごく短い笑い声を聞かせたところ、友人とそうでない人を識別できたとのこと。笑いはコミュニケーションツールとして機能しているらしい。

社会性のある動物は互いに毛繕《けづくろ》いをして仲間であることを確かめる行為「社会的グルーミング」をおこなうが、人間のコミュニティは仲間全員に毛繕いをして回るには大きすぎる。そこで人間は仲間を確認する手段として「笑い」を用いてきたのではないかとされる。

栃木県益子《ましこ》町の西明寺《さいみょうじ》には豪快に笑う閻魔《えんま》大王座像がある。笑っている理由は閻魔大王が命あるものすべてを救う地蔵菩薩《じぞうぼさつ》の化身だから。つまり「よっしゃ、よっしゃ」と慈悲の大笑いだ。こんな閻魔なら人に言えないことをしても笑って許してくれそうだ。

## 「馬耳東風」のメッセージは お天気情報満載だ。

**【馬耳東風】** 人の意見や批評などを、まったく気にしないで聞き流してしまうこと。暖かい春風が吹くと人は喜ぶが、馬は何の反応も示さないことから。東風＝東から吹く風。春風

私はミステリー小説家である。だが人の批評や意見を気に留めずに聞き流す。なぜなら人は否定的なことは口にするが、肯定的な際には、それを語らないからだ。

「馬耳東風《ばじとうふう》」の東風とはおだやかな春風のことで、気象庁の風力階級では4の「ホコリが舞い上がり、木の枝が動く」と定義される和風（わふう／日本風ではない）である。しかし「馬耳東風」は生物学的に間違いである。そもそも「馬耳東風」の言い回しとは唐《とう》の時代の詩人である李白《りはく》の「答王十二寒夜独酌有懐」にある一文で「世人聞此皆掉頭、有如東風射馬耳」＝「世間の人々は詩を聞いても馬の耳に東風が吹くのと同じように気にも留めないものだ」とのくだりに由来する。

李白は王朝の官僚だったが出世には縁がなく、役人としては下級のまま成功しなかった。杜甫《とほ》や蘇東坡《そとうば》も同様で、この句は李白が友人の王十二《おうじゅうに》に返した手紙で詩才がありつつ、官僚としては不遇なまま終わる逸材の様子を嘆いたものである。だが李白は詩に秀でていたが馬には疎《うと》かった。おそらく乗馬を好むアウトドア派ではなかったのだろう。

馬の耳はとても敏感である。風が耳に当たったとしたら、それがいかに穏やかな春風だ

としても感じないことはない。馬の耳は可動性に優れ、レーダーのように音をキャッチしようと、いつも器用にいろんな角度に動き、それによって視覚を補っている。というのも馬の視界は広いが視力は静止状態で三百メートル、歩行中は百メートル以内のものしか見えないのだ。

また耳によって馬は相手に感情を表現する。耳を素早く後方に伏せるときは不服従、攻撃などのあらわれ。ぴくぴく動かしているなら乗り手に添うように気を使っている。両耳を立てずにだらりと垂らしているときは落ち着いているのである。

馬は耳にこそ第六感があるといわれるほどで野生馬のリーダーなどは前述の耳の「表情」によって走っている群れを向かうべき安全な方角へ引率するともいわれる。「馬耳東風」どころか、馬の耳がいかに優れた感覚器官か、ご理解いただけたろうか。

では東風が吹いたとして、風はなにを馬に伝えているのか。風が知らせることを少々、紹介しよう。まず「東風は雨の前触れ」とされている。日本列島の気象は西から変化するものだが、その西からの雨を降らせる低気圧が東からの温かい風を巻き込みながら進んでいるから雨なのだ。春の訪れを感じさせる東風ながら、お出かけには残念な一報である。

「東風が夏に吹く場合は凶作」ともいう。夏には太平洋から南よりの風が吹くのが普通だが、オホーツク海のほうで気圧が異常に高くなると温度の低い空気が東風になる。こんな場合は北日本は低温に見舞われ、冷害を受けるのである。

「午前に南風、午後に北風」なら低気圧が通ったことを示し、「翌日は晴れ」となる。同様に「北風が南に変わると雨、南風が北に変わると晴れ」といわれるのも低気圧の影響による。春や秋の「南風は雨、北風は晴れ」。前者は低気圧の通過、後者は高気圧の勢力圏内に入る兆《きざ》しだからである。

都市でなら「飛行機雲が消えないと雨、すぐ消えると晴れ」。このように風はただ吹いているのでなく、いろいろなことを伝えている。感受性が豊かな馬ばかりでなく、我々は暮らしの中で風に対して聞き流してはこなかったのである。

天候ばかりでなく風はガチョウの食べ頃さえ知らせる。英語で「ガチョウの夏＝goose summer」とは十一月初めの小春日和《こはるびより》。この頃はガチョウに脂《あぶら》がのってきてうまい。ちょうど同時期に「天使の髪＝angel hair」、日本で「雪迎え」、中国で「遊糸」といわれる現象がみられる。

小グモが尻から長い糸を出して風を利用して飛ぶ生態で、こんな移動のあとは天気が変わって日本海側では雪になるから「雪迎え」。ときには何万匹の集団になる場合もあり、一九五七年十一月の桑名《くわな》市では直径四キロの範囲で二時間半にわたって銀糸が降り注いだという。日本では雪を心配したが西洋ではガチョウを優先したとは食いしん坊である。

ところで天使の髪＝angel hairを白い綿毛のような謎《なぞ》の飛行物体ケサランパサランと同

類の物と考える説がある。ケサランパサランはおしろいを与えて飼うことができて持ち主に幸福を呼ぶともされるラッキーアイテムなわけだが、語源がスペイン語の「ケセラセラ＝なるようになる」、宮城県に伝わる正体不明の毛玉「ケサラバサラ」、「袈裟羅婆娑羅《けさらばさら》＝袈裟がばさらと風にたなびく」様子からなどと、名前からしてよくわからない。

そもそも生物かどうかも不明だが植物の花の冠毛。あるいは動物の毛玉、綿毛に覆われた昆虫、カビ類、中には細いガラス繊維《せんい》を形成する鉱物オーケン石の説もある。ビワの木の近くで見つかることが多いらしく、「ビワの木の精」ともされている。風は天候だけでなく謎も幸運もしらせるらしい。

英語のふいご＝Windbag はおしゃべり。これがドイツ語になるとほら吹き、おっちょこちょい＝windbeutel だ。無駄話は微風を吹かせる＝shooting the breeze。風を起こす＝raize the wind は金づるを見つける。だが利益が少しなら風と水の間＝to be between wind and water となる。日和見《ひよりみ》主義者は風に吹かれる人 blows with the wind で、抜け目ない人は風の所在を知っている＝know where the wind shits という。

wind はゲルマン系のあらゆる言語で同じ音から派生したとされ、古代アーリア語の「吹く＝wa」が語源という。確かに風は馬も人も謎の物体にも関わり、便りを吹聴《ふいちょう》する。だがここからここまでが一個体の風だとはっきりさせるのは難しい。馬耳東風ではなく「網の目に風とまらず」＝「風を網で捕らえることはできない to catch the wind with a net」というようにそこにはいるが、つかみどころがないのが風なのだ。

# 「火のない所に煙は立たぬ」どころか人間まで燃える。

【火のない所に煙は立たぬ】火があるからこそ煙が立つことから、どんな噂にもその原因となる事実があるはずだという意味。特に、悪い噂の場合によく使う

私はミステリー小説家である。したがって怪しいことを取り扱うのが仕事である。怪しいことになにがしかの理屈を付けて売ることで利益を得ている。なにがしかの理屈とは火のない所に煙が立った原因だ。

妻が夫を殺したのは保険金が目当てだったなどの動機。殺害現場に残されていたダイイングメッセージから真犯人を割り出す謎解《なぞと》き。あるいは時刻表の盲点を突いたトリックなど。これら怪しいことの真相を暴き立てるわけで、まったく悪趣味な職業である。

だがミステリーは日々進化している。火のない所に煙は立たぬというが、もし立つのならどんでん返しに使える。本当に火のない所に煙は立たないのか。そこで調べてみた。すると火のない所にもいくらでも煙は立つし、しかも火事になるのだ。

世の中には自然発火という現象があり、人為的に火を付けずとも出火するケースがある。代表的なのは昔のマッチに使われていた黄《おう》リンだ。常温の大気中でわずかな刺激があると簡単に燃焼するので現在は使用が禁止されている。自然発火は53ページにまとめてみた。

また、ただそこにあるだけで燃え始める「自然発火性物質」や水に触れると発熱燃焼し

たり、可燃性ガスを発生させる「禁水性物質」というのもある。これらは消防法で危険物と指定され、第一から第六類まで、ざっと四十種類弱。火事の原因になることも少なくないらしい。

科学の世界の発火だけでなく、火の元の原因となる身近な品々もある。まず台所の電子レンジだ。さつま芋《いも》や肉まんを長く加熱すると爆発的に燃焼するらしい。東京消防庁の実験映像では五分半で肉まんから煙が出て、六分でどかんと爆発している。うまいものは早く喰《く》うにこしたことはない。

続いて風呂場の乾燥機。油や塗料が付着したタオルや衣類を放り込んで使うと油が熱風で乾燥して酸化、発熱するのだ。アロマオイルを拭《ふ》いた雑巾《ぞうきん》や調理師のエプロンは要注意。おまけにリビングの花だって勝手に燃えてしまう。

欧米で観賞用として人気のあるゴジアオイなる植物は茎《くき》から揮発性の油を発し、三十五〜五十℃の気温で発火し、自身も周りの草花も燃やしてしまうそうだ。この花の種子は高温に耐えるため周りを焼《や》き畑《はた》にして繁殖《はんしょく》するらしい。米テキサスではトルティーヤチップスを入れていた箱が気温の上昇によって自然発火した。やはりうまいものは早く食わねばならない。米国の製粉所では小麦粉が爆発した。微細な粉塵《ふんじん》はちょっとした火の気でどかんといくのだ。砂糖やコーンスターチも同様で流しの下は爆弾の貯蔵庫といっていい。

屋内ばかりではない。カリフォルニアやオーストラリアでは毎年、山火事が発生しているが多くは落雷が原因らしい。温暖化による猛暑によって乾燥した突風が火災に輪を掛け、おいそれと鎮火できない。なにしろ火事の範囲が半端《はんぱ》ではないのだ。豪州では五万八千六百平方キロにわたり、九州が丸ごと焼けても足らない。人間への被害だけでなく、コアラやカンガルーなどがやられ、住む場所も失って焼け出される始末だ。

落雷は馬鹿にできない。私は幼少の頃、雷が落ちた現場を見たことがある。雨だったので子供部屋で絵本を読んでいると、どかんと大きな音がした。そこで雨上がりに音のしたほうへ行ってみると近所の高木がまっぷたつに裂け、焦《こ》げてブスブスと煙を吐いていた。以来、親父《おやじ》より恐いと肝《きも》に銘じている。

怪談の世界でも火のない所に煙が立つ。ご存知、火の玉や鬼火《おにび》、狐火《きつねび》だ。丑三《うしみ》つ時《どき》に墓場にさしかかると、何がうらめしいのか、ぼうと青い火がふわりふわりと散ったり寄ったり。江戸時代の『和漢三才図会《わかんさんさいずえ》』には鬼火がいくつも浮かぶ挿絵が描かれており、夜中に群れるとは、まるで猫の集会だ。恨《うら》み辛《つら》みを愚痴《ぐち》りあっているのか。

なにより自分が勝手に燃えるとなると、為《な》す術《すべ》はない。いわゆる人体自然発火現象である。なんと二〇一〇年、アイルランドの街で早朝に火災報知器が鳴り響き、住人が近くの家から煙が吹き出しているのを知った。

通報を受けて消防隊が突入するとその家に住む老人が居間の床で黒焦げになっていたが、おかしなことに家は床と天井以外には燃えた形跡は皆無だった。そこで厳密な調査をした結果、この事件は医師によって人体自然発火現象と結論されたという。

くだんの老人はうたたねしている間に火葬されたようなものだが、どんな夢を見ていた

**自然発火の種類と内容**

| 種類 | 不安定な物質の燃焼 | 酸化による発熱 | 発酵 | 落雷 |
|---|---|---|---|---|
| 内容 | 黄リンは常温の大気中でわずかな衝撃で燃焼。化学肥料は分解発熱で爆発する。 | 塗料が拭いた布上で酸化重合して発熱発火。大量の天かすは油の酸化で。石炭も自然発火する。 | 生ゴミ、堆肥、RDF、木材くず、肉骨粉などの有機物は発酵による内部の温度上昇で酸化し自然発火。 | 山火事の原因に多い。 |
| 種類 | 集光 | 摩擦 | 火山噴火 | |
| 内容 | ペットボトル、金魚鉢、窓に貼った透明な吸盤などがレンズとなり太陽光を集めて発火。凸面鏡の反射光も。 | 静電気によるものを含む。 | | |

**自然発火性物質及び禁水性物質**

| | | | | | |
|---|---|---|---|---|---|
| アルシンガス | ジボランガス | リン化水素ガス | シラン化合物ガス | グリニャール試液 | ヒドラジン(液体) |
| アルミニウム粉 | ウラン | 硫化鉄 | リン | 水素 | リチウム金属 |
| ルビジウム金属 | セシウム金属 | ナトリウム金属 | カリウム金属 | フランシウム金属 | バリウム |
| カルシウム金属 | ジエチル亜鉛 | 水素化ナトリウム | 水素化リチウム | リン化カルシウム | 炭化カルシウム |
| 炭化アルミニウム | トリクロロシラン | ジクロロメチルシラン | 塩素化ケイ素化合物 | | |

のだろう。レストランで注文したステーキを待っているとか、旅行に行ったミクロネシアの火踊りを思い出していたとか。その夢がハッピーであったことを祈るしかない。

　このような人体自然発火事件は三百年で二百例が世界で確認されている。奇妙なことに人体が自然発火した遺体は足の脛《すね》から下が残るという。被害者の足は、熱くて逃げ出そうとしたのか。人体に火が付くのは尻までなのだろうか。

　この人体自然発火現象が自身ではなく他者によるらしい場合はパイロキネシスの使用を疑ったほうがいい。パイロキネシスとは、何もなくても火を発生させられる超能力の一種だ。一九八二年、イタリアではこの能力で火事を誘発したとしてベビーシッターが有罪判決を下されている。

この現象のそれらしい事例では能力者が意図せずに火を起こしてしまう例が多いらしい。二〇〇五年、豪州のビル火災の現場にいた男性が歩くたびに足跡が焦げ付く様子が確認され、調べると彼の着ていた合成繊維《せんい》の服が四万ボルトの静電気を帯びていたという。

つまり激しい静電気による火災というのだが、ただ歩いているだけで火事を引き起こした本人は、なんで俺の散歩には火事が多いのだろうと思わなかったのだろうか。ちょっとうっかりしすぎだ。自宅の絨毯《じゅうたん》やスリッパをやけに焦がして奥さんに怒られなかったのか。最後になるが我々が手放せなくなった携帯電話も勝手に発火する。携帯電話にはリチウムイオン電池が用いられているが衝撃で破損すると内部の液剤が混ざり合って大きな電流が流れ、発火するのである。ことに携帯電話は薄いので尻ポケットに入れて座ったりすると、まさに尻に火が付くわけである。

ざっと見回しても世の中、火がなかろうが煙はじゃんじゃん立つ。マッチがなかろうが燃えない物はないといった案配だ。よく今まで自身が火事に遭《あ》わなかったものだと思う。これからも用心に用心をするに越したことはないだろう。

ちなみに、とあるコンビニでは南アルプスの「天燃水」がポップに大書されて販売されていたという。ふううむ。燃える水か。これでは購入時に危険物取扱免許が必要だ。

PART 2

# ことわざの謎は歴史学で解明できる（だろう）

# 「コロンブスの卵」はスパニッシュのゆで卵だった。

**【コロンブスの卵】** やってみれば容易なことでも最初に思いついて実行するのは難しいというたとえ

私はミステリー小説家である。小説で難しいのは書き出しといわれるが、確かに表題の言い回しのように何事も最初を成すのは難しい。そんな喩《たと》えに持ち出されるコロンブスの卵なのだが、本当だろうか。人口に膾炙《かいしゃ》して久しいが、真偽が疑わしいとされるのも古くからだ。

コロンブスと卵の取り合わせはイタリアの歴史家ベンゾーニが『新世界史』(一五六五年版)に採用したのをそもそもとするが、出版の十五年前、アメリカ滞在中のベンゾーニが同郷のイタリア人建築家の著書から頂戴《ちょうだい》した話ともいわれる。ヴォルテールも『習俗論』でそれを指摘している。

その建築家が自著で披露した卵の話は同業の建築家ブルネレスキの逸話だ。一四一八年、フィレンツェの大聖堂クーポラの建築が頓挫《とんざ》していて、造営局が続く設計を募った。その席でブルネレスキが滑《なめ》らかな大理石の上に卵を真《ま》っ直《す》ぐ立てられた者が工事をまかされるべきだとして卵を打ち付けて立てたというのだ。丸い聖堂を卵に見立てたわけで、一四三四年、大聖堂クーポラは卵のような形で完成した。

ベンゾーニは『新世界史』の中で卵を立てるのは古くから他の方法があったがコロンブスのは目新しかったと注釈をしているから、どうもブルネレスキのエピソードを借用したニュアンスが漂う。ところがブルネレスキを紹介した本もまた、どこかから卵譚《たん》を拝借した可能性がある。というのもシナンがいるからだ。

　前述した本が発行された一五五〇年、オスマントルコ帝国で巨大ドームを持つスレイマン・モスクの建設が開始された。このドームの建築に先立ち、スレイマン大帝は設計者シナンに「三つの卵を垂直に立ててみよ」とテストした。するとシナンは大帝の指輪三つを借りて、指輪、卵、指輪と交互に積み重ねて立てて見せたという。

　どうも偉人は卵を立てるのがうまいようだが、はてさて誰が最初に卵を立てたか。コロンブスが先か、ブルネレスキか。その特定は鶏《にわとり》と卵のように難しい。まさにシナンの業《わざ》である。しかし私が気になるのは問題の卵が生だったのか茹《ゆ》でてあったのかだ。

　皆さんも生卵を割るときに、失敗して殻がぐしゃぐしゃになったり、黄身が飛び出した経験はないか。ゆで卵だったとしても殻をきれいに剝《む》くには世界中で四苦八苦している。うまく立つようにお尻の部分だけ、都合よく割れたのだろうか。偉人は必ず手先が器用なのか。

　とりあえずコロンブスに絞って調べてみよう。彼の新大陸発見の祝典はパトロンだった当時の王様の宮殿があるバルセロナで行われた。

ベンゾーニの原典には祝典でコロンブスが卵を持ってくるように頼んだとのみ綴《つづ》られているから調理済みかどうかは不明だ。一方、コロンブスの卵が日本で紹介されたのは戦前の『尋常小学読本《じんじょうしょうがくとくほん》』（一九二二年、四年生用）が始まりで、ここでは「うで卵」である。しかし研究社の新和英中辞典は生卵（raw egg）としている。


西洋では生卵を食す習慣はない。生食を前提としていないために日本のように殺菌して出荷もしない。スペインでもサルモネラ菌の関係で生卵の摂取は推奨《すいしょう》していないほどだ。

このように敬遠される生卵だが半熟ならバルセロナがあるカタルーニャ地方の伝統料理に使うらしい。皿に野菜とチョリソーを入れ、塩で味付けして軽くコンロにかけ、生卵を落とすフラメンカ・エッグだ。またこの地方のソース、アイオリも生の卵黄にオリーブオイルとニンニクを使う。

とはいえ宮殿の祝宴だけにコックもＶＩＰが腹痛を起こしてはと用心するだろうし、権威あるスペイン国立言語アカデミーの辞書に「食べるに適した卵（edible egg）」をコロンブスが「テーブルの上で軽く叩《たた》いて少し壊すことでなんとか立てた」とあるから、ゆで卵らしい様子に思える。

だとしてもだ。コロンブスの卵がそもそも鶏卵だと決めつけていいのか。世界では鶏以外にも食用としている卵は多い。カタルーニャでは鶏だけでなく、七面鳥、アヒル、ガチョウ、ホロホロ鳥、ウズラ、ハト、ツグミの卵が食される。他国に目を向けるとエミュー、カモメ、キジ、レア（南米最大のダチョウに似た鳥）の卵など、百花繚乱《ひゃっかりょうらん》だ。

我々が卵を食べ始めたのは五十万年前の原始時代で、その頃はそこいらで拾ってこられるダチョウやペリカンのものだったという。その後、家禽《かきん》として四千年前辺りから鶏の飼育が始まる。野生の鶏は通常、五から十個の卵を産んで抱くが、それを取り上げると数が揃《そろ》うまで再び産み足す性質を持っている。

この「補卵性」を使って先人は卵を採っていた。それがより多く、大きな卵を手に入れるために数々の品種交配が行われたわけである。なんとアメリカ大陸の鶏はコロンブスが第二回の航海で持っていったのが始まりだそうだ。

となるとコロンブスの卵が鶏だったとして、近代のような養鶏ではなかっただろうから地鶏と考えていいはずだ。スペインの固有種はミノルカ島原産のミノルカや、若鶏として食用にするピカントンなどがある。その中でもコロンブスがアメリカに持ち込んだのがスパニッシュ。これは地中海でもっとも古い鶏で卵肉兼用、白い卵を産む。光沢を持つ黒い体だが大人になると白い顔になるそうだ。

時代と場所をかんがみると、どうやらコロンブスの卵はスパニッシュらしい。

ちなみにスペイン語でコロンブスの卵は男性器を意味する隠語だそうで注意を要するそうな。

スペインの市場で売られる卵

## 「藪から棒」な事態は京都祇園あたりが発祥だった。

【藪から棒】前触れや前置きがなく、だしぬけに物事をするたとえ

私はミステリー小説家である。そこで言わせてもらいたいのだが、「藪《やぶ》から棒」なる言い回しは考えてみると不自然でないだろうか。辞典によると「だしぬけ」なことや「不意」なことなのだという。そこに「驚き」のニュアンスも含んでいる様子だ。

だが藪から棒が出てきたとして必ず驚愕《きょうがく》するだろうか。「この藪は棒が出るかもしれない」と一抹《いちまつ》の思いがあれば、虚を突かれたり、びっくりしないだろう。類句となる「青天《せいてん》の霹靂《へきれき》」ならまだわかる。よく晴れているのに雷が鳴ったり、落雷を見たりするほど、気象が急変すれば驚くはずだ。

だが「藪から棒」といった現象は意図的でないとおかしい。藪から棒が出る以上、そこには物理的な働きがあるわけで誰かが藪から棒を突き出しているはずである。さらには突き出された相手がいて「驚愕」が生じているのである。私は「藪から棒」に「秘密」の匂いを感じる。皆さんはどうか。

一体、誰が藪から棒を突き出したのか。なぜなのか。どんな藪で、どんな棒を突き出したのか。相手を驚かすためだろうか。だとしてなぜ驚かすのか。さらに棒を突きつけられ

る被害にあったのは誰なのか。このような事態に遭遇するには藪を通りかかるか、藪に入るかしなければならないはずである。その被害者はなにゆえに、あたら藪に接近したのか。「藪から棒」現象は、まるでミステリーにおける一種の事件といえないだろうか。そこで調べてみた。

多くの辞書に「藪から棒」は西鶴《さいかく》による俳句合戦「生玉万句《いくたまんく》」（一六七三年）や近松《ちかまつ》の人形浄瑠璃《じょうるり》「鑓《やり》の権三《ごんざ》」（一七一七年）に用例が見られるとある。だが諺《ことわざ》になった起源は見当たらない。西鶴と近松はともに江戸前期の人物だから「藪から棒」が比喩《ひゆ》表現として人口に膾炙《かいしゃ》し、理解されるには、それ以前に普及していなければおかしい。

唯一、『隠語大辞典』に「筍《たけのこ》を盗もうと藪に入ろうとした時ニユっ（原文ママ）と番人の棒が飛び出した話から出た語」と解説されていた。ははあ、どうも藪から棒は筍泥棒の一件が伝わったものなのか。

雄長老こと英甫永雄

『隠語大辞典』は明治以降の隠語解説文献や辞典、関係記事などを収録しているという。つまり「藪から棒」はある時、ある場所の筍泥棒の顛末《てんまつ》からくることになる。だがまだ具体的な現場や犯行時間が判明していない。「藪から棒」は「藪から棒を突き出す」の略とあるので、そちらを調べると『日本国語大辞典』に「雄長老《ゆうちょうろう》狂歌集」（一五八九年）の「竹の子を盗まれしとてする警固　藪から棒をつきたいて持て」との用例があった。

この狂歌は西鶴や近松よりも約百年前の安土桃山時代のもので、『隠語大辞典』の解説の通り、「筍泥棒に対して番人が藪の中から棒で警護する」様子を述べている。作者の雄長老は狂歌の祖といわれる人で本名を英甫《えいほ》永雄《ようゆう》といい、室町から安土桃山時代の禅僧《ぜんそう》。若《わか》狭《さ》の人だが狂歌集の三年前から京都の建仁寺《けんにんじ》の和尚《おしょう》さんである。

建仁寺は京都市東山区、祇園《ぎおん》にほど近いお寺で、今でこそ御茶屋が並ぶこの辺りは、かつては建仁寺の敷地で、メインストリートである花見小路なども竹藪の中を通る細い小道だったという。

芥川龍之介《あくたがわりゅうのすけ》も「京都日記」で、ここの竹藪の凄《すご》さを記している。明治、大正の芥川の時代に下っても建仁寺の竹藪はかなりのものだったことになる。ご存知の通り、お寺に竹は付き物だ。精進《しょうじん》料理なら筍を煮物、焼き物、刺身でも食す。竹垣の中でも建仁寺垣は我々が時代劇などで見かける一般的なデザインだ。

食用の筍は江戸中期に入ってから中国渡来の孟宗竹《もうそうちく》を栽培したのが始まりで、それ以前は日本固有の野生種を食していたという。主に真竹であり、関西でも特に京都に古くから野生の物が多く自生していたという。ははあ。諸君、ここにきて「藪から棒」事件の現場が、ややはっきりしてきたのではないだろうか。

西鶴も近松も関西の文学者である。先人である雄長老の狂歌に親しんでいた可能性は大だし、京都が筍の産地なら泥棒が横行していたとも考えられる。そこで立ち上がった人々がいたのだ。棒を持って。

　結論として建仁寺とは限定できないが、おそらく京都辺りの寺院の竹藪で「藪から棒」事件は発生し、それが伝承されたのではないか。お寺で使う棒ならまさに竹棒そのものか、槍《やり》に薙刀《なぎなた》。僧兵が使った棒術の棒は六尺《しゃく》（百八十センチ）だから十分に警護に使えるだろう。槍術《そうじゅつ》の突きはボクシングのストレート並みの速さという。それなら突然、突き出されるとたまったものではない。

建仁寺の竹林

　さて「藪から棒」現象が推理できたとして、我々がこの事態に遭遇した場合、どうするか。できれば泰然自若《たいぜんじじゃく》としていたいものだ。となると何事にも動じない平常心が求められるだろう。もちろん泥棒としてではなく、突然の出来事に対してだ。
　ヨガのトレーニングでは心をひきしめるにはお尻の穴に力を入れる。お尻の穴をきゅっと締める鍛錬《たんれん》をするのがよいという。また脳科学の世界では驚愕刺激の直前に弱い刺激があれば驚愕反応が大幅に抑制されることがしられ、これをプレパルス抑制という。

この反応は八十から八十五デシベル（A）の音で誘発されるというので、そのボリュームで音楽を聴いているのもいいかもしれない。弦楽器や管楽器の演奏に相当する。

だが真剣に注意してもらいたい「藪から棒」現象がある。ドライバーについて回る、曲がり角から突然飛び出してきた子供だ。ドライバーが危険を予測していなかった場合の驚愕に対する反応は一・五秒。予測していた場合は半分だ。両者は距離にして八メートルの差がある。車の運転は常に「藪から棒」の危険があると心得てもらいたい。

さてここまでびっくりさせられるほうばかり書いたが、一方で相手を驚かすにはどうするか。背中からワッと大きな声で驚かせるのが道具も何もいらずに手軽だが、この場合はワ音よりパ音のほうがいいという。そのほうが口の中に空気がたくさん蓄積されて破裂音も大きいからだ。ちなみに音楽で「藪から棒」を考えたいたずら者がいる。交響曲の父・ハイドンであり、その曲はその名も交響曲第九十四番「驚愕」という。

# 「雨が降ろうが槍が降ろうが」、小さなワニが降ろうが。

【雨が降ろうが槍が降ろうが】 どんなことがあってもやり遂げる決意のたとえ

私はミステリー小説家である。小説家は書斎に籠《こ》もっているのが仕事なので「雨が降ろうが槍《やり》が降ろうが」関係ない。むしろ何が降っても原稿を仕上げなければ、おまんまの食い上げだ。

気晴らしに散歩でもと思うがこの頃の天気は当てにできない。最近の異常気象は日常的すぎる。晴れたと思えば最高気温を更新する真夏日。降ったら降ったでゲリラ豪雨。外回りの職種の方は閉口しているだろう。日傘《ひがさ》と雨傘の兼用タイプが売れるはずだ。

だが雨ならまだしも、もし槍が降ったとしたら傘では歯が立たない。ではどうすればよいか。ヘルメットでも持ち歩くか。それとも天気予報を確かめるか。降雨ならぬ降槍《こうそう》確率というのは聞いたことがないが気象庁は観測の対象に入れているだろうか。

しかし何事も用心するに越したことはない。そもそも槍が降る天気とは本当にあり得るのだろうか。そこで調べてみた。すると「ピルムの雨」という言葉に行き当たった。

ピルムとはローマ時代に使われた二メートルほどの槍。これは穂先が曲がりやすく、相手の盾《たて》に一度刺さると抜けづらい構造で、敵が盾を放棄せざるを得ないようになるらしい。

最大射程距離は三十メートルというから、戦場で雨のように降り注ぐとたまったものではないだろう。だがローマ時代が終わって久しい。だから槍が降ってくる心配はなさそうだ。

しかし安心するのはまだ早い。空は雨や槍だけでなく、なんでも降らせるのだ。魚の雨が降ったというのをニュースでときおり耳にするが、このような現象をファフロツキーズという。「falls from the skies」の略で、その場にあるはずのない物が空から降ってくることをさし、江戸時代の『和漢三才図会《わかんさんさいずえ》』にも怪雨《あやしのあめ》と記述されている。

そこでざっとファフロツキーズ現象を年表にまとめてみた。どうだろう。獣毛やら赤身肉やら小さなワニまで。もはやなんでもござれの様相で魚などは空から降る物だという気さえしてくる。英国で降った紙幣《しへい》などは、まさに恵みの雨だ。

二〇一五年にはノルウェーで大量のミミズが降ったという。しかもまだ生きていた。一方、オーストラリアでは二〇一七年にオオコウモリが降っている。こちらはあまりの暑さに木に止まっていたのが脱水状態になり、墜落死《ついらくし》したそうだ。

ロマンチックな方面なら夜空に降る流れ星もファフロツキーズだろう。しかしあれは実は星ではなく、宇宙空間に漂っていたチリが大気圏で燃えた状態。チリだと聞くと願いを掛けるには有難味《ありがたみ》に欠ける気がする。

空から降ってくるもので大変なのは隕石《いんせき》だろう。二〇一三年、ロシアのチェリャビンスクで炎の尾を引きながら火球が落下してきて上空で爆発した。被害は相当なもので周辺地の窓ガラスやドアが衝撃波で吹き飛んだという。

**降〝異物〟年表**

| | |
|---|---|
| 紀元前 | エジプトでモーゼがカエルの雨を降らせる |
| 紀元前 54 年 | イタリアで四角い鉄の塊が降る |
| 9 世紀 | 日本で石造りの矢じりが降る |
| 1793 年 8 月 | 日本で白や赤の大量の獣毛が降る |
| 1858 年 5 月 | フランスで大量のカブトムシが降る |
| 1861 年 2 月 | シンガポール市内各地で魚が降る |
| 1876 年 3 月 | 米ケンタッキーで赤身の肉片が降る |
| 1890 年 | イタリアで血の雨が降る |
| 1890 年 | 米で小さなワニが降る |
| 1901 年 | 米で大量のカエルが降って積もる |
| 1918 年 8 月 | 英で干からびてミイラ化したウサギが 10 分間降り続ける |
| 1956 年 | 米でナマズやブラックバスの群れが降る |
| 1968 年 | 英で約 50 枚のコインが降る |
| 1981 年 5 月 | ギリシャで北アフリカにいるカエルの群れが降る |
| 1982 〜 86 年 | 米でトウモロコシの粒が降る |
| 1989 年 | オーストラリアでニシン 800 匹が降る |
| 1990 年代後半 | 英で 10 ポンド紙幣が大量に降る |
| 2001 年 | インドで赤い雨とともに小魚が降る |
| 2009 年 6 月 | 日本で大量のオタマジャクシが降る |
| 2018 年 6 月 | 中国で雹とともにタコ、ヒトデ、エビ、アワビが降る |

隕石というのは大半が大気圏で燃え尽きるが、ほぼ毎日落下しているそうで、おちおち出歩いていられないではないか。ビルから身投げした人が通行人に衝突して事故になったという話もある。本当にヘルメットを持ち歩かなければならないご時世だ。

私は山梨に釣りに行った際、鹿が降ってきたというエピソードを聞いた。車で山の段々畑の道を走っていると鹿がボンネットに落下してきたのだそうだ。どうやら畑の柵を跳《と》び越えようとして鹿が高くジャンプした結果らしい。

ただ、表のようにエビやアワビが降ってきたとしたら酔っぱらったサンタクロースのプレゼントと感謝して持って帰ってオカズにしたい。土を洗い落として加熱調理すれば安全だろう。

しかし最初に「雨が降ろうが槍が降ろうが」と言い出した人物はそんな固い決意をしてまでどこへ行こうとしていたのだろう。陽《ひ》が落ちるまでに身代わりになってくれた友のもとへ戻らなければならなかったのか。だが走っていて小さなワニが降ってきたら、さすがにたじろいだだろう。

それにげんなりするのがにわか雨だ。降ると思っていなかったので傘を持っていない。仕方ないからどこかで雨宿りするか。約束があるのに困ったな。いや、大丈夫。実はにわか雨はおおよそ三十分、長くても一時間で止《や》むという。

雨を降らせる雲は実は二種類しかない。乱層雲《らんそううん》と積乱雲《せきらんうん》。乱層雲は長雨を降らせ、にわか雨を降らせるのは積乱雲、いわゆる入道雲《にゅうどうぐも》である。だから雲を観察して入道雲なら三十分ほどどこかで雨宿りすればよい。

それなら走り始める前に天気予報で降水確率を確かめるよとメロス。そうか、だがメロス、君は降水確率の意味をきちんと把握しているかね。ああ、どのくらい雨が降るかだろ？　否《いな》。降水確率とは雨の量や面積ではなく、降る確率だ。例えば降水確率三十％ならば、意味していることは百回、三十％という予報が発表されたとして、三十回は降ることを示しているのだよ。え？　すると晴れるのは七割の確率、三割の確率で雨。となると三割バッター並み。けっこう降る気がしますが。

気象庁は過去の同じ気象条件のデータに基づいて降水確率をはじき出しているのだよ。さらに降水確率は予報の対象となる地域での平均値だから同じ東京でも世田谷と荒川では本当は差があるんだ。

聞きたいのですが、降水確率五十％の場合、傘を持っていくべきでしょうか、邪魔なのでやめてもいいでしょうか。今の話だと降水確率五十％は、かつて百回発表された五十％の予報が五十回、的中したケースと同じですよね。

メロス君。降水確率○％だとしたら雨が降らないと思うかね。はい、ゼロですから。いや、違う。実は降水確率○％というのは確率五％未満の場合をさしていて絶対に降らないわけじゃないんだ。

え、百回に五回は降るのか。そうか。要するに降水確率五十％は丁半博打《ちょうはんばくち》ってことなのか。こまったなあ。どっちにしよう。傘を持ってると走るのに邪魔なんだよな。

メロス君、私は雨になるかどうかを髪の毛で判断する。私の頭髪は癖毛《くせげ》でね。こいつがやけにカールするときは雨なんだ。湿気のせいだろうね。ああ、そういえば、僕も雨が降る前はトンカツを食べたくなります。確かマクドナルドでも雨の日の前日はフィレオフィッシュの販売数が増えるとか。

それはね。おそらく原始時代、雨だと狩りができなかった記憶が遺伝子に刷り込まれていて、雨の前にはカロリーの高い物を食いだめしようとする本能が働くんじゃないかな。ははあ、なるほど。いけね、おしゃべりしてる場合じゃなかった。友を待たせているから走りを再開しますね。

おっと、いきなり、むくむく黒雲が湧いたと思ったら突然、土砂降りだ。参ったな。でも三十分の辛抱《しんぼう》ですよね。しかし英語では土砂降りをrains cats and dogs、猫と犬が降るといいますが、あれはなぜなんですか。

あれはね。一説では街路に効率的な排水設備が設けられていなかった時代、土砂降りになると猫や犬が道ばたの溝に溺《おぼ》れることがあったからだそうだよ。米南部ではrains bullfrogs、食用ガエルが降るという。京都の知人はラッキョのような雨と言っていた。彼らは本当にラッキョが嫌いらしいよ。しかし時代や場所を問わず、空からはいろんな物が降ったんだな。おや、メロス君、もう晴れてきたよ。

# 「酒池肉林」の池には鯉、肉は子ブタの丸焼きだ。

【酒池肉林】 酒をたたえて池にし、肉をぶら下げて林のようになしたという意味。酒や肉が豊富な宴。肉林を性的な意味に解釈して使うことも。『史記』の該当箇所には「裸の男女」も登場するので、この解釈も間違いとはいえない

私はミステリー小説家である。儲《もう》からないので食事は一汁一菜《いちじゅういっさい》と簡素である。表題の「酒池肉林《しゅちにくりん》」とは司馬遷《しばせん》の『史記』によると中国の古代王朝、殷《いん》の最後の王である紂王《ちゅうおう》が催した晩餐《ばんさん》、肉を林のように吊《つる》して池に酒を満たし、男女がすっぽんぽんでやったランチキ騒ぎのことをいう。

紂王（『絵本三国妖婦伝』より）

居酒屋で焼き鳥をチューハイでやっつけている身には雲の上の話だが、本当にこんな度を超した宴会があったのだろうか。あったとして、何か我々の宴会時のヒントになるような点はあるのだろうか。あるいは晩餐《ばんさん》のメニュウとして気の利いた一品を見つけられるだろうか。そこで調べてみた。

男女がすっぽんぽんだったのは別として酒池肉林で気になるのは料理だ。古代中国で食した肉は「六畜」といわれる犬・ブタ・牛・馬・羊・鳥。さらに鹿・ウサギ・キジ・鴨《かも》など。魚は鯉《こい》・鮒《ふな》・ケイギョなどの淡

水魚だったという。

なにしろ四本足なら机以外、ブタは鳴き声以外すべて「喰《く》う」という食の権化《ごんげ》たる中国の話である。北京《ペキン》原人はすでに肉を焼いて食べていた。山頂洞人《さんちょうどうじん》は土器と包丁の使用で肉を軟《やわ》らかく煮たり、スッポンもとろ火で仕上げて愛した。

殷の時代には銅製の包丁とまな板、蒸し器があったらしいし、麴《こうじ》も使用され始めた。味噌醤油《みそしょうゆ》の始まりである。さらに蒸す、油で炒《いた》める、揚げると進む食事の歴史は一万年前から六千年前の中国でのことである。大したものだ。

ところでこの酒池肉林の遺跡が最近、発見されたという。河南《かなん》省にある殷の遺跡で大型の人工池が見つかったのだ。ランチキ騒ぎは比喩《ひゆ》ではなく、実際にあったのね。

その酒池肉林の肉は子ブタの丸焼きらしい。それを林のように吊したのだから子ブタちゃんはどのくらい天国へ行ったのか。遺跡として見つかった池は長さ百三十メートル、幅二十メートルで石造り。プールを超えるサイズだ。

池の近くでは魚網に使うオモリも発見されたというから何か魚を飼っていたらしい。王様用に養殖《ようしょく》していたなら、おそらく鯉ではないかと想像する。鯉は古来、中国ではご馳走《ちそう》であり、薬用食でもあった。一説では酒池肉林は神事の一部だったともいわれる。酒も肉も神を迎えるために盛大にというわけらしい。

ちなみに当時の軍隊は食事のために兵隊たちが大規模な狩りを行い、一度で四百五十一頭の鹿を捕まえたりしている。これをおかずに主食は濃い粟《あわ》の粥《かゆ》。我々日本人が縄文《じょうもん》クッキーを食べていた頃、中国ではこのように立派な食事を口にしていたのだ。うらやましいではないか。しかし酒池肉林に関してはローマ人が輪を掛けて上を行く。

ポンペイ遺跡からはスペイン産の魚の塩漬け、外国産の貝やウニ、フラミンゴやキリンの足が発掘された。普通のレストランだけに古代ローマ人は一般人もグルメだったようだ。

さらに貴族となると暴君ネロの宮廷ではフラミンゴの舌、ラクダの踵《かかと》、雌ブタの子宮が嗜好《しこう》され、富裕層の晩餐会ケーナでは三台の長いベッドでこしらえたコの字の席で円卓を囲んで食事に至る。

まず食前酒はワインか、ハーブ・蜂蜜《はちみつ》入りワイン。続いてなぜかゆで卵。居酒屋でいえばお通しだろうか。ゆで卵は鴨、ガチョウ、クジャク（とても珍重された）のいずれか。といっても我々のような茹《ゆ》でたものではなく囲炉裏《いろり》の灰で温めて作った。そしてディナーの開始。前菜の一皿目はタコやカキ、野菜のマリネ、玉ねぎ、カリフラワー、きのこ、エスカルゴ、ウニ、アスパラガスから一品をお選びください。続いて二皿目はギリシア人の好物だった人気のヤマネのハチミツ焼きはいかが。それとも胡椒《こしょう》（インドからの高級輸入品）を利かせたエビやカニの肉団子にしますか。

さてお待ちかねのメインでございます。魚介なら新鮮なヒラメ、ボラ、チョウザメ、タコ、カキなど。肉の場合はイノシシの丸焼き、野ブタのソーセージや串焼き、子羊や子ヤギの料理などなど。ガチョウのフォアグラはすでにこの頃から食されております。お客様、どれにしますか。

名残《なごり》惜しいが最後はデザート。各種フルーツと、小麦粉をこねて焼き蜂蜜をかけたフォカッチャの原型のようなお菓子でごちそうさま。ううむ、さすがに満腹。古代中国やローマ時代、胃薬はどうしていたのだろう。

心配することはない。美食を愛したローマ人は健胃薬としてゲンチアナを服用していた。リンドウの仲間で根や根茎《こんけい》の成分が唾液《だえき》や胃液の分泌を促すのだ。紀元前一七〇年頃のバルカン半島の王国イリュリアの最後の王ゲンティウスが大流行したペストをおさえるために山に入り、神に祈って矢を放ったところ、その矢がこの植物を貫いた。

ゲンチアナ

すわ、神の啓示と王が持って帰って人々に与えたところ、たちどころに効き目が現れたという伝説から王の名を取って名付けられたそうな。一方、古代中国の胃薬はというと、こちらはなにしろ漢方の故郷。最古の薬物書『神農本草経』に大黄《だいおう》（タデ科）が「苦味健胃」に効果があると記されている。桂皮《けいひ》も古くから知られている。

洋の東西を問わず、食いしん坊は食のために万端《ばんたん》ぬかりない。古代ローマ人は旨《うま》い物を喰おう、そのために歯を大切にしようと歯磨き粉の改良に余念がなかったそうだ。あっぱれと言うほかない。

# 「聞いて極楽、見て地獄」へと続く狭き門は九十一・二センチ。

【聞いて極楽、見て地獄】人から聞いて素晴らしいと期待していたのに実際に見るとひどかったということ。想像と現実の違いのはなはだしさを極楽と地獄の差にたとえたもの

私はミステリー小説家である。紙の上とはいえ、平気で悪事を重ねる信仰心がゼロの人間である。そんな私でも天国へいけるでしょうか。と天に向かって尋《たず》ねてみる。するとと言葉があった。曰《いわ》く「狭き門より入れ」とのこと。聞いたことがある。確か聖書に関係した一文だ。わざわざそう述べるところをみると入れるものなら入ってみろと言いたいのだろうか。

一体、その門はどんな風なのか。どのくらいの狭さなのか。関西人の私は狭い門というと茶室のにじり口を思い浮かべるが、あれは幅が六十三センチ、高さが六十六センチだ。それよりも窮屈《きゅうくつ》なのか。死後、遠い雲の上までいって、狭くて入れなければ困る。後戻りもできないし、永遠に立ち往生するのはごめんだ。

第一、天国への道順も知らない。ミステリー小説家は善なる方面に関しては土地勘がゼロなのですよ。ことわざでも「聞いて極楽《ごくらく》、見て地獄」というではないか。せっかく天国にきたのに話が違うと憤慨《ふんがい》しないように天国と狭き門を調査しよう。まずは天国への道順からだ。

聖書の「狭き門より入れ」だが、これはイエスの言葉で「滅びに通じる門は広く、その道も広々として、そこから入る者が多い。しかし命（天の御国）に通じる門はなんと狭く、その道も細いことか」と続く。

天国の門もそこへ至る道も、とにかく狭いらしい。そこまで強調するなら狭い道に当たると手がかりがあるかもしれない。そこで道路について調べてみた。

日本の道路とは建築基準法によると公道・私道を問わず幅員四メートル以上のものとされる。施設を建設するにはこの道路に最低限二メートル以上接していなければならない。天国が先に建設されたか道が先にあったかはわからないが、日本の法規が有効なら現在の天国への狭き道は幅が四メートル、門はどんなに広くても二メートルのはずだ。門は別として、この道なら楽《らく》ちんで入れるぞ。

だが狭い道を調べてみると日本で一番狭い県道、大分県保戸島《ほとじま》にある612号が浮上した。保戸島は豊後《ぶんご》水道に面し、612号は漁村の民家と民家を縫《ぬ》っているが幅は一・二メートル、全長二百五十六メートル。軒先《のきさき》の鉢植えや向かいのプロパンガスが散見する様子は昭和の路地に入ったようで確かに狭い。

この辺りはコロッケのように揚げたかまぼこ「ぎょろっけ」や「ひゅうが丼《どん》」というマグロの漬けが乗った丼《どんぶり》が名物らしい。確かにお魚天国だ。しかし加茂《かも》神社が鎮守《ちんじゅ》らしいのでキリスト教とは方向が違うように思う。

では世界に目を広げてみよう。すると二つ候補が挙がった。ひとつはフランスの大西洋に面したレ・サーブル・ドロンヌにあるラ・ルー・ド・ランフェール通り。幅四十センチ、女性の肩幅でも通るのがやっとの感じで、世界一狭い道として一九八六年ギネスに認定された。

だがこの道は地獄の道という意味で、老いた船乗りや悪魔らしき黒猫が火の玉のように疾走するという噂《うわさ》もある。天国の門へ通じる道としては身持ちが悪いようだ。そこで続く候補、ドイツのロイトリンゲンにあるシュプロイヤーホフ通り。幅が三十一センチで全長が五十メートルほど。二〇〇七年にラ・ルー・ド・ランフェールから世界一狭い道の栄冠を奪った。

こちらは建物と建物の隙間を通るといった感じ。進むにはダークダックスの姿勢でないと難しそうだ。しかしれっきとした公道。残念なことに道に沿う建築物の老朽化が進んでおり、所有者も改修を考えていないそうで、買い取り手が建て替えると世界一ではなくなってしまう。そうなると天国へは通じなくなるので別ルートが必要だ。

シュプロイヤーホフ通り

そこで再び聖書に当たってみた。「創世記」二十八章でヤコブが旅の途中、野宿をする。石を枕にして寝ると天まで達する階段を神の使いが上り下りする夢を見る。

ヤコブは目覚めて、「この場所に主がおられるとは夢にも知らなかった。おそれおおくも、ここは神の家だ」と理解し、枕にしていた石を記念碑として据え、寝ていた場所をベテル＝神の家と名付けた。

このベテルは考古学の研究から現在のパレスチナ自治区にあるテル・ベイティン村ではないかといわれる。死海の北にある町だ。ここに天国への階段があるらしい。事実、慶應義塾大学の調査団がこの村にある遺跡からヤコブの石らしきものを発見している。となるとここから階段を上っていけば天国に着くわけで、案外わかりやすいところにルートがあった。

さて階段だが、見つけるのは簡単だろう。天国は国際的な公共の場なので、安全で信頼がおけますよと世界中からきた人に理解してもらう必要がある。

となると来訪者が利用する階段も各国の言語ではなく、一目でわかるピクトグラムで表示しているはずだ。いわゆるＩＳＯ規格のマーク。非常口と兼用ならおなじみの緑色のおじさんの表示灯も掲げられているはずだからそれを探せばよい。

階段が見つかったら天国に向かって上るのだが、最後の問題として狭き門のサイズを把握しておかなければならない。あまり狭いなら階段を上る前にダイエットする必要があるからだ。

そもそも聖書にある「狭き門より入れ」はキリストがエルサレムを目指していたときに口にした言葉だ。ご存知のようにエルサレム（現旧市街）は城塞《じょうさい》都市で門を通らなければ

エルサレムの糞門（1940年代）

中に入れない。

その門の中でも、もっとも狭いのが糞門《ふんもん》である。糞門とはその昔、汚物やゴミを市外へ運び出すために使われたところから名付けられた。

現在の門はヨルダン管理下の一九五二年に拡張されたが、以前は人がすれ違うのがやっとの幅だったという。確かに古い糞門の写真を見ると狭い。だがすれ違うことはできるようだ。

人間の身体で一番幅があるのは肩という。成人男性の肩幅は平均四十五・六センチ。すれ違えるなら二倍の数字で狭き門は九十一・二センチになる。イエスは糞門を通れば天国に通じるといっていたわけで、天国の門は九十一・二センチの幅ということになる。

心配したが天国への入場はイエスが言うほど困難ではないようだ。ただしすれ違うのがやっとだから出るのも入るのも一列縦隊《じゅうたい》でなければならないだろう。狭くて入れないのではなく、入るのに長い行列になるのだ。相撲《すもう》取りや象を連れた人がいた場合は譲り合いの精神で優先させてあげよう。汝《なんじ》の隣人を愛せというではないか。

# 「深窓の令嬢」は楊貴妃（ぽっちゃり型）だった。

【深窓の令嬢】身分の高い家に生まれ、大切に育てられた、世の汚れに染まぬ美女

私はミステリー小説家である。しかし一介の小市民に過ぎない。ミステリアスな存在でもなんでもない。一方で美人の代名詞である「深窓《しんそう》の令嬢」。なかなか人前に出てこない彼女だし、マンション暮らしの身には縁遠い。

「深窓」だが、あるいは現在も郊外にいくと明治の洋館があり、「深窓の令嬢」がいるのだろうか。そしてカーテンの向こうで楚々《そそ》として微笑《ほほえ》んでいるのか。果たして深窓の令嬢とはどんな女性か。なんらかのルーツがあり、実在のモデルがいるのか。

そこで調べてみた。深窓の令嬢とは辞書によると上流階級の女性がいる家の奥深いところで、世俗から隔離された環境らしい。この「深窓」という単語、日本での初出は『経国集《けいこくしゅう》』だが「月が得難い奥深い部屋」つまり間取りの様子で、残念ながら見《み》目麗《めうるわ》しい娘さんとは無縁だ。だが『経国集』は平安の書物で漢文詩であり、当然、大陸の影響は大きい。

中国には「深窓」そのままの言葉はないが同意となる「深閨《しんけい》」なる語がある。この言葉の由来は白居易《はくきょい》の「長恨歌《ちょうごんか》」。この冒頭に「楊家有女初長成　養在深閨人未識　天生麗質難自棄」とある。大意は「楊家の娘はやっと一人前になる頃だったが、家の奥の部屋で育て

られて人には知られていなかった。しかし天性の美は自然と捨て置かれず……」である。「長恨歌」はご存知の通り、楊貴《ようき》妃《ひ》についての詩だ。なるほど、世界三大美女の一人である楊貴妃こそ深窓の令嬢だったか。

　では楊貴妃が若い頃はどんな美人だったのだろうか。写真は中国の華《か》清池《せいち》にある楊貴妃像。ううむ。どうもぽっちゃりしている。楊貴妃が太目であったとは、あちらではよく言われているらしく、そもそもは同じ唐《とう》の時代に描かれた石画「貴妃出浴図」の楊貴妃がふっくらしていたためらしい。中国には美女を形容する「環肥《かんぴ》燕痩《えんそう》」なる言葉がある。詩人の蘇《そ》東坡《とうば》が言い出したのだが環は楊貴妃（＝楊玉環）であり、燕とは漢《かん》の成帝《せいてい》の皇后、趙飛燕《ちょうひえん》のこと。唐の楊貴妃よりも七百年ほど前の人で風が吹けば飛ぶほど華奢《きゃしゃ》だったという。この両者を対比して「環肥」＝太めでグラマラスな美人、「燕痩」＝痩《や》せてスリムな美人の代表とされているのである。楊貴妃の容貌《ようぼう》はいろいろな文献に少しずつ残っているのをまとめると「柳の葉っぱのような眉《まゆ》、ぱっちりとした目、おちょぼ口、豊かな黒髪、白いもち肌」であったそうな。

楊貴妃（左）と趙飛燕

　しかし言葉や絵だけではどうにも具体性に欠ける、

というか男は誰しも各処のサイズに関心が深いところからか、中国の新聞が各種記述から推測して楊貴妃は身長百六十四センチ、体重六十九キロだと報道している。趙飛燕のほうは身長百六十センチ、体重五十九キロ。だがこれとは別に、楊貴妃には身長百五十五センチ、体重六十キロ説もあり、北京大学の教授は約六十一キロと言っていたりする。なんだか、太っていたり、痩せていたりだ。楊貴妃がグラマーであったとするのは、唐朝は裕福な時代で、杜甫《とほ》曰《いわ》く「稲米は脂《あぶら》を流し、粟米《あわ》は白く、公私の倉廩《そうりん》は倶《とも》に豊実」だったそうで、国が繁栄隆盛を極めた唐では、人々は腹がよじれんばかりにおいしいものを食べていて、したがって楊貴妃も十分に豊満な体格になれたのだとか。玄宗《げんそう》皇帝に相手にされなかった周囲の女性は嫉妬《しっと》から楊貴妃のことを「あいつはデブだ」と罵《ののし》っていたとも聞こえている。

だが待て待て。楊貴妃はスレンダーだぞ。太ってはいないと痩せ型支持の反論も多い。というのも現実として唐の時代は満足に食事を取れない人々が多く、ふっくらしていることが憧《あこが》れであったから石画もああなったのだ。それにだ。楊貴妃の死後、百年内の小説中では腰はすらりと細長い柳腰としているではないか。また楊貴妃と同時代の李白《りはく》は彼女を漢の時代の飛燕が化粧したばかりの美しさと形容しているぞ。

このように、どうも反対派は、李白と同じく、その当時好まれた美人のタイプを根拠とするようで、確かに唐から三百年ほど経過した宋《そう》の時代にはグラマーな女性が好まれた。「環肥燕痩」といった蘇東坡も宋の時代の人だ。いずれにせよ、グラマー派対スレンダー派の戦いは根強いのである。

ところで楊貴妃、実は阿倍仲麻呂《あべのなかまろ》とともに安史《あんし》の乱を逃れて日本に亡命してきたとの伝説が存在する。山口県長門《ながと》市の二尊院《にそんいん》には楊貴妃が小舟に乗って流れてきたとされ、彼女の墓と伝わる五輪塔がある。また京都市の泉涌寺《せんにゅうじ》にある観音菩薩《かんのんぼさつ》坐像《ざぞう》は楊貴妃をモデルに作られたという伝承があり、楊貴妃観音とも呼ばれている。こちらはぽっちゃりだ。

楊貴妃のふるさと四川《しせん》省にある奇景、九寨溝《きゅうさいこう》（九つのチベット族の村があることから命名）

に楊貴妃の顔に見える岸壁があるそうな（上の写真）。
さてどうです。岩の左の部分に、目と鼻と口がくっきりと浮かび上がってきませんか。ううむ、こちらもふっくらしてますね。
さて最後に、飛燕減肥《げんぴ》茶《ちゃ》をご紹介しておきます。このお茶は、腹部の脂肪を減らし、皮膚と筋肉の若さを保つそうで趙飛燕の愛飲品だとか。一方、楊貴妃はライチ。ライチはポリフェノールやビタミンC、葉酸《ようさん》、銅が豊富でシミ予防や美白効果が期待できるそう。グラマーかスレンダーか、どちらの美女にせよ、古来より彼女たちは深窓で、このようにたゆまぬ努力を続け、男性の目を楽しませてくれていたわけなのだ。深謝。

# 「メートルを上げる」には六年の大旅行となる。

【メートルを上げる】 酒に酔ってさかんに論じたり騒いだりすること

私はミステリー小説家である。したがって上げるのは原稿であってメートルではない。人が酒を呑《の》んで気炎を吐くことをメートルを上げるという。なぜ、メートルなのか。酒は液体なので「リットルを上げる」ではないのか。これにはいくつかの説があるらしい。
①関東発祥説＝ガスや電気の使用量を測るメーターの針がぐるぐる回り、数値が上がる様子からきた。
②北陸発祥説＝飲み過ぎるとしゃっくりが出始めるので「しゃっくりが上がる」を縮めて「尺が上がる」になり、尺貫法《しゃっかんほう》廃止とともにメートルと言葉遊びにした。
③米語では長さの単位だけでなく、液体の体積を量る計量器もメートルと呼び、容量が多いとメートルグラスやカップに付いていた目盛りの上のほうになるから。
日本がメートル条約に加入したのは明治十九年だ。明治二十三年にメートル原器を手に入れ、翌年の度量衡法《どりょうこうほう》では尺貫法を基本としつつもメートル法も公認している。メートルに統一したのは大正十年の改正度量衡法から。

ただし特定の業種には猶予期間が設けられたという。お酒や釣り糸の単位がいまだに合やら号なのも納得がいく。古くからの商習慣単位は根強いのだ。「メートルを上げる」の言い回しは大正時代にあり、「メートルを下げる」とも口にしていたという。

日本が明治に加入したメートル条約。このメートルが長さの単位として決定するまでには大変な困難があった。時は一七九〇年、国際間の単位統一を提唱したフランスのタレーランと国民議会は科学学士院に長さの単位を確立せよと委託した。当時のフランス国内には八百種の単位があり、「橋を渡れば単位が違う」というほどややこしかったのだ。

当代一流の学者は額《ひたい》を寄せ合い、いくつかの案を捻出したが、結果、不変である地球の大きさ、赤道と北極間の子午線《しごせん》の長さの一千万分の一を単位とすることに落ち着いた。国際単位といっても英国、米国の協力が得られず、フランスは単独、この難事業に乗り出す。

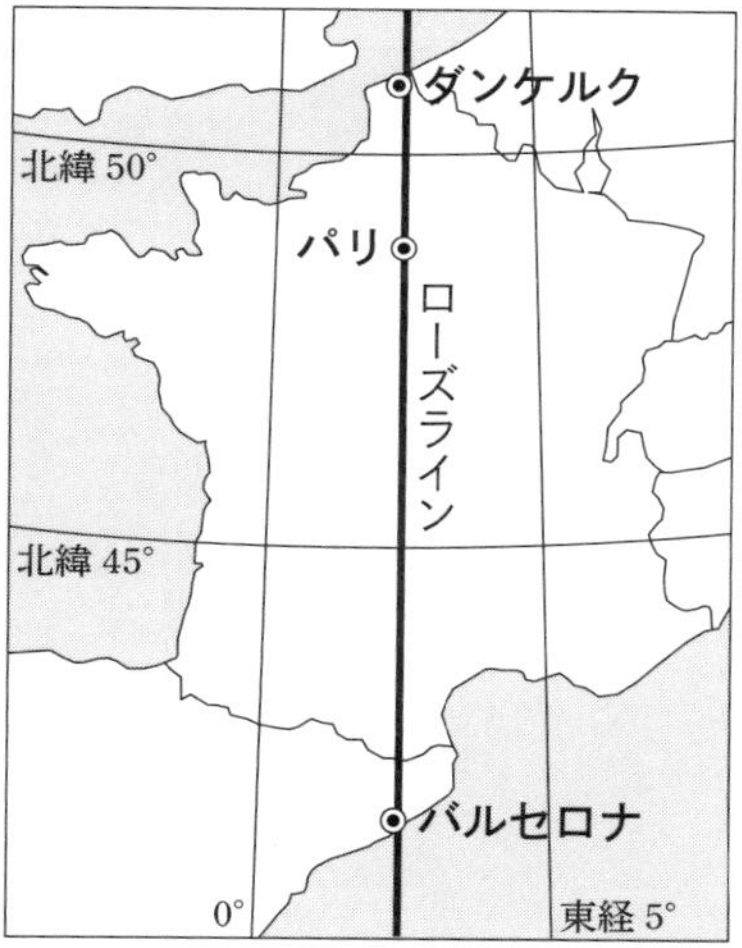


当時はフランス革命の真っ最中、その動乱の中をパリを通る子午線（ローズライン）が海にぶつかる地点、ヨーロッパ大陸の南北の距離を正確に計るために、南の隊はバルセロナ、北の隊はダンケルクへと旅立った。

北の隊では測量中、塔に巻いた標識用の布が白だったため、王家を示していると反革命分子に疑われ、慌てて赤と青を塗り足したという。一方、南の隊も政情不安から亡命同然の身の上になったり、機械の事故で大怪我《おおけが》を負った。こうして六年の歳月を経て、赤道から北極までの長さが三角測量で算出され、この一千万分の一を化学変化の少ない白金《はっきん》で長さの基準の物差し、メートル原器を製作した。火事で台無しにしないように保管は厳重を極め、日本が入手した物も八つの扉の奥に納められたという。つるかめ、つるかめ。

ちなみに今、物差しと書いたが、物差しと定規は別物である。物差しは物の長さを測るもので定規は線を引いたりする道具だ。両者は目盛りのゼロの位置が違う。物差しは先端がゼロで始まり、定規は少し内側にある。

また素材が軟質アルミで針金みたいに曲げて自在に曲線が引ける定規。〇・一ミリが計測できる物差し。百年単位の目盛りに平安、鎌倉といった時代が書き込まれた歴史定規。中には目に当てると遠くの文字が見える定規もある。

本体に細かい穴があいていて、それで覗《のぞ》くと近視・遠視の焦点を是正《ぜせい》するピンホール効果の作用を発揮するのだ。世の中にはいろいろな測るモノがあることよ。

だが物差しがないときにはどうするか。あり合わせで間に合わせよう。よくサイズを示すのに使われるタバコの箱は縦《たて》八十八ミリ、横五十五ミリ。一円玉は直径二センチ、千円札は横が十五センチ。官製ハガキは横幅が百ミリ。一升瓶の口の蓋《ふた》は直径三十ミリ、単二電池の長さは五十ミリだ。

パリ学士院は「地球は不変」と考えたが、それは少し違う。ご婦人が大好きな百貨店が適正計量管理事業所であることをご存知だろうか。地球の遠心力は南北で違うため、札幌で百キロのものが沖縄では九十九・八六キロと、地球はところによって重さに差が出るのだ。これでは物を量《はか》り売りする商売では問題が生じるので「ウチは正直商売ですよ」と経済産業省のお墨付《すみつ》きをいただくのである。

地球には遠心力とともに重力が作用している。そのため、ご婦人のバストは何もしないと垂れてしまう。これは我々男性にも、パリ学士院にとっても大問題である。できるだけ美しくあってほしい。そこで誕生したのがブラジャー。この救世主は一九五〇年代にはSMLのサイズ表示だったそうな。これがカップで示されるようになったのは一九八〇年のJIS規格から。

といってもバストは不変ではない。韓国のBカップは日本のCからDに相当するという。引力か遠心力の関係かもしれない。また英国米国ではインチ・フィート法を基準とするため、日本製とサイズが異なる。ふううむ。カップの国際基準は誰も求めないのか。経済産業省は適正計量管理を指導しないのか。

パリ学士院は子午線を測る前に、きちんとバストを測量すべきではなかったのかとも思う。だが正直であることは、ときとして夢を壊すとも考えられるので、深く追及するのは止《や》めておこう。バストに関しては過大評価は大歓迎だから。ちなみに二月十二日はブラジャーの日。一九一四年のこの日、アメリカのメアリー・ジェイコブ嬢が「BRASSIERE」の特許申請をなされたのである。

## 「柳の下の泥鰌」は東京京橋あたりにいた。

【柳の下の泥鰌】一度柳の下でたまたま泥鰌を捕ったからといって、同じ柳の下でまた見つかるとは限らない。同じように一度うまいことがあって味をしめても、同じようなことは何度も起こらないという意味

私はミステリー小説家である。だが関西出身なので泥鰌《どじょう》は食べない。上京して名物というから口にしたが私の舌にはあわなかった。だが二匹目の泥鰌は大いに好きである。こういったうまい話はどしどしやってきてほしい。自分から探しにいってもいいぐらいだ。ただどこへ探しにいけばよいのかがわからないので困っている。

表題の「柳の下の泥鰌」はそれほど古い言い回しではなく、『岩波ことわざ辞典』によると一八九〇年初出という。明治二十三年だ。この時代に柳の下でたまたま泥鰌を捕り、味をしめて前回と同じ場所に行ったが二回目は捕れなかった人がいたのだろうか。それは誰でどこの柳なのか。その人物はその後、どうしたのか。

そこで調べてみた。泥鰌は古くは各地で食べられていたようで、田植えの前後、川やため池からすくってきたのを野菜やうどんを入れて鍋で煮たという。近隣の集《つど》いに出されたそうで海から遠い人々にとって貴重な動物性タンパク質だったのだろう。

特に江戸っ子は泥鰌が大のお気に入りらしく、『和漢三才図会《わかんさんさいずえ》』（一七一二年）にも背骨を抜き取り、煮物にして食べるとうまいと記述されている。泥鰌料理といえば柳川《やながわ》とどじ

ょう鍋だが、柳川にはいくつか起源と由来があるので表にしておく。

骨抜きのどじょう鍋は文政《ぶんせい》の初め、一八一八年頃、南伝馬町《みなみでんまちょう》三丁目の裏店《うらだな》に住む万屋《よろずや》某が泥鰌から骨と内臓を取り、鍋で煮たのが最初だと『守貞漫稿《もりさだまんこう》』に記載されている。その後、天保《てんぽう》年間の初め、一八三〇年頃に横山同朋町《どうぼうまち》柳川屋がササガキゴボウを加え、卵とじにして売り出して流行したという。

さて誰がどこの柳で二匹目の泥鰌を狙ったのか。東日本であることはまず間違いない。近年以降、それ以外ではあまり食べないからだ。手がかりとなるのは、なんといっても柳だろう。

| | | |
|---|---|---|
| 本所の鰻屋が発祥 | 江戸日本橋の柳川屋が発祥 | 浅草千束村の小料理屋が発祥 |
| 福岡柳川が発祥 | 福岡柳川産の土鍋を利用したから | 店の主人が柳川出身だった |

**柳川鍋の起源と由来諸説**

日本には川辺や湿地で自生していた柳と人の手で街路に植えられたシダレヤナギがある。シダレヤナギは冠水することが多い低湿地帯でもよく育ち、挿《さ》し木で簡単に殖《ふ》やせ、生長が早い。このため、海に近い江戸の掘割や池沼へ盛んに植えられた。

また川沿いに柳を植えると根が張り、土手を固めて崩壊を防ぐ。おまけに燃えにくいので火事の多い江戸で延焼を防いでくれたらしい。仮に葉が燃えてもシダレヤナギの場合は飛んでいかず、下に落ちてくれる。

明治になって政府の肝《きも》いりで文明開化のシンボルとして整備された銀座通りは柳で有名だった。姿を消したのは昭和四十三年。銀座

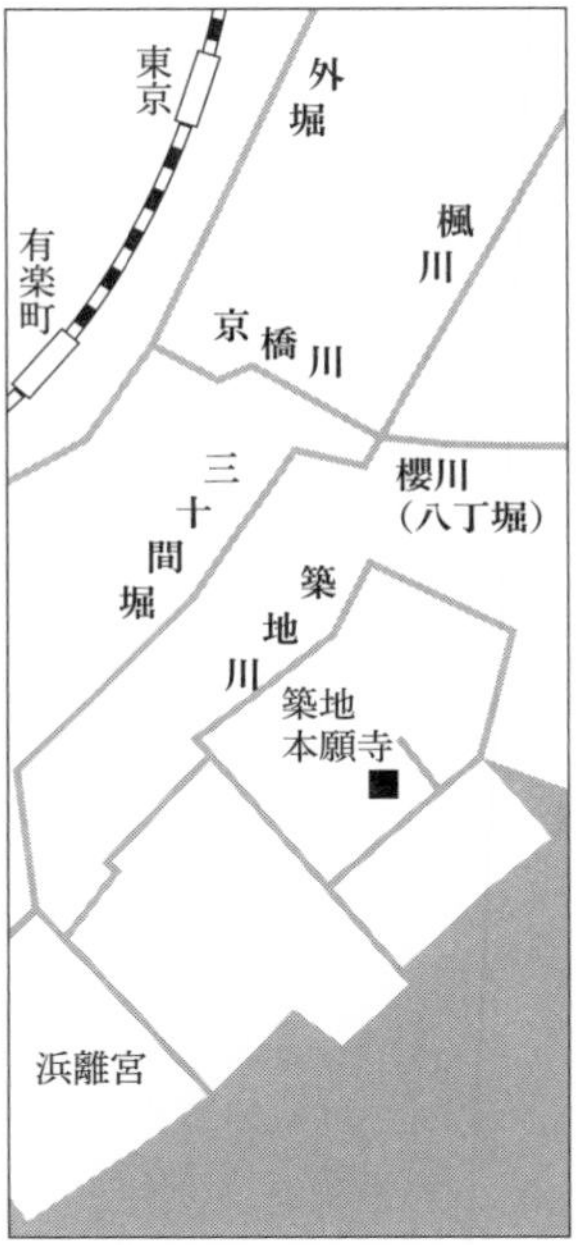

網のかかった地域が旧南伝馬町三丁目

界隈《かいわい》はかつては水の都といえるほど運河があったという。前述した掘割だ。明治初期の地図上にある通り、縦横に運河が走っている。

掘割があって柳が植えられている。かなり近づいたのではないだろうか。一八九〇年のことわざの初出まで半世紀以上あるが、どじょう鍋の元祖の店があったのは南伝馬町三丁目。現在の京橋二〜三丁目、地下鉄京橋駅から首都高速辺りまでだ。

一方、柳川を売り出した柳川屋があったのは横山同朋町、現在の東日本橋二、三丁目である。となると候補はぐっと絞られた。地図でいうと三十間堀、京橋川、楓川《もみじがわ》、櫻川《さくらがわ》あたりではないだろうか。中でも京橋川と楓川は南伝馬町三丁目から目と鼻の先だ。楓川は東日本橋へ続く。

どじょう鍋の元祖の店はわざわざ記録に残されている。また柳川屋の柳川はいくつも支店を出すほど繁盛《はんじょう》したという。この二店を見て、うまいなら自分も作って食べてみようと思った人間がいたのではないか。場所は京橋川か楓川の柳の下。

問題の泥鰌がどちらの川のものかは不明だが、ロケーションとしてはぴったりなので、その人物は店にほど近い掘割に足を向けた。そして一回目は運良く泥鰌が捕れたが二回目はボウズであきらめた。なんだかそんな顛末《てんまつ》が匂ってくる。

東京北東部の郷土料理とされるどじょう鍋と柳川鍋。泥鰌は江戸時代から戦前までは郊外の水田でいくらでも捕れたという。ところが近年は絶滅が危惧《きぐ》され始めている。二匹目どころではない様子なのだ。庶民の味も遠いのである。

最後に泥鰌にとっては地獄といわれる料理を紹介しよう。どじょう豆腐といって鍋に水を張り、豆腐とともに生きた泥鰌を入れて煮る。すると湯が沸いてくるので泥鰌が熱さに耐えかねて、まだ冷たい豆腐の中に潜り込む。

だがいずれ豆腐も煮えてくるので潜り込んだ泥鰌も一巻の終わり。この料理は周りには湯豆腐を食べているようにしか見えないので昔、肉食が許されなかった僧侶が好んだという。とはいうものの、実際には泥鰌が豆腐に潜り込むことはなく、あっさり煮えてしまったりするのだった。

# 「男子家を出れば七人の敵」とは豊臣家臣(十人かも)。

【男子家を出れば七人の敵】社会に出て働く男には競争相手や敵が大勢いるということ

私はミステリー小説家である。家に籠《こ》もって机に向かうのが仕事なので敵は己《おのれ》一人だろう。だが一般的に会社員には敵が多いはずだ。まず一人目は無茶を押しつけてくる課長。二人目はなかなかうんと言わない得意先。三人目は抜け目ない同業他社。四人目はコンビを組んでいる若手ぼんくら営業マン。五人目はいつまでも承認印を押さない部長。六人目はすぐにさぼりたがる製造現場。七人目は突然フリーズするコンピューター。

現在のビジネスシーンなら男女を問わず、あなたの敵はこんなところだろうか。いやいや、敵を知り己《おのれ》を知れば百戦危《あや》うからず。あなたの気付かなかった敵を知るためにも七人の敵とは誰なのかを調べてみた。この言葉の出典は「義演准后《ぎえんじゅごう》日記」。江戸時代にできたものらしい。敵とは石田三成《いしだみつなり》を襲った豊臣《とよとみ》家の家臣七人のこと。というのも秀吉《ひでよし》の死後、豊臣政権は武闘派と三成らの官僚派が対立し始めていた。

そんな中、慶長《けいちょう》四年（一五九九）閏《うるう》三月に両派閥《はばつ》の調停役だった五大老《ごたいろう》の一人、前田《まえだ》利家《としいえ》が死去すると加藤清正《かとうきよまさ》の屋敷に三成征伐《せいばつ》のメンバーが集まった。顔ぶれは以下。福島正《ふくしままさ》

黒田長政
加藤嘉明
池田輝政
加藤清正
福島正則
細川忠興
浅野幸長
石田三成

則《のり》・加藤清正・池田《いけだ》輝政《てるまさ》・細川忠興《ほそかわただおき》・浅野《あさの》幸長《よしなが》・加藤嘉明《かとうよしあき》・黒田《くろだ》長政《ながまさ》。以上の敵が襲撃してくるとの急報を受けた三成は徳川家康《とくがわいえやす》のいた伏見《ふしみ》城に逃げのびる。しかし敵に囲まれ、万事窮《きゅう》すとなった。ここで家康が仲裁に入り、三成を彼の城である佐和山《さわやま》城への隠居を条件に命を救ったという。どうも家康はどちらの派閥にも評価が高まるように根回ししたらしい。また伏見を襲ったのは七人ではなく、脇坂安治《わきざかやすはる》・蜂須賀《はちすか》家《いえ》政《まさ》・藤堂高虎《とうどうたかとら》を加えた十人との記述もある。三成はかなり嫌われていたのだろうか。

ともかくこうして三成急襲事件は結果的に豊臣政権が没落《ぼつらく》していく引き金となったという。ううむ、なるほどもっとも危険な敵は家康か。根回しして裏で糸を引き、次の権力を狙う人物。あなたに心当たりはあるだろうか。ゆめゆめご油断なきよう。

さて七人の集団というと思いつくのが映画『七人の侍』だろう。だが黒澤明《くろさわあきら》監督によると「七人」である意味は特になかったという。映画の内容より先にタイトルを会社から尋《たず》ねられ、思いつきで時代劇だから「七人の侍」と答えると「それでいこう」と即決されたために、脚本家らと、ああでもないこうでもないと七人をひねり出したそうである。

だがこの七人の構成は絶妙だったようで後に西部劇の『荒野の七人』、クライムコメディの『黄金の七人』などなど、続々と七人モノとでもいえるストーリーが作られていく。内田樹《うちだたつる》氏は自身のサイトで『七人の侍』の組織論を述べているので表にまとめてみよう。

下段のトリックスターは映画では農民でありつつ侍である人物だが、彼が野武士から救う村の農民と侍の連帯をもたらす役割をする。気晴らし役は「その男と話していると気が開ける。苦しいときには重宝」な男。最後の伝説を語り継ぐ者は侍たちのスキルや知識を受け継ぎ、闘争で死んでいく彼らを未来へ語り継ぐ役目という。

では他に七人の集団はないか。竹林《ちくりん》の七賢人、七福神《しちふくじん》、白雪姫と七人のこびと。七人のこびとはそれぞれ名前によって性格付けが行われているので表にしておく。ディズニー映画『白雪姫』ではこびとが七人だが原案ではさらに十六人ほどがいたという。

**七人の侍**

| 構成員 | リーダー | サブリーダー | イエスマン | 斬り込み隊長 |
|---|---|---|---|---|
| 役割 | プランナー | リーダーが見落としていることを片付ける | リーダーの指示に理非を問わずに従う | リーダーのプランをただちに実行 |
| 構成員 | トリックスター | 気晴らし役 | 伝説を語り継ぐ者 | |
| 役割 | 組織の異なる領域を連帯させる | 苦しいときに効果を発揮 | 残り６人により教育される次世代 | |

**七人のこびと**

| 構成員 | ドック | グランピー | ハッピー | スリーピー |
|---|---|---|---|---|
| 性格 | 先生 | おこりんぼ | ごきげん | ねぼすけ |
| 構成員 | バッシュフル | スニージー | ドーピー | |
| 性格 | てれすけ | くしゃみ | おとぼけ | |

**七人のスポーツ**

| | | | |
|---|---|---|---|
| スーパードッジボール | ビーチドッジボール | ネットボール | ７人制ラグビー |
| ポートボール | 水球 | ハンドボール | アルティメット |
| カバディ | 雪合戦 | ７人制サッカー | |

七人の集団は少数と多数の中間地点、少なすぎず多すぎない人数ではなかろうか。スポーツに目を向けると七人でひとつのチームという競技がいくつかある。スーパードッジボールには漫画『炎の闘球児 ドッジ弾《だん》平《ぺい》』から派生した内野四人、外三人の七人制のローカルルールがある。

スポーツだけでなく、ゲームも七人で遊べるものがある。ご存知、花札の「花合わせ」は参加人数が最大七人だ。勝敗は獲得した札の点数の合計なのだが紹介が難しいので興味がある方はご自身で調べて欲しい。

出会いたくない七人組がいる。四国・中国地方に伝わる「七人みさき」なる集団の死霊だ。海で溺死《できし》した人間が七人組になり、海や川に現れるという。この「七人みさき」に出会った人間は高熱に見舞われ、あの世へ行く。「七人みさき」は一人取り殺すと七人組の一人が成仏《じょうぶつ》し、取り殺された者が入れ替わる。そのため常に七人で人数に増減はない。同様に七人組の幽霊に七人同行《どうぎょう》というのがあり、これは常に一列になって歩いているという。この七人同行、通常は姿が見えないが牛の股間《こかん》から覗《のぞ》いた場合や、耳を動かすことができる人間には見えるとされる。かつてE・H・エリックという司会者がいて器用に耳をぴくぴくさせていたが、私は彼以外に耳が器用な人物を見たことがない。滅多《めった》にいない異能の人なのだろう。

また香川につたわる七人童子《しちにんどうじ》は四《よ》つ辻《つじ》を丑三《うしみ》つ時《どき》に通ると現れるとされる童子姿の妖怪。現れる四つ辻は特定の場所で、人が通らなくなったそうだ。家を出て七人組の幽霊や妖怪に出会いたくはないが、七人のこびとなら見てみたい気がする。ぞろぞろ連れ立っている姿はユーモラスだし、鉱山でダイヤを掘り出すのが仕事なので、ついていくと得するかも。

# PART 3

# ことわざの謎は生物学で解明できる(のかな)

# 「蛇に睨まれた蛙」は剣豪並みに強い。

【蛇に睨まれた蛙】　蛙は蛇に正面から狙われるとすくんで動けなくなる。そのように恐ろしいものの前で手も足も出なくなってしまうたとえ

私はミステリー小説家である。したがって税金は青色申告である。しかも漁師と同じで捕れた分だけが所得という不安定な職種。だから睨《にら》まれて恐いのは税務署だ。

だが「蛇《へび》に睨まれた蛙《かえる》」はヘビが恐いのではなかった。最近の京都大学の研究から剣豪の戦法である「後《ご》の先《せん》＝後手に回ることで効果的な反撃」を取っていたと判明したのだ。

ヘビとカエルが睨みあって静止している現象は既存の動物行動学の考えでは説明がつかなかったという。両者が出会うとヘビは体格的に優れているが接近するものの、すぐに襲わずにいる。なぜか。

一方、カエルもすぐ逃げず、ヘビが襲いかかるか、一定の距離に近づいてから逃げる。つまりヘビに先手を許す不利な行動を取る。なぜか。どちらも変だということで、食うか食われるかの関係にあるシマヘビとトノサマガエルで調べてみたそうだ。

するとカエルの行動が起死回生《きしかいせい》の策であると判明した。カエルは逃げるために跳躍《ちょうやく》するのだが、跳《と》んでから着地までは進路を変更できない。そのために先に跳ぶとヘビに動きを読まれる恐れがある。

へビも嚙《か》みつこうとすると体が伸びるが、再び体を縮めないと移動できない（蛇腹《じゃばら》のように）。つまりどちらも食うか食われるかの際、一方通行なのだ。

へビが伸びた蛇腹を元に戻して体を再び動かせるまで〇・四秒が必要という。だからへビが動いてから攻撃を避ければ、カエルはさっと安全圏に逃れられることになるそうな。

へビとカエルの睨みあいは五〜十センチの距離まで詰められ、それを越えると、どちらかが先に動くが、対峙《たいじ》した両者が、その刹那《せつな》となるまで長い場合は一時間も構えあっているという。もはや無想の境地である。

そういえば『剣客《けんかく》商売』で池波正太郎《いけなみしょうたろう》氏が描く秋山小兵衛《あきやまこへえ》翁《おう》も、ぱっと相手を飛び越えて一閃《いっせん》をかわし、攻撃した。トノサマガエルよ、君もなかなかの剣客ではないか。お玉《たま》が池《いけ》で学んだのだな。

生物の防衛行動というのは勉強になるものが多いようだ。「蛇に睨まれた蛙」のように危急の際にどう逃げるかを知っていれば青色申告で役立つかもしれない。そこで調べてみた。

東京農工大学では奄美《あまみ》大島《おおしま》のカエルの逃避行動を研究し、生き延びるために「ビビり」になっているらしいことを突き止めている。

奄美大島では島の一部にマングースが移植され、在来種であるアマミハナサキガエルが減少した。その後、マングースは駆除されたが、わずか数十年の間にカエルの逃避能力が急速に発達していたという。

研究グループはマングースが導入されていた地域とそうでない地域で「人がどこまで接近すればカエルが逃げるかというビビりの程度（逃避開始距離）」を調べた。すると、マングースのいた地域のほうがすぐに逃げ出すことが明らかになった。足が早くなったのではなく、逃げ出すタイミングが早くなったのだ。

これはカエルの寿命が三〜四年であることを考えると、マングースがいなくなっても、一度発達した逃避能力は戻らず、世代を越えて受け継がれた可能性を示唆《しさ》するという。というのも調査の対象となったのはマングースがいなくなってから生まれた個体だからだ。

また米カリフォルニアの砂漠に生息するカンガルーネズミもなかなかの使い手だ。このネズミは毒ヘビが餌《えさ》を待ちかまえている夜間に活動するのだが、ガラガラヘビに出会うと予測不能なジャンプをしたり、ヘビの頭を蹴《け》ったり、足を素早く踏み鳴らしたり、ヘビの顔に砂をかけたりする。

ガラガラヘビがネズミに噛みつくまでの時間は〇・一秒。その間にネズミは起死回生の手を打つのだが観察では二十三回の事例ですべてネズミが勝利したという。ネズミが足を踏み鳴らすのは「そこにいるのはお見通しだ」とヘビを看破《かんぱ》しているためとも、仲間に連絡しているためとも考えられている。

研究者によると足を踏み鳴らしているときのネズミは「やめておけ。痛い目を見たくないなら立ち去るのだ」と因果《いんが》を含めている風にも見えるという。中にはヘビが埋もれるほどの大量の砂をかけて隠れているところから追い出させるケースもあったそうで「お前ぐらいなら剣に頼るほどのこともないわ」と高笑いが聞こえそうだ。

マングース（左）とアマミハナサキガエル

ヘビのほうも負けてはいない。米南東部に住むピグミーガラガラヘビはいろいろな小動物を食べるがトカゲとムカデでは勝負に違いがあるという。トカゲを食べるときは待ち伏せし、毒牙《どくが》で電光石火の一撃を加えたり、尾をかすかに揺らして虫と勘違いさせてトカゲを誘《おび》き出す。

だがムカデには頭に毒を出す牙《きば》のような武器があり、刺されると、とても痛い。そこでガラガラヘビは近づくときに頭を上げ、眼《め》などのデリケートな器官を攻撃されないようにする。そして相手を一度攻撃すると、さっと離れ、自身の毒が効いて相手が動けなくなるのを待つ。

ムカデには蛇の毒が効きにくいらしく、動けなくなるまで二十分ほどかかるそうだ。「むむ、痺《しび》れ薬とは卑怯《ひきょう》なり」とムカデの呻《うめ》きが聞こえてきそうだが、ヘビの中には待ちきれずに生きたまま食べてしまうのもいるそうな。

チョウチョウが風に舞う枯れ葉のようにハラホロヒレハレと飛んでいるのも鳥に捕食されないように不規則な軌道を身につけているからだ。タコやイカは墨《すみ》を吐いて逃げる。だがタコの墨は海水に溶けるタイプで煙幕《えんまく》となって逃げの手に使われる。

一方、イカのはどろりとしていて、あたかも別の自身ができたように相手に思わせる分身の術だ。こうなると山田《やまだ》風太郎《ふうたろう》先生の『忍法帖《にんぽうちょう》』になってしまう。

海外では「蛇に睨まれた蛙」を「鬼神《きしん》に桃の木の棒（桃の木は魔よけになる）」（韓国）とか「ライオンの洞窟《どうくつ》にいるダニエル（旧約聖書から。試練を受けているといった意味）」（イギリス）などという。それぞれにそのときどうするかの窮余の一策があるのだろうが、小説家にはなにも術《すべ》がない。ただ机に向かってペンを走らせる。そうやって生き延びるしかないのだ。無念なり。

# 「喉から手が出る」手は生物学的には舌だ。

【喉から手が出る】空腹時、両方の手で食べるのを待ちきれず、直接喉からもう一本の手が出そうなほど食物を欲するように、何かが欲しくてたまらないことのたとえ

私はミステリー小説家である。欲しいものといえばベストセラーであり、印税だ。またノーベル文学賞も欲しいし、若く可愛い女性ファンもたくさん欲しい。できればもう少し背も欲しいが成長期は過ぎたのであきらめている。

よくよく想像するに「喉《のど》から手が出る」光景はかなりシュールではないだろうか。その手が名刺を持っていて手渡してきても受け取るのを躊躇《ちゅうちょ》しそうだ。だがこれも人間の喉から手が出ていた場合のことで人食い鮫《ざめ》から出ていたら不思議ではないし、喉から毛が出ていたら猫だ。

喉から出る手とはどんな手か。そこで調べてみた。すると舌は生物学的には口の底にある筋肉が盛り上がったものとあった。つまり体に出ている手足と変わらない器官となる。いわば口に生えている手が舌なのだ。

地球上に生命が誕生し、まだ水中にいたとき、真っ先にできた器官が食物を取り込むための口だ。やがて我々の先祖は海から陸へと上がった。しかしまだ四足歩行の状態だ。水中のようにプランクトンがぷかぷかしているわけでもない。

腹が減った。なんとかしなければと体のもっとも前にある口を突き出す。すると舌が前に出た。やれ、うれしやと地面にいた虫をぺろり。これは根拠のない話ではない。カエルを見よ。カメレオンを見よ。あれほど巧みに動く舌は詐欺師《さぎし》も顔負けだ。

カエルの舌は体長の三分の一もある。そして体重の一・四倍の重さを持ち上げる。人間が自分の舌で冷蔵庫を持ち上げるのに匹敵するらしい。そしてその舌で秒速四千メートルのスピードで獲物を捕らえる。タイムはなんと〇・〇七秒以内。ジェット戦闘機の六倍なのだ。

その舌は接着剤のように粘着力があり、相手を搦《から》め捕って放さない。そしてバンジージャンプのロープと匹敵する弾力を発揮して百分の十五秒以内で獲物を口に入れてしまう。

一方、三百六十度の視野を持つカメレオンも負けてはいない。人間の舌には骨がないがカメレオンにはあるという。細長い一本のもので周りを筋肉が覆っている。カメレオンはこの骨をまず突きだし、舌を伸ばして狩りをする。

獲物に伸びた舌は先が分かれていて、両手でつかむように相手をキャッチ。口から舌を発射する際の加速度はジェット機が最大スピードで急降下する際の約四倍だそうだ。

陸上ばかりではない。テッポウウオは水中から陸地へ手の代わりに水を使って獲物を狩る。川釣りをする人はご存知だろうが見えている魚は本当の居場所から少しずれている。空気中と水中では光の屈折率が異なるからだ。

これは水中から外界を見た場合も同じだがテッポウウオはこの屈折具合を理解して水鉄

砲を発射するのだ。しかも相手のいる高さや位置に応じて放物線を描く水の軌道も計算している。しかも飛んでいる虫も射落とすのだから、オリンピックのクレー射撃に出れば金メダルが確実ではないか。

この射撃の腕は生まれ持ったものではなく、学習の成果だという。というのも、若い未熟なテッポウウオはゆっくり動く標的も外すらしい。だが仲間のベテラン狩人《かりゅうど》の様子を横で観察し、見ているだけで命中するようになるそうだ。自分とベテランの位置、外の餌《えさ》の三つの位置を把握するらしい。

テッポウウオ

これほどの射撃名人であるテッポウウオの眼《め》はとてもよいと聞く。テッポウウオにランドルト環テストをしてみると淡水魚の中では抜群の視力だったので、近年、彼は視覚研究のすぐれたモデル動物として注目されているそうな。

オーストラリアでは喉からヘビを出しているカエルが撮影された。両生類というのは獲物を丸呑《まるの》みするそうで、自分の口より小さいサイズの相手なら行動を起こすらしい。つまり食べられると思った相手はとりあえず呑んでしまうわけだ。

確かにイワナの胃袋から小さなヘビが出てきたと釣り

師から聞いたことがある。ルアーのスプーンとはボートから落としたスプーンを魚が呑んだところからくる。その内にクジラの喉から出ているピノキオが撮影されるかもしれない。

生物の喉からはいろいろなものが出るようだ。私たち人間の喉から出ているものに、のど仏がある。これは喉の内部にあるふたつの軟骨が結合している部分で、当然ながら女性にもある。ただ目立たないだけだ。のど仏は子供から思春期に達すると急成長するのだが男性が九十度の角度で交わるのに対して女性は百二十度と緩やかなのだ。

のど仏は英語では「アダムのリンゴ」と呼ばれ、アダムが知恵の木の実であるリンゴを食べているときに神様がきてびっくりし、喉に詰まらせた。それが膨らんだものと考えられたところからくる。

だが我々は、あの喉の突起をのど仏という。なぜか。骨の形が座禅《ざぜん》している仏様に似ているからだ。だが間違ってはいけないのが、ここでいうのど仏は前述した軟骨ではなく、第二頸椎《けいつい》である。首の上から二番目の骨。軟骨は火葬時に燃え尽きてしまう。

首の骨である頸椎は哺乳類《ほにゅうるい》では必ず七つと決まっている。だが二メートルにもなる長い首を持つキリンは八番目の首の骨として胸椎《きょうつい》をよく動くようにした。その結果、高いところの葉っぱも地面の水も飲めるようになったという。

他にも我々の喉から出ているものに「のどちんこ」がある。医学界では口蓋垂《こうがいすい》。扁桃腺《へんとうせん》と間違ってはならない（私は今まで勘違いしていた）。これを持つのは哺乳類では人間だけだ。だからタヌキやキツネが化《ば》けていそうなら、口を開けさせるとよいだろう。

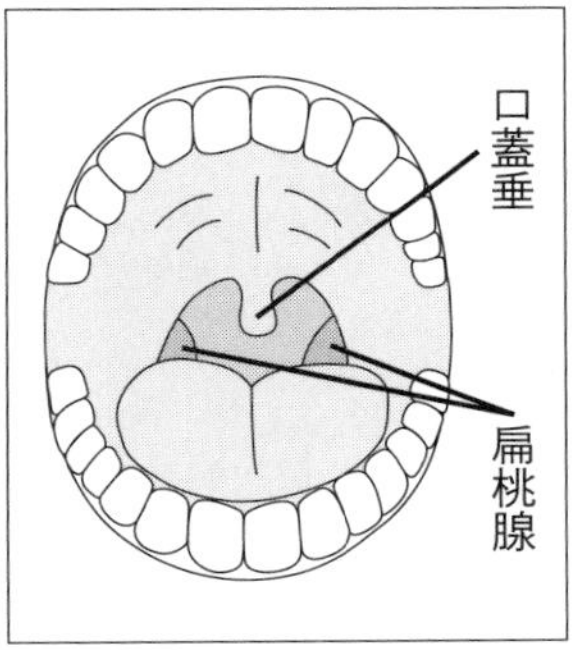


口蓋垂は食品を呑み込む際に鼻のほうへ行くのを防いでいる。また中の筋肉が素早い動きを繰り返すことができるので複雑な発音や唄が歌える。ただし大きかったり、腫《は》れたりするといびきの原因になるらしい。

突然、喉から出るものの代表はしゃっくりだろう。世界一続いた例では六十八年間続いたという。病気が原因でない場合、理由がほとんどわからないというからやっかいだ。六十八年続いていた人は、しゃっくりが止まってびっくりしたのではないか。普通は逆だが。

横隔膜の痙攣《けいれん》であるしゃっくりを止めるのに医学的根拠があるのは「迷走神経を刺激する方法」だ。これは腹部まで続いている脳神経で、内臓の運動に大きく関わっている。それを刺激するには「両耳の穴に指を入れて三十〜六十秒押さえ続ける」。

さて喉から手が出てきて紙片を渡してきたら、なんと書いてあるかよく見よう。「唯我《ゆいが》独尊《どくそん》」とあれば仏様なのでありがたく頂戴《ちょうだい》しておけば、あの世の誰もが親切にしてくれるかもしれない。なにしろ極楽《ごくらく》だ。渡る世間に鬼はいない。

## 「雀百まで踊り忘れず」だが兵庫県間子地区では忘れている。

【雀百まで踊り忘れず】幼い頃に身につけた習慣は年を取っても変わらないことをいうたとえ。雀は踊るように跳ねる習慣を死ぬまで持ち続けることから

私はミステリー小説家である。子供の頃、お絵かき教室に通っていたせいか、本書のようにちょっとしたイラストなら自作する場合がある。雀《すずめ》の場合は絵を描かないがスキップのダンスになるようだ。

雀がはねるのを真似《まね》た踊りを「雀踊り」というそうな。風流踊りというものが室町時代に始まり、江戸時代に盛んになったが、その中のひとつで編み笠をかぶり、竹に雀の模様の着物を着て、やっこ姿で踊るもの。雀踊りは思いの外、各地に伝わっていて歌舞伎《かぶき》にも取り入れられたという。簡単に表にまとめておこう（110ページ）。

有名な雀踊りは仙台青葉まつりで披露されるものだ。慶長《けいちょう》八年仙台城新築移転の宴席で泉州堺《さかい》からきていた石工たちが即興で見せた踊りに始まるらしい。伊達《だて》家の家紋が「竹に雀」であったことと踊る姿が餌《えさ》をついばむ雀に似ていたことから名付けられたという。現在のステップは原形をとどめつつ、老若男女《ろうにゃくなんにょ》が楽しめるように練り直されている。

踊りではないが信州地方の屋根飾りに雀踊りがある。鳥が羽を広げた様子で立派だ。甘い方面なら名古屋市栄《さかえ》の雀おどり総本店の「ういろ（ウイロウ）」。知らなかったが雀と踊

りはいろいろと各方面に影響を与えていた。それだけ身近な存在だったのだろう。

とるに足らないほどわずかなことは「雀の涙」。「雀の足跡」は雀が残した足跡のように踊っている下手《へた》な文字。「雀の角《つの》」というと弱い鳥の雀に角が生えても恐るるに足らないことをさす。「雀斑」と書いてソバカス。雀の羽根にある斑点に色と形が似ているからで、蕎麦殻《そばがら》とも類似しているため、蕎麦の滓《かす》でソバカスと読んだ。

プロ野球チームのスワローズはかつて国鉄《こくてつ》の球団だったため、チーム名にコンドルとスワローの二候補があがったが、鉄道は「混んどる」よりも「座ろう」のほうがよいから雀が採用されたとの説がある。

中国の格言だと「燕雀《えんじゃく》いずくんぞ鴻鵠《こうこく》の志《こころざし》を知らんや」。ツバメや雀のような小さな鳥、低い立場にいる人間は鴻鵠（白鳥）のように大きな鳥、高い立場にいる人間の気持ちは理解できないと諭《さと》している。これは少し身贔屓《みびいき》だ。ワンマンもいいところだろう。

ルーマニアでは「一週間、雀でいるより、一日鷹《たか》でいるほうがいい」とシンデレラ願望そのもの。リトアニアは「手の中の雀は森の中の鹿よりよい」と手堅い。エストニアになると「手の中の雀は屋根の上の鳩《はと》よりまし」と比較対象が鹿より手頃になる。エストニアには鹿が少ないのか。

ロシアに行くと「古雀は籾《もみ》がらに騙《だま》されない（長く経験を積ん

雀踊り（葛飾北斎『北斎漫画』より）

でいる人は偽物を手に取ることはない）」と雀の肩を持っている。

雀が小躍りして喜ぶことを意味する「欣《きん》喜雀躍《きじゃくやく》」は私にはどこか、はしたない感じがする。嬉《うれ》しいのはわかるが踊るのは騒がしいので迷惑だ。

| 場所 | 内容 |
|---|---|
| 大阪天神祭御迎船人形の「雀踊り」 | 江戸時代元禄期には天神祭のハイライトとなる、川を渡る神様を出迎える御迎船へ氏子が町ごとの人形を飾る風習があり、その御迎船人形のひとつで有形民俗文化財 |
| 京都「千本六斎会」祇園囃子の「雀踊り」 | 千本ゑんま堂で行われる念仏踊り。笛、太鼓、鉦の演奏で踊る。江戸時代の歌舞伎、風流踊りが取り込まれたともいわれ、六斎念仏では珍しい演目 |
| 京都祇園祭花傘巡行舞踊奉納、祇園甲部の「雀踊り」 | 四花街の内のひとつ祇園甲部の舞妓らが奉納する踊り。上方唄の「昔噺」の一部で「七賢人」の中にも用いられた雀をどりに由来。童話「舌切り雀」をテーマとして歌に合わせて踊る |
| 和歌山御坊祭の「雀踊り」 | 小竹八幡神社に奉納する奴踊りの一種で奴装束に笠をかぶり、優雅に踊る。京都から踊りの師匠を招き、神に五穀豊穣を感謝するため稲が実るまでの農作業を踊りにしたと伝えられる |

日本各地の雀踊り

雀が踊るようにはねるのを学術的にはホッピングと呼ぶらしい。両足をほぼ揃《そろ》えてジャンプする運動で、小型の鳥がよく行うそうだ。地上を走らずにジャンプして進む理由は樹上で枝から枝へジャンプすることが多いから地上でもそうするとか、餌へ向かうのに鳩などよりも歩幅がないため、ジャンプして早く移動するからとも考えられるが、科学的にはまだ謎《なぞ》である。

雀はチョンチョンとホッピングしたあと、立ち止まり、首をきょろきょろと振って餌を探してついばむ。周辺に餌がたくさんあるときは、しばらく首を下げたまま、周辺をついばみ続ける。この際は一、二歩ほど歩くという。

しかし兵庫県多可《たか》町間子《まこう》地区の雀はトコトコと歩くのである。この地区は昔から湿地が多いため、地上でホッピングするのが難しく、歩くようになったといわれる。となると道路が整備されてからも過去に獲得した歩行運動を遺伝子が伝えているわけで動物学的に興味深い。この歩く雀は間子の七不思議のひとつになっている。ついでだから残る七不思議を紹介しておこう。

### 残り六つの七不思議

| 七不思議 | 内容 | 七不思議 | 内容 |
|---|---|---|---|
| 出水（ですい） | どんな渇水期も枯れない湧水地が7カ所あって七つ湯という | 塩屋の足跡 | 塩屋という出水の岩に昔、領主の姫が馬に水を飲ませた際、姫の足跡と馬のくつわが刻まれた |
| 石の子 | 石の子山の岩が割れて小指サイズの子宝石という丸石が生まれる | 八百八橋 | 土地が低く、浸水が頻繁で隣にいくのにも石橋が必要なため多く架けた |
| 寒蓼（かんたで） | 通常、秋から冬に枯れるタデが間子では年中、青々と枯れない | 五月のぼり | 戦が多かった昔、のぼりを見て敵が攻めてきたと勘違いした武将が切腹したため、端午の節句に吹き流しや鯉のぼりを上げない |

この不思議な雀の捕獲方法は、

①庭一面に伊丹《いたみ》名物のこぼれ梅を撒《ま》く（こぼれ梅はみりんの絞りかすが原料で多少のアルコール分がある）。

②撒いたこぼれ梅を食べた雀が酔って眠たくなった頃合に殻付き落花生を撒く。

③落花生を枕に雀が眠ったところを一網打尽《いちもうだじん》にする。

うまく運べば濡《ぬ》れ手で粟《あわ》だが落花生を撒くと音がするので雀が驚いて逃げるなんて結果は古典落語そのものか。

ヨーロッパから日本までユーラシア大陸に広く分布する雀だが、なぜかインドにはいない。したがってインドの人に、この雀踊りの原稿を読んでもらってもぴんとこないだろう。まあ、あちらはヨガがあるし、映画でしきりに踊っているので特に必要もないが。

雀は鳥の大きさを比較する場合の基準となる「ものさし鳥」なのだが、私がヨーロッパで見かけた雀はかなり肥っていて日本のより大きかった。雀の中の「ものさし鳥」が必要な気がする。

普通は留鳥《りゅうちょう》とされるが近年の調査で、移動距離が二十五キロ以内と百キロ以上の集団があることが判明した。東京から熱海まで飛んでいっちゃう奴《やつ》がいるのである。小さくても元気でけっこうだ。

子供の頃によく見かけた雀を最近はあまり目にしない気がする。一九九〇年頃にくらべると半減しているらしい。飼育下での寿命は最長で十五年というから、百までは無理としても、できるだけ身近で可愛らしく踊っていて欲しい。

# 「どこの馬の骨ともわからぬ」馬は役所でわかる。

【どこの馬の骨ともわからぬ】　素性の知れない者をあざけっていう言葉

私はミステリー小説家である。赤貧《せきひん》の生活であるので賭《か》け事はまったくやらない。したがって馬については無知である。中国では「一に鶏肋《けいろく》、二に馬骨」という。必要のない役立たずな物の意味で、鶏《にわとり》の肋骨《ろっこつ》は小さすぎて使えず、馬の骨は大きすぎて処分に困るからだそうだ。本当だろうか。犬の餌《えさ》にしたら鶏はともかく、馬だと満腹ではないのか。

表題の言い回しはプロポーズした相手の両親が結婚に反対する際の定番のセリフだが、そもそも骨には「人柄」という意味があるため、役立たずから素性《すじょう》がわからないことへと転じたという。かつては「どこの牛の骨」ともいったらしい。どうやら昔はあちこちに牛や馬の骨が転がっていたようだ。

確かに今から千六百年前の古墳時代の遺跡で、すでに家畜馬の骨が見つかっている。当時は東日本内陸部が馬の産地だった。だが農耕、使役に活躍した馬も日常から消えて久しい。仮に路上で骨を見つけても馬だと判別することはできないだろう。私はかつて北海道の河川で釣りをした際、藪《やぶ》で大きめの動物の頭蓋骨《ずがいこつ》を発見した経験があるが、何かはわからなかった。

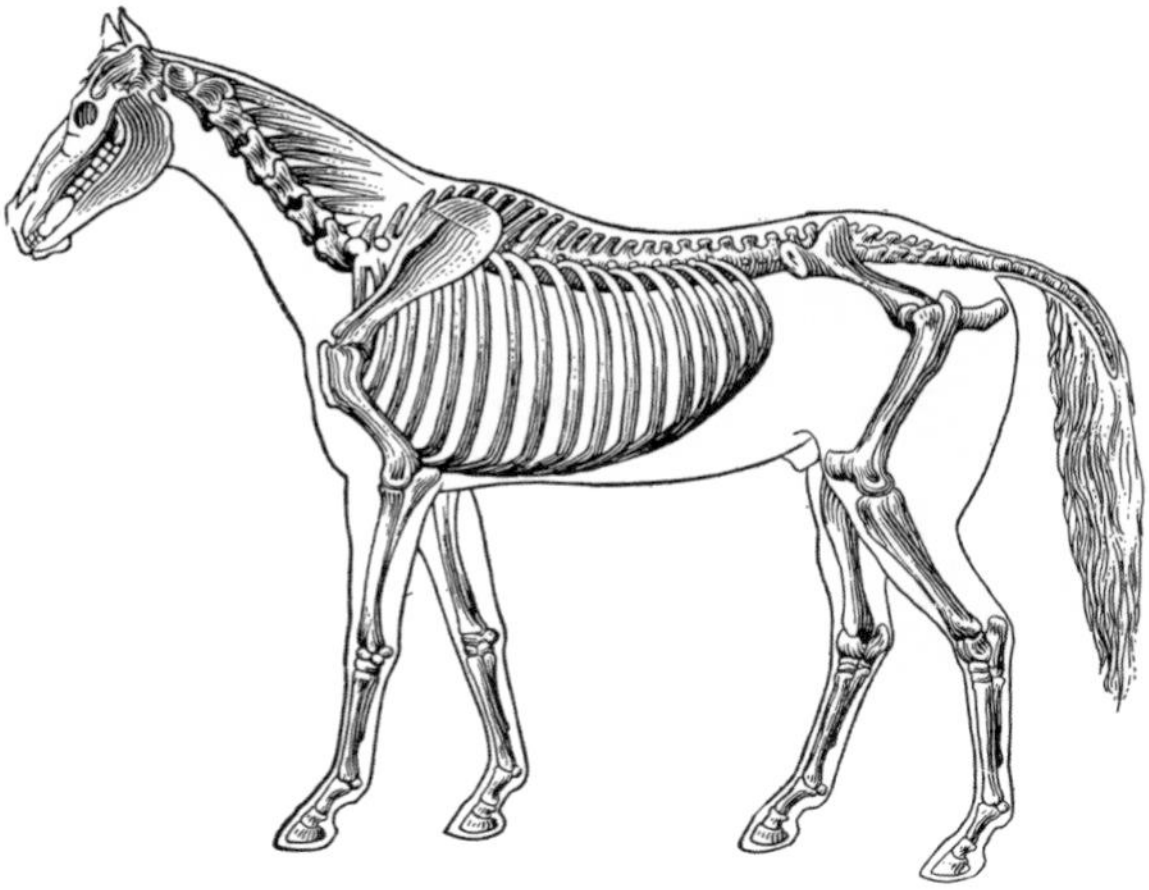

昔の人は馬の骨をどの程度、区別できたのか。日常で接する大型の獣は牛と馬ぐらいだったろうから、両者の違いがわかれば把握できたはずだ。そこで牛の骨と比較してみよう。いかがだろうか。

ここに掲げたようにどちらも最大となる頭蓋骨は角《つの》があるかないかで即座に判別が付く。また胸椎《きょうつい》に当たる部分も牛のほうが長い。肩ロースがうまいのと関係するかもしれない。脊椎《せきつい》が長いのは馬だ。全体に太いのが牛の骨、複雑なのが馬の骨と把握できる。

馬は人の手でいうと中指のみで立っている。ヒヅメは中指の爪《つめ》だ。残りの指は退化した。なぜかというと肉食動物からより速く逃れるために力を一点に絞ったのだ。足の関節が六個のキューブ状になっていて、それがロックされた状態になることで立ったまま眠れる。人と同様に膝《ひざ》の皿があるがポニーはよく脱《だっ》臼《きゅう》するそうだ。

　馬の雌雄《しゆう》を判別するには歯を見ろという。口の中に犬歯《けんし》があればオス、なければメス。飼育馬は野生馬のように終始、草をはんでいないので歯が摩耗《まもう》せず、馬用のヤスリで削る必要がある。

　馬の歯はエナメル質に覆われていないため、摩耗の度合いで年齢がわかる。馬の寿命は二十～二十五年、年寄りは隅の歯の噛《か》み合わせ部分が平らで長方形だという。西洋ではもらった馬の口はのぞくなといわれる。もらい物を値踏みするな、の意味だ。

　馬は一般的に胸、腰、尾にそれぞれ十八本、六本、十八本の脊椎があるがアラブ種は十七本、五本、十六本と一本ずつ少ない。なんだか聖書のアダムとイブみたい。

　と、ここまで書いて矛盾《むじゅん》に気付いた。これは「どこの馬の骨」ではなく「馬のどこの

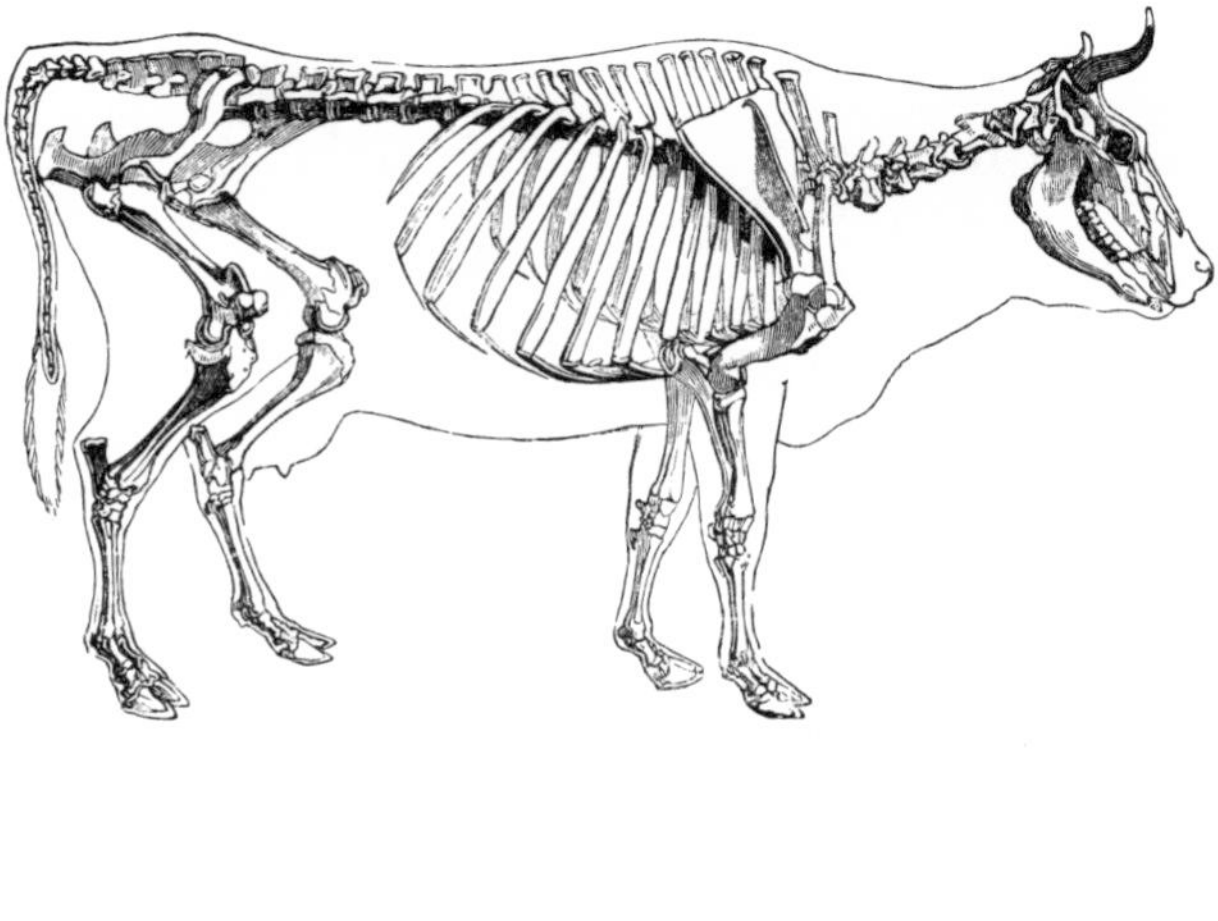

| | | | | | | | | |
|---|---|---|---|---|---|---|---|---|
| 在来種 | 野間馬／愛知 | 道産子／北海道 | 木曽馬／長野 | 御崎馬／宮崎 | 宮子馬／宮古島 | 与那国馬／与那国島 | トカラ馬／鹿児島 | 対州馬／長崎 |
| 外来種 | ハノーバー／独 | アラブ／アラビア | アングロアラブ／英 | アハルテケ／トルクメニスタン | アンダルシアン／スペイン | トラケナー／プロイセン | リピッツァナー／墺 | シャイヤー／英 |
| | サラブレッド／英 | クリーブランド・ベイ／英 | アイリッシュ・ドラフト／アイルランド | アメリカンクォーターホース／米 | スタンダードブレッド／米 | セルフランセ／仏 | ハクニー／英 | ハンター／英 |
| | フリージアン／オランダ | クライスデール／スコットランド | シャイヤー／英 | ブルトン／仏 | ベルジアン／ベルギー | ペルシュロン／仏 | ウェルシュマウンテンポニー／英ウェールズ | コネマラポニー／アイルランド |
| | シェトランドポニー／英 | ハフリンガー／伊・墺・独 | ハクニーポニー／英 | ファラベラ／アルゼンチン | アメリカンミニチュアホース／米 | | | |

**日本にいる馬の種類**

骨」ではないか。いかん。調べてみると馬は世界に二百五十種以上いるそうだ。多い。日本に限定しよう。以下表。

食用馬とされるのはサラブレッド、アラブ、ブルトン、ペルシュロン、ベルジャンたち。馬肉のうまさは餌で決まる。乾草や稲藁《いねわら》以外に大麦、フスマ、トウモロコシなどの穀物を与えるのだが、配合は企業秘密。絶妙のサシを入れるのに日々、研鑽《けんさん》しているそうな。

馬の骨は溶けやすく、骨付きの煮込み料理はできないという。鍋にしたら「どこの馬の骨」ではなく、「どこに馬の骨」になってしまうのである。

表の通り、国内に限定しても意外と種類が多いな。これではどこの馬か判別が難しいぞ。いや、待てよ。考えてみれば日本に野生馬はもういない。競走馬はすべて登録されているし、一般で飼うには役所や保健所の許可がいる。二年に一度の予防接種も義務だ。

つまり氏素性《うじすじょう》がきちんとしているではないか。仮にどこからか逃げ出して野垂れ死《のたれじ》にした馬がいたとしても、骨のＤＮＡから家系をたどって身元が判別できる。これで結婚に反対する両親も黙らせることができるな。

馬はことわざでは悪者扱いだ。馬耳東風《ばじとうふう》、馬の耳に念仏、鯨飲馬食《げいいんばしょく》。かつて相当にお世話になった相手なのに、なぜだろう。日本人が馬肉を食べることと関係しているかもしれない。人は何かを食べるときはおいしさに興味がいくが、食べ終わった後のものには、さほど関心を持たない。

馬の骨も肉を食べ終わって残った物。いわば残滓《ざんし》なので、役に立たないものと認識しているのかもしれない。韓国では同様の言い回しを「どこから転んできた犬骨か」と言う。これもまたあちらの食習慣にちなんでいるのだろう。

イタリア、パルマのハム職人は「馬の骨の針」と呼ぶ、二十センチほどのスティックでハムを刺して熟成度を調べる。馬のスネの骨を削《けず》りだして製造されている。

馬の骨は目に見えないほどの穴が無数にあり、刺した先端が匂いを吸収するので移り香《が》を嗅《か》げば熟成具合がわかるという。ローマ時代から続くハムの名産品は昔も今もこの道具を使って作るという。役に立たないどころか、うまいものを提供してくれるではないか。

# 「目から鱗が落ちる」のはヘビでは当たり前だ。

【目から鱗が落ちる】 ふとしたきっかけで急に物事の真相や本質がわかること。聖書の使徒言行録の逸話。後の宣教師パウロがまだキリスト教迫害グループにいた頃、イエスの霊に出会い、三日間視力を失った。しかしイエスの弟子の祈りで目から鱗が落ちて視力が戻る

私はミステリー小説家である。読者の意表を突き、あっと言わせる必要が常だ。まさに「目から鱗《うろこ》が落ちる」ような物語ができればなによりなのである。

人類で最初に目から鱗が落ちたのはパウロさんだが、彼はなにゆえに目に鱗が付いたのだろう。焼き魚を食べているときに居眠りして皿に顔を突っ込んだのか。それとも当時は鱗のコンタクトレンズが流行《はや》っていたのか。そこで調べてみた。

実際に人間の皮膚が角質《かくしつ》化し、魚の鱗のように硬くなる病がある。魚鱗癬《ぎょりんせん》といって先天的なものと悪性腫瘍《しゅよう》などによる後天性のものに分かれるが、まぶたやくちびるなどにも症状が現れ、硬くなった皮膚が剝《は》がれ落ちる。大変な難病で早く革新的な治療法が発見されるのを祈ってやまない。

またフケも立派な皮膚疾患で頭部に限らず、顔面・鼻なども赤く痒《かゆ》くなる。この場合は丁寧な洗顔と薬品の継続使用が皮膚科医によって推奨《すいしょう》されている。パウロの鱗がフケに悩まされる疾患だったなら、もしかすると彼は風呂なしアパート住まいだったのかもしれない。

パウロへの奇蹟《きせき》は聖書に綴《つづ》られるほどだが、もっと日常的に目から鱗が落ちている存在がいる。誰かというとヘビだ。ヘビにはまぶたがない。かわりにコンタクトレンズのような透明な鱗で目を保護している。

そして彼らは脱皮する。その際に目を保護している鱗も落ちるのだ。といっても全身の鱗を丸ごと脱ぐわけだからポロリと目から鱗が落ちるわけではないのだが。

ちなみにまぶたがないヘビは眠っているときも目を開けているらしい。あくまで経験的な話だがヘビを飼育している人によると爆睡《ばくすい》しているヘビの目は上《うわ》の空《そら》のような目付きで生気がないという。

ヘビの抜けがら。目の部分も脱皮しているのがわかる

渓流の宝石と称されるカワセミも目から鱗の一員である。カワセミは水面から飛び出した際に目が白くなっていることがある。これはまぶたとは別に眼球を保護する瞬膜《しゅんまく》といわれるものだ。

目の内側から瞬間的に出てくる膜で、この器官のおかげで水中でも獲物を見ることができるという。両生類や魚類の一部、鳥類、爬虫類《はちゅうるい》も瞬膜を持ち、ラクダ、ホッキョクグマ、アシカ、アザラシ、犬、猫にもあるという。

寝ているときに犬や猫の目をそっと開けると確認できるそうで、眼球表面のゴミをワイパーのように払いのけたり、膜から涙を出して角膜の乾燥を防ぐ役割をしているそうな。

こちらは「目から鱗が落ちる」というより「目から鱗を出す」といったほうが正しいかもしれない。この膜が赤くなっているときは「チェリーアイ」にかかっているので獣医と相談しよう。

またヤモリの仲間にバクチヤモリというのがいる。このヤモリは天敵に捕まると、身を守るために体の鱗をパラパラと脱ぎ捨てて逃げるという作戦を身につけた。

博打《ばくち》に負けた人が身ぐるみ剝《は》がされる様を思わせるからバクチヤモリ。もっと大きい種類は「オオバクチヤモリ」と名付けられている。一体、どれほどスッテンテンになったのだろうか。博打が弱い人ほど賭《か》け事にのめりこむのはヤモリも同じらしい。

バクチヤモリたちは鱗が剝がれても新たに再生するので裸ん坊のままかと心配する必要はないようだ。だがマダガスカルに生息するウロコヤモリはしばらく寒いと思われる。

彼らは捕食者から逃げるために肉が露出するまで鱗を落とす。捕まえたと思ったらスルリと両肌《もろはだ》を脱いで逃げるようなもので科学者も捕獲が大変と聞く。

ただし新しい鱗が生えるのに数週間かかるらしく、それまでは隠れ家でじっとしているしかない。まあ、マダガスカルはアフリカにあるので風邪《かぜ》を引くことはないだろうが、まるきりのスッポンポンだから本人も恥ずかしくて外出は控えるだろう。

生物で最初に目を獲得したのは三葉虫《さんようちゅう》とされる。捕食者は獲物を発見するため、被捕食者は相手から逃げるため、互いに進化を進めてきた。捕らえるほうは鋭い歯や爪《つめ》を発達させ、逃げるほうは素早く逃走する方法を編み出す。こんな追いかけっこが爆発的に起こったのがカンブリア期だそうな。

今から五億四千三百万年前から四億九千万年前のことで、中でもアノマロカリスは捕食者の代表。一メートルにもなる、エビとも魚ともいえない節足《せっそく》動物で頭部に一対の目があるのが特徴だ。この目でもって三葉虫を食べていたらしい。

アノマロカリス

鱗と目について勉強してみるとパウロへの奇蹟は妙にリアルだ。なぜ鱗と限定されるのか。目から落ちるのが尻尾でもヒレでも甲虫でもいいではないか。そこでさらに調べると『旧約聖書』のトビト記に行き当たった。

トビトなる人が暑かったある日、家の中庭で寝ていると雀《すずめ》が彼の両目に糞《ふん》を落とし、そのために白い膜ができて視力が利かなくなった。何人もの医者に薬を塗ってもらったが、いっこうに治らない。だが彼の息子のトビアが天使ラファエルと遭遇し、ともに旅をしようと誘われる。そして二人はチグリス川で魚を捕獲する。

すると天使は「魚をさばいて胆嚢《たんのう》をお父さんの目に塗りなさい。そうすれば目が回復するよ」とのたまった。

そこでトビアは父トビトの目に胆嚢を塗り、手で父の白い膜を目からはがすと「おお、息子よ。お前が見える」とトビトの視力が回復したらしい。

どうも当時の眼病の治療は魚の鱗や内臓の皮を貼るのが一般的だったらしい。さらにトビトの場合、災難にあったのは現在のダマスカスで夏場は猛暑となり、戸外ではあっという間に熱中症になる。

パウロの場合もそれで、目が見えないと訴える彼の目に鱗を貼って横になっているようにいったのだろう。この熱に浮かされている三日間で夢うつつに見たのが救世主であり、熱が引いてから目から鱗を落としたわけである。

最後になるが鱗を落とす簡単な方法を紹介しよう。ヒレを切った鯛《たい》なり、スズキなりを厚手のビニール袋に入れ、大型魚ならカレースプーン、小振りならペットボトルの蓋《ふた》を使って内部でごりごりやる。すると鱗はビニール袋に溜《た》まって魚はヌード。むろん人体の目に対して行ってはならない。

# 「清水の舞台から飛び降りる」とあまり死なない。

【清水の舞台から飛び降りる】　清水寺本堂の舞台から飛び降りる思いで大変な決意をすること。高額の買物や正否不明な決断をするときに使う。江戸時代、本尊の観音様に願掛け後、舞台から飛び降りて無事なら願いが叶うという風習があった

私はミステリー小説家である。だが向こう見ずではない。危ないことや、一《いち》か八《ばち》かの決断は極力、避ける性格である。だから「清水《きよみず》の舞台から飛び降りる」といった無茶はやらない。そもそも高所恐怖症なので高い所へは寄りつかないのだ。

清水寺の文献によると江戸時代に二百三十四人が舞台から飛び、三十四人が死亡している。生存率は八十五％と割合に高い。舞台の高さは十二メートルとビルの四階並みだが、昔は下に木が茂り、地面も軟らかい土だったから無事だったらしい。

鈴木春信「清水の舞台より飛ぶ美人」

この清水の舞台ジャンプは明治五年（一八七二）になって禁止令が出されている。それまではぞくぞく挑戦していたわけで、私としては気が知れない。中には二回、飛び降りて二回とも助かった若い女性もいるようで、まったく変な信仰が流行《はや》ったものだ。

そもそも清水の舞台は本堂でもあり、ご本尊に雅《が》

**清水寺ご利益ガイド**

| スポット | ご利益 | 場所 |
|---|---|---|
| 音羽の滝 | 学問・健康・縁結び／できる願い事はひとつだけ | 本堂東の石段の下。観音の化身の龍が夜ごと飲んだ霊水。持ち帰り可 |
| 弁慶の鉄下駄 | 浮気防止 | 本堂入口左。触れた男性は浮気しなくなる。重さ 12kg |
| 胎内巡り | 救済・癒し | 仁王門先の随求堂。暗闇の堂内の壁にある数珠を頼りに進み、梵字が刻まれた石に触れる |
| 出世大黒天 | 立身出世 | 本堂外陣西。室町時代のもの。大黒のスタイルの元祖 |
| 濡れ手観音 | 煩悩滅除 | 奥の院裏手。流れる水をかけると煩悩を洗い流せる |
| 子安塔 | 安産・幼児の無事 | 境内奥。718 年、光明皇后が祈願し、無事安産 |

楽《がく》、能《のう》、狂言《きょうげん》、歌舞伎《かぶき》、相撲《すもう》といった芸能を奉納する神聖な場所だ。願掛《がんか》けだからと、来る人来る人に飛び降りられては千手観音《せんじゅかんのん》も騒がしくて迷惑だろう。

それに舞台ばかり持てはやすのも単純すぎないか。清水寺にはいろんな御利益《ごりやく》スポットがあり、七不思議ではおさまらない数の七不思議もある。表にまとめておくので江戸時代の人は反省するように。

人はなぜか高い所を好む。いまだに人気のスカイツリーがいい例だ。登山家は「そこに山があるから登る」というが、その山が低くては登山しないと思う。二時間サスペンスの最後はいまだに崖《がけ》の上だ。もはや無意識の演出ではないか。

危ないと思わないのだろうか。建築関係では「一メートルは一命取《いちめいと》る」と言われる。六十キロの人間が一メートルの高さから落下して頭を打つと計算では一・五トンの衝撃が加わる。小型のトラックが衝突したようなものではないか。電球の交換や本棚《ほんだな》の一番上の本を取ろうとしてひっくり返ったらイチコロだ。

なのに人は高い所を好む。ただ高いだけなのに。猿だった頃を思い出すのか。バナナがあると思うのか。そこで調べてみた。するとまだ科学的に結論は出ていないが、いくつかの説に行き当たった。

まず動物行動学によると捕食動物は物陰から獲物を探す。これが猿になると木からの俯《ふ》瞰《かん》に変化するという。ヒトなら高台だろう。そうやって獲物を獲得したときの幸福感は遺伝子に刷り込まれる。これは外敵の接近を見張る場合も同じだ。高い所を楽しめる人の脳は興奮状態でドーパミンが放出されている。恐いほどわくわくするのは遺伝子の記憶と関係しているかもしれない。

## 清水寺七不思議

| | |
|---|---|
| **首降り地蔵（仁王門外善光寺）** | 首が360度回る。一回転させて願い事をすると叶う。思う人の方角に首を向けて願うと恋愛成就 |
| **仁王門のカンカン貫（仁王門右）** | 大きなくぼみに一人が耳を当て、もう一人が反対側から爪で叩くと電話のように聞こえる |
| **景清爪彫りの観音（随求堂前灯籠）** | 灯籠内の観音で、源平合戦の際、平景清が爪で彫って奉納 |
| **轟橋の門（本堂）** | 門なのに扉はなく、仁王門同様のくぼみがある |
| **弁慶の指跡（本堂裏）** | 木目にそって深さ約2cmの溝があり、弁慶が指でつけたとされる |
| **馬駐めの金具（仁王門左手）** | 通常横向きにつけられる金具がひとつだけ下向きに |
| **虎の図の石灯籠（西門階段脇）** | どこから見ても虎と目が合う。虎は灯籠から毎晩抜け出し池の水を飲みにいく |
| **三重の塔の屋根瓦（寺内三重塔）** | 南東方向の鬼瓦だけ龍。防火の意味合いとも |
| **手水鉢（本堂）** | 支える脚が2本だけ |
| **弁慶の足形石（朝倉堂前）** | 約50cmの弁慶の足形がついた石。撫でた手で足腰の痛い所をさすると治癒 |
| **阿阿の狛犬（仁王門前）** | 阿と吽の口であるはずがどちらも阿 |
| **鐘楼の柱（寺内鐘楼）** | 通常4本の柱が6本ある |
| **轟橋（本堂）** | 清水寺の「口」とされ、傍らの手水の水で口をゆすぐと歯痛、頭痛が治る |
| **梟の手水鉢（本堂）** | 台座の四隅に梟の飾り。知恵の神なのに下にあるのが不思議 |
| **清水の舞台** | 飛び降りて命を落としても極楽へ行ける |

さらに都市論の面から景観という概念が加わる。「小高い場所に登り、眼下に広がる自分の世界をじっくり眺めたいという気持ちは人間の基本的な本能のひとつのようだ」と都市景観アーキテクトは述べている。つまり自分がいる場所の全体像の把握。高い所で地図を読んでいるのである。

そういえば私も神戸から上京した際、東京タワーに登ったことがある。神戸は山が北、海が南とわかりやすい。一方、東京は人波や建物にさえぎられて風景が把握できず、東西南北がわからなかったのだ。結果、展望台の四方にどこまでも続く街並みを見てあきらめてしまった。

富裕層がマンションの高層階に住むのは景観という価値を獲得したいから。展望台が有料なのは現代の展望が経済的価値をともなっているという共通認識による。どうやら人が高い所を好むのは動物的な本能と文化的に獲得した景色への体験がミックスされたものらしい。

さてやむを得ない事情で高い所に登った私が万一、落ちてしまったらどうしよう。例えば飛んでいる飛行機から放り出された場合だ。いざという場合に備えて事前学習しておこう。必要な手順は以下の通り。

①まずパニックを抑える。鼻から息を吸い、口から吐くという呼吸を意識する。つまり深呼吸して落ち着くわけだ。「自分は死ぬために落ちているのではない。必ず着陸する」という気持ちを持つのもいいという。また飛行機のなんらかの残骸《ざんがい》と一緒に落ちていたら、

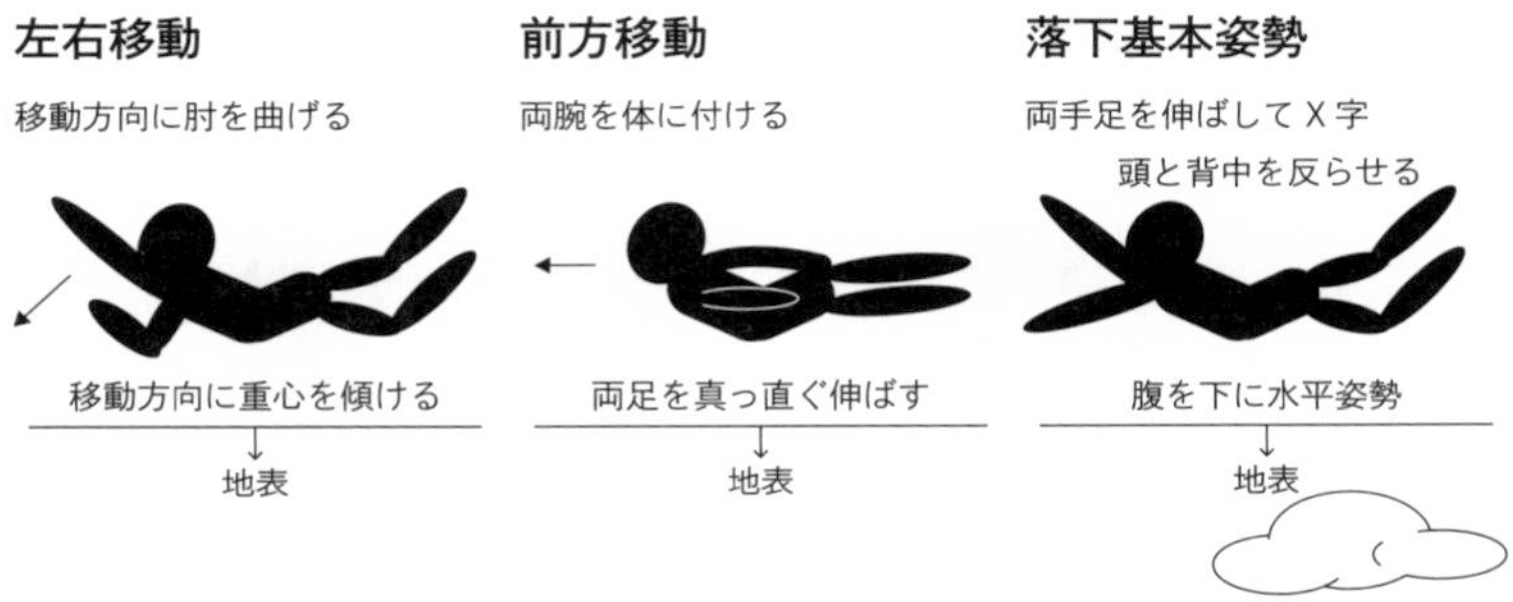


それにつかまっていると着地の衝撃を弱めることになるそうだ。

②まったく一人で落ちている場合は正しい落下姿勢を取るといい。落下中の姿勢によってスピードを減速させることができるのだ。方法はアルファベットのXの形に体を広げること。腹を下に向け、体を地面に水平に。両腕は頭のほうへ真《ま》っ直《す》ぐに突き出す。この状態で背中と頭を反らす。これが落下速度を抑える唯一の姿勢という。

③着地点として森や雪原、湿地、駐車場を目指す。落下中でも方向の操作は多少可能で、左右に移動するには移動したい方向の肘《ひじ》を下げ、その方向へ重心を傾ける。前方の場合は両腕を体に付け、両足を真っ直ぐ伸ばす。後方の場合は腕を頭のほうに突き出し、膝《ひざ》を折り曲げる。

④森に落下する場合は樹木がクッション代わりになるが突き刺さる可能性もある。湿地や雪原も同様の緩衝《かんしょう》作用があるのでそちらを目指す。丘の斜面も傾斜が衝撃を和らげる。自動車の屋根に落下すると生存率は高い。車体が凹《へこ》むがそれが衝撃を吸収するからだ。これらの場所が見当たらなければ電線

**着水時**

「気を付け」の姿勢

**着地時**

両足を押し付け合う

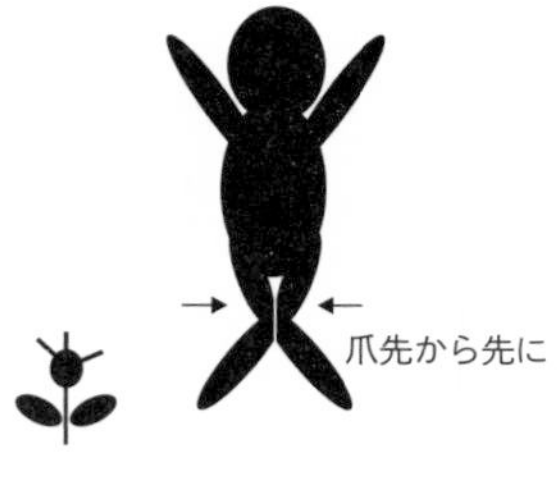


を目指そう。建物、開けた平地、コンクリートは厳禁だ。

⑤水に落ちる場合は姿勢を変え、足から先に気を付けの姿勢で。足先と踵《かかと》はしっかり揃《そろ》えること。ただし高速で水面へ激突するのはアスファルトの道路に落ちるのと変わらない。できれば避けたい。

⑥地表が近づいてきたらスカイダイビングの姿勢を参考にして足から着地できるようにする。両足は押し付け合うように揃え、膝とお尻は衝撃に備えておく。そして爪先《つまさき》から先に着地する。

⑦最後は着地した瞬間、首と頭を守るために前方に転がる受け身を行い、手の平と腕で後頭部と首を守る。その際、へそを見るように首を曲げること。

このような方法で命拾いした人間がそこそこいる。パラシュートが開かなかったスカイダイバーだ。百二十メートルの高さだったり、五・五キロ上空だったりするが生還しているので、何もしないで落ちているよりましだ。要するに一番大切なのは最後まで望みを捨てないこと。ちなみに高所恐怖症の人間は世の中の三～五%という。もっと多い気がするけれど。

# 「火事場の馬鹿力」は成人男性で百六十九キロである。

【火事場の馬鹿力】　火事の際に自分にはあると思えない大きな力を出して重い物を持ち出したりすることから、切迫した状況に置かれると普段は想像できない力を出すことのたとえ

私はミステリー小説家である。小説家というのは無力である。国家資格でないから社会的権威はない。慈善家でもないから尊敬されないし、個人的には運動神経もからきし。だが、いさぎの悪さは筋金入りなので、袋の鼠《ねずみ》となったら相手が象でも立ち向かう（かもしれない）。

米ジョージア州で車のタイヤ交換をしていた青年はジャッキが外れて車に挟まれた。そこへ駆けつけた母親が三百五十キロある車体を助けがくるまでの五分間、持ち上げ続けて救ったという。

同じく米ミネソタ州で高速道路を走っていた車の運転手が後続する車から火が出ているのに気付き、急停車して知らせに向かった。だがわずかな間に車内は炎と煙に包まれ、中の男性が救いを求めるもドアは故障のせいでロックされた状態、パワーウィンドウも作動しなかった。

救助しようとした運転手は、なんとかしなければとドアと車体の隙間に指を突っ込み、フレームを曲げ、その余波で窓ガラスが砕け、サムソンもかくやと男性を救出できた。い

ずれも世にいう火事場の馬鹿力だが、まことに人間の能力は計り知れないところがある。

　重量挙げの世界記録を見るとアテネ大会でイランの男性選手が二百六十三キロをあげている。もしジョージア州のお母さんが出場していて、会場で息子が車に挟まれたら金メダル間違いなしだ。ただしベンチプレスの世界記録は五百キロなのでこちらなら銀メダルだろうか。

　人間の脳には筋肉や骨の損傷をさけるため、限界までパワーを発揮しないように制限する安全装置（リミッター）が設けられている。つまり普段は安全面から可能最大出力にブレーキをかけており、そのために発揮できるのは自力の七十〜八十%だという。これが緊急の際になるとリミッターが解除され、百%のパワーを発揮。アドレナリンがドバドバと放出され、幸福感をもたらすエンドルフィンも充ち満ちて、ひどい怪我《けが》を負っても痛みさえ感じないそうだ。

　そんな火事場の馬鹿力を通常時に発揮するにはシャウト効果といって砲丸投げやハンマ

| | |
|---|---|
| **実因** | 平安中期の天台宗の僧侶。両足の指に挟んだ計8個のクルミを砕いた |
| **弥二郎左衛門** | 源実朝に反乱を起こした武者。身長 2.43m の七百人力 |
| **品川大膳** | イノシシの首を素手でねじ切った |
| **横手五郎** | 熊本城建築時の人夫。1800 kg の石を運んだ |
| **ピョートル1世** | 2.13m のロシア皇帝。銀の皿を素手で丸めた |
| **三ノ宮卯之助** | 19 世紀の日本一の力持ち。乗馬している人を船に乗せて、それを持ち上げた |
| **白真弓肥太右ヱ門** | 力士。幕末の黒船来航時、米俵8俵を一度に運んで見せた |
| **白鳥由栄** | 昭和の脱獄王。小柄ながら手錠の鎖を引きちぎった |
| **アレクサンドル・カレリン** | ロシアのレスリング選手で霊長類最強の男。背筋力 400kg を超えたといわれる |
| **若木竹丸** | ボディビルダー。ベンチプレスで 228 kg を挙げた |

**馬鹿力10傑**

ー投げの選手が投擲《とうてき》時にやるように叫ぶとよいらしい。アスリートは九十三〜四％まではトレーニングによって力を発揮可能という。とはいえ、世には人知を超えた人々がいる。いわゆる怪力の持ち主で、何がどのくらい凄《すご》かったのか、表にしておこう。

我々、人間は地球に暮らす以上、重力から解放されることはない。つまりいつも重い。そんな人間一人が通常、持てる重さは体重の四割とかで七十キロの人で二十八キロぐらい。建築資材にするとセメント袋ひとつが二十五キロ、四メートルの鉄パイプ三本で三十三キロだ。重いものを運ぶことはあまり好ましくないので労働基準法でも成人男性の場合、体重の四割以下に、それ以上の荷物は二人以上で運ぶようにと重量制限を通達している。

というのも重い物を持つとやられるのが腰だからだ。腰痛は休業四日以上の業務上疾病で六割を占め、長年トップを維持しているという。寒さで悪化しやすく、不自然な体勢や狭い場所も禁物。作業台は肘《ひじ》を曲げて九十度の高さ、椅子《いす》は座って足の裏全体が床に着くぐらいがよいそうだ。

さて、すわ火事だとなった場合、馬鹿力を発揮して何が運び出せるか。成人男性の背筋力は平均百三十五キロ、火事場の馬鹿力百％の場合は百六十九キロだ。家庭内にどんな重い物があるかピックアップして表にしてみた。

どうだろうか。軽自動車はとても無理。そもそも屋外にあるから運び出す必要はない。それ以外はそこそこ運び出せるようだ。火事なので水をと飛びついても残り湯の入った浴槽を持ち上げるのは不可能らしい。水というのは結構重いようである。大型魚を飼ってい

| | | | | | |
|---|---|---|---|---|---|
| 軽自動車<br>690kg | 食器棚（空）<br>51kg | 洋服ダンス<br>50 kg<br>中国製は安く軽い。米製はとにかく重い | グランドピアノ<br>300kg | 液晶大型テレビ 40 インチ<br>9.5kg | 家族用洗濯機<br>79kg |
| 薪ストーブ<br>200kg | 大型魚用水槽（満水時） 1t | 大型冷蔵庫<br>100 kg | 防犯用金庫<br>100kg<br>泥棒一人では運べない | 一般浴槽<br>24 kg<br>＋湯八分目<br>200kg | 文庫本 150g<br>単行本 280g |

**家庭にある重いもの**

る水槽もかなりで、お魚さんには可哀想《かわいそう》だが煮えてもらうしかないだろう。

自身ならどうかと想像すると運び出したいのは、やはり執筆に欠かせない資料の類だろう。文庫本なら約千百冊、ハードカバー六百冊ほど。ううむ、少ない。まさかのことを考えると日頃から資料を厳選しておく必要がありそうだ。

火事というのは小規模のものは小火《ぼや》、続いて半焼、全焼と分けられ、街区全体、三万三千平方メートルを超えるものを消防白書では大火と分類している。おや、焦《こ》げ臭《くさ》いなと思ったら初期消火にあたるわけだが、これは天井に燃え移るまでを目安にし、それを超えたら初期消火のレベルを超えているので速やかに退避すること。

その場合は可能な範囲で火元の部屋のドアや窓を閉め、空気を遮断することで煙が回らないようにする。というのも火とともに恐いのが煙だからだ。視界をさえぎったり、有毒な成分を吸い込むと避難が困難になる。

そしてハンカチや袖口《そでぐち》で口と鼻を覆い、姿勢を低くして水平方向か下へと逃げること。これには理由があり、煙が上昇する速度は人間の動きに比べて極めて早い。逆に水平方向へは遅く、下へは流れない。したがって床付近には新鮮な空気が残っているし、上に逃げてもはしご車が到着するまで為《な》す術《すべ》がないからだ。

避難の途中に炎を抜ける必要がある場合は躊躇《ちゅうちょ》せずに一気に。頭から水を被《かぶ》ったり、濡《ぬ》れたシーツで体を包んだりする。この際、起毛処理がしてある衣服は着火しやすいので要注意。エレベーターは止まる可能性があるので非常口から足を使ったほうが賢明である。

火事というのは建物だけに起こるわけではない。思わぬ場所、例えば列車でもありえる。Osaka Metroでは地下鉄で火事に遭《あ》ったら、まずその車両から安全な車両へ移動し、備え付けのインターホンで乗務員に連絡して欲しいとアナウンスしている。また各車両には消化器を常備しているので危険でない範囲で初期消火に協力をと呼びかけている。

なぜこのアナウンスを紹介したかというと列車に乗っていて火災に遭うと、つい逃げようと緊急時用のドアコックを操作してしまう。しかしこれを作動させると火災かどうかわからない状態で運転士がただちに列車を停止することになる。そこが鉄橋やトンネル内なら最悪だ。覚えておきたい教訓である。

火事と馬鹿力について綴《つづ》ったが、最後に述べておきたいことがある。火事の消火にあたる消防士は防火服やボンベなどの装備が二十五キロ、水を通したホースが八十キロ。消火活動時にかかる重力は三十キロ以上という。火とともに重さとも闘ってくれているわけで頭が下がる思いです。

# 「弘法も筆の誤り」は脳の書き換え(世界各国でも)。

【弘法も筆の誤り】　名筆家の代表とされる空海（弘法大師）のような名人でも失敗することがあるというたとえ。平安京応天門の額は空海筆とされるが、彼は応の字の一画目の点を書き忘れ、額が掲げられてから筆を投げつけ、書き添えたという

私はミステリー小説家である。小説家は漢字に詳しいと思われがちである。しかし違う。なぜなら国語学者でも漢字博士でもないからだ。私はいまだに「薔薇《ばら》」が書けない。

書の名人の空海《くうかい》も「応」の字には「心」があるのに、うっかりしてしまうとは気持ちがこもっていなかったのか。などと人のことは言えない。私も「態度」と書くところを「能度」としてしまい、心を込めるのを忘れたことがある。

空海が暮らしていた平安時代から約千年。いまだに誤字は絶えることなく、我々はいつまでも、うっかりし続けている。「東海大相模《とうかいだいさがみ》」を「東海大相撲《おおずもう》」と読んだ人を知っている。「やさしくお願いします」を「やらしくお願いします」と書き違った人がいる。

著者だけと思われるのも癪《しゃく》だ。一体、人は何をどのように書き間違っているのか。そこで調べてみた。すると空海ばかりではない。文豪夏目漱石《なつめそうせき》も表のように間違っている。中には意図的に使い分けているものもあるというが、同業としては「さては」と思わなくもない。

海外に行くと「弘法《こうぼう》」がいろいろと変化するようだ。興味深いので一覧にしておこう。

いろんな国でいろんな人がしまったを繰り返し、ホメロスも仙人も項羽《こうう》もやっちゃってる。「あなたもですか」と安心してしまうな。ちなみに「弘法も筆の誤り」は目上に対して使うべきで「猿も木から落ちる」では失礼に当たるそうな。

現代日本の実例の誤字も表にしたが圧倒的なのは「シュミレーション」だろう。「コミニュケーション」と双璧《そうへき》をなす両横綱だ。著者はどっちだったかと思ったとき、「染み油レター」「コミューン」と思い返すことにしている。

アボカドを「アボガド」にしている飲食店を見かけ

**夏目漱石の作品中の誤字**

| 漱石の表記 | 現在の表記 |
|---|---|
| 商買 | 商売 |
| 借す | 貸す |
| 辛防 | 辛抱 |
| 引き起し | 引き越し |
| 専問 | 専門 |
| 口を聞く | 口を利く |
| 蚊弱い | か弱い |
| 寸断寸断 | ずたずた |
| 迷子迷子 | まごまご |
| 偽病 | 仮病 |
| 森と | しいんと |
| 派出 | 派手 |

**世界の弘法**

| | | | |
|---|---|---|---|
| 優れたホメロスも居眠りをする（ラテン語） | 鍛冶の巨匠もなまくらナイフを作る（イギリス） | 荷馬車をひっくり返さぬほど上手な御者はいない（フランス） | 最高の書記もインクのしみを作る（スペイン） |
| 老婆にも間違いはある（ロシア） | 最高の泳ぎ手も溺れる（メキシコ） | 虎も居眠りをする（中国） | 項羽も転んで怪我をすることがある（韓国） |
| 亀裂のない象牙はない（インドネシア） | 仙人ですら太鼓を叩き違える（台湾） | 舌もすべる、足もつまづく（トルコ） | 老舗の店でも間違いは起こる（ルーマニア） |

| | | | | |
|---|---|---|---|---|
| ディスクトップ | シュミレーション | アボガド | 濡れ手に泡 | ふいんき |
| うる覚え | 以外に | 確立が高い | 築5分、駅から5年 | 関東地方でインド5弱 |
| 30才以上のお子様 | 石油ハァンヒーター | エースがちんこ対決 | 食べる二時間前に食べると美味しい | 部外者以外立ち入り禁止 |
| よしお味 | 各停調布32768両編成 | お客様には大変ご迷惑しております | 殴られ重体の老人死ね | パソコン購入でウィルス付7500円 |
| 100円アイスクリーム全品198円 | 3.8億人組が現金3円を奪う | ゴミは各自帰って下さい | 広島5億年20円提示 | 薬物乱用教室 |

**誤字実例**

る。「アボカド過度に」と覚えよう。「意外」を「以外」にしている原稿も意外に多い。「関東地方でインド5弱」に見舞われたら震源地は高円寺《こうえんじ》だ。あそこは中央線のインドと呼ばれ、いまだに手作りのアクセサリーを売っていたり、だらんとした恰好《かっこう》の人が行き交う。「よしお味」は「星たべよ　しお味」の商品名と味付けを続けた失敗。

　書き間違いばかりでなく、聞き間違い、言い間違いというのも日常茶《さ》飯《はん》だ。『巨人の星』の唄の出だし「思いこんだら」を「重いコンダラ」と聞き間違っていた人がいる。トラックの「バックします」が「ガッツ石松」に聞こえた人がいる。

　夜中に帰ったらお爺《じい》さんがまだ起きていて「お爺さん、まだ起きてた？」を「まだ生きてた？」と言ってしまったり、タクシーで日比谷へ向かうはずが渋谷に着いた人もいる。根っからの江戸っ子だ。

　私はいまだに関西弁が抜けず、それを江戸っ子に馬鹿にされることがある。そこで「ではね、あなた。東の山に陽《ひ》が沈むを正しく言えますか」とやり返してやる。すると向こうはなんとか「ヒガシのやまにヒがシずむ」と虚勢を張る。ここで「間違いだ。陽は西に沈む」とひっくり返して一本取ってやる。

子供の頃に伝言ゲームで遊んだ読者諸氏は多いだろう。あれは人数が増えるたびに話がへんてこりんになるのが楽しい。だがなぜ正しく話が伝わっていかないのだろう。

我々の脳は、ある情報をどれだけ意識しているか、その情報にどんな気持ちを抱いているかで記憶の調子が変わるという。さらにその内容を自身の都合のよいように解釈する性質もあるそうだ。

人間を含め、生物は強い生存本能を持っている。生きていたい、自身を守りたいなどの本能はイメージ記憶に影響を及ぼす。そのため、自分に不利な情報、聞きたくない内容には自己保存の本能が働き、少しでも都合のよいように書き換えてしまう場合があるという。

正確に聞けなかった内容に対しても、そんなはずはないと自分の脳を守ろうとするのだ。これが伝言ゲームで聞き間違い、言い間違いをする理由らしい。脳の構造からして我々はうっかりをなくすことはできないようである。ではどうするか。うっかりを補う方法は、いくつか考案されている。

誤字の場合、ワープロソフトの校閲《こうえつ》機能にあるスペルチェックと文章校正を利用するのが手っ取り早い。また書いた文章を逆から読む手もある。文頭からでは文意が理解でき、無意識に文字を飛ばしてしまうからだ。

そこで文章の前後関係を無視して文末のブロックごとに、段落または末尾から読むとよいらしい。固有名詞や数字などは蛍光ペンでマーキングしたり、文章を書いた机ではなく、違う場所で原稿をチェックする、などなど。

日本は漢字文化圏である。だから点ひとつ、線一本の違いはついて回る。書《か》き初《ぞ》めというのは久しくやっていないが、あれもミスすると一からやり直しで宿題がパーになる。だから子供の頃は半紙に向かって緊張したものだ。

私の住む街の駅前商店街は正月を過ぎると近くの小学校の生徒による書き初めが飾られる。読んでいくと「ああ、かなり気合いを入れてるな」と思うものがある。「初日の出」とか「謹賀新年」は可愛いほうで「一期一会《いちごいちえ》」「春風駘蕩《しゅんぷうたいとう》」など難しい四字熟語に挑戦していて微笑《ほほえ》ましい。

「一球入魂《いっきゅうにゅうこん》」と書いた子は少年野球をやっているのだろう。「臨機応変」の子はちゃっかりした性格なのか。あるいはそうなりたいのか。中には「一網打尽《いちもうだじん》」とあり、将来、警察官を希望しているのかなと思ってしまう。

書き初めは商店街の道路にある街灯に旗となって飾られるのだが、ある店の前には「風前の灯火《ともしび》」が北風にたなびいていた。決してわざとではないと聞いたが、書いた子は迷惑かけたと反省してるだろうな。でも大丈夫、まだ閉店してないよ。

# 「木に縁りて魚を求む」なら乾期のタイかベトナムへ。

【木に縁りて魚を求む】　木によじ登って魚を得ようとする。手段が不適切な場合には目的を達することができないというたとえ。武力による天下統一を目指す斉の宣王に孟子が武力だけでは天下を平定できないと諫めたという故事から

私はミステリー小説家である。そして趣味は渓流釣《けいりゅうづ》りだ。だから「木に縁《よ》りて魚《うお》を求む」と王様を諫《いさ》めた孟子《もうし》に言っておきたい。孟子よ、君は間違っている。おそらく釣りをしないいんだろう。いいか、木が生えている陸上にも魚は山ほどいるのだよ。

説明しよう。例えば中国南部から東南アジアに広く分布する淡水魚、キノボリウオというのがいる。いやいや、実際に木に登るわけではないが、ときには水から出てきて地面を這《は》い回るんだ。

なぜそんな芸当ができるのかというとエラ呼吸だけでなく、特別な器官で空気呼吸もできるからなのだよ。それでもってムナビレとハラビレで匍匐《ほふく》前進する。

彼がなにゆえに地上へ現れるかというと雨季と乾季で水位の差が著《いちじる》しい東南アジアでは水が干上《ひあ》がった池や用水路から、どこかへ緊急避難するためだそうだ。水の外でも数日間は平気というから丈夫だよな。

それに彼らは棘《とげ》だらけのエラブタを持っていて、これで自分を呑《の》み込もうとする鳥の喉を刺して、ひっかかったままにし、相手を窒息《ちっそく》させてしまう。「煙突《えんとつ》さん、苦しそうです

ね」というコマーシャルがあったが鳥にしたら便秘以上の苦しさだろう。

だが一匹のキノボリウオが地面を這っているときに運悪く鳥に捕まってしまい、木の上まで運ばれた。むろんエラブタでうんこらしょと頑張って吐き出された。そこへ通りかかった人が「あらら、魚が木に登ってる」と勘違いしてキノボリウオと名前が付いたんだよ。日本にはいないがタイやベトナムでは特に珍しい魚ではなく、鮒《ふな》のような存在なんだって。そこいらの池や溝で釣れるらしい。

だからわざわざどこかに捕まえに行かなくても市場に行けば簡単に手に入るぞ。カリカリに揚げて甘辛いソースで食べると、かなりいけるらしい。ただし骨がとても硬いそうなので歯が悪い人は要注意。

キノボリウオ

さらに孟子君、日本にキノボリウオがいないといっても別の魚が地上で手に入るのだよ。調べてみたから、そこに座って聞きなさい。君はヌマチチブという淡水魚を知っているか。ヨシノボリの仲間なんだが、こいつはお腹《なか》に吸盤があって、それによって岩の上やら流木に這い上がってくるのだ。雌などは川の石垣の隙間や岩の上に産卵するほどだ。東京なら青梅《おうめ》にもいて佃煮《つくだに》や天麩羅《てんぷら》にされてる。

さらに地上ではないが海を二本足で歩く魚もいるわいな。二〇一七年、インドネシアでダイビングを楽しんでいたエメリックさんは一匹の魚が海底を二足歩行しているのを目撃し、動画を撮影した。

学者らによるとこれはヒメオコゼの仲間ではないかと考えられているが、その理由は彼らのムナビレが足のように進化して、それで海底を這うからだ。ヒメオコゼはそうやって海底にいる虫や甲殻類《こうかくるい》を捕食している。

オコゼはカサゴの仲間だが甘辛く煮たり、唐揚《からあ》げにするとうまい。でも東南アジアでは悪魔と考えられているんだよ。そのために網にかかっても海に戻すことが多い。おそらくだが彼らのヒレに毒があるからだろう。オコゼやカサゴは刺毒魚《しどくぎょ》といわれ、夏に海水浴をしている人が被害にあうことが多いんだ。

刺されると猛烈な痛みが即座にあり、腫《は》れたり痺《しび》れたりする。ひどくなると吐き気、下痢、腹痛をともなう。二回刺されるとアナフィラキシーショックも起こすらしい。オニダルマオコゼという種はハブの八十倍の毒性があるといわれ、重症化が危惧《きぐ》されるぞ。だから刺されたら急いで応急処置するんだ。まず傷口を洗浄《せんじょう》。棘が残っていれば除去。毒は熱で分解するので当該箇所を四十二~四十五℃の温水で三十~九十分ほど温める必要がある。

さて話を戻そう。ヌマチチブやヒメオコゼなんて特殊な例だ。ダチョウが飛べない鳥のようになにごとにも例外がある。孟子君はそう思っているんだろう。だが違う。もっと一般的な魚も地上に出現する。イワナだ。

孟子君、イワナの峠越《とうげご》えという言葉を聞いたことがあるかい。そうか、ないか。釣り師の間では伝説的な話だが、黒部川のイワナは峠を越えて向かいの双六川と行き来するんだ。実際に山小屋の主人が地面を這いつくばって移動しているのを目撃している。イワナばかりでなく、アマゴも峠越えするらしい。アマゴとは西日本にいるヤマメの仲間で、体に朱点が散っているのが特徴なんだが、これも雨の中、山道を登っているところをスクープされている。

イワナもアマゴも何か強い信念があって引っ越してるのかもしれないね。遠距離恋愛してるのか、借金取りに追われてたりして。それとも得意先に出張してるのかもな。

僕は釣りをするまで魚は昆虫に近い生物と思ってたけど、釣りをしてからは魚は動物、いろいろ考えるってことを知ったよ。ある秋口、川で溜まりにぷかりと浮いて日向《ひなた》ぼっこしてるイワナを見たことがある。きっと風呂に入ってる気分だったんじゃないかな。

さらに補足するぞ。そもそも我々、人間も遠い昔は魚だった。今でもお母さんのお腹の中ではそうだろ。だがあるとき、強い信念を持った一匹が登場したんだ。彼の名前をティクタアリク・ロゼアエという。

約三億七千五百万年前に陸上に上がった最初の魚類なんだ。といってもワニと魚の中間みたいな奴《やつ》なんだが。とても大きくて最大二・七メートルにまでなるらしい。彼は強靱《きょうじん》な尻とヒレを持っていて、それを武器に地上に這い上がったんだって。

この彼の尻ビレが我々、脊椎《せきつい》動物の足に変化していったと考えられているんだ。尻ビレだけでなく、肩、肘《ひじ》、手首の一部を備えた前ビレもあったんだ。四匹いれば麻雀《マージャン》ができたわけだよ。そもそも我々の手足の指は三億六千万年前の魚類に出現したそうだからね。

むろんティクタアリクは突然、どっこいしょと地上に尻を据《す》えたわけじゃない。水中から浅瀬、湿地、岸辺とゆっくり時間をかけて上がっていったようなんだ。

ティクタアリクがなにゆえに水から出てきたのかというと一説では地上に彼らを捕食する動物が少なかったこと、また安全に産卵できる場所だったこと、当時の岸辺は熱帯性で快適だったからなどがあげられているよ。

さて孟子君、ざっと以上のように陸にも魚がいるんだ。だから宣王《せんおう》に述べた言葉を撤回しなさい。なに？　陸で魚が手に入るなら釣りなんかすることないじゃないかだって？

わかってないな。釣りをしたいから川に行く訳じゃない。家に恐い相手がいるからなんだ。まさに武力で平定できる相手じゃないんだよ。とほほ。

# 「頭隠して尻隠さず」は成人男女ともハンカチで防げる。

【頭隠して尻隠さず】 キジが頭だけ隠しても尻が見えているように、自分の欠点や悪事の一部だけを隠したつもりでもすべては隠しおおせていない状態

私はミステリー小説家である。そのため、原稿用紙の上で殺人なり、窃盗《せっとう》なりを起こした犯人が思わぬ所から真相が暴露《ばくろ》し、召し捕られるといったことを常套《じょうとう》としている。つまり犯人に「頭隠して尻隠さず」の部分を作るわけである。完全犯罪を目論《もくろ》んだつもりだろうが、そうは問屋がおろさないといった運びである。

「頭隠して尻隠さず」はキジの習性からきているという。キジは飛ぶのが苦手で追われると草むらに逃げる。だがキジの尾は長いために、はみ出るのだ。実際にそうなることが多いらしい。

なぜキジの尾は長いのか。繁殖《はんしょく》のためである。キジの雌は長い尾を持つ雄ほど気に入るらしい。つまり尻尾《しっぽ》をパンタロンにしてカッコをつけているのね。

毎年、愛鳥週間に足環を付けたキジを大量に放鳥し（二〇〇四年度で十万羽）、猟で捕まえたら連絡する仕組みがあるが、どの都道府県でも数羽の結果で、ほとんどが天敵に見つかっちゃってる様子だ。夜間は木の上で寝るというのに本当に隠れるのが苦手に思える。

キジよ、お前は日本の国鳥というのに間《ま》が抜けていまいか。まあ、おかげで我々は君を

すき焼きにして食べられるのだが。しかし国を代表しているのに食べていいのかな。仕方ないよね。室町時代の書物にも「鳥といえば雉《きじ》のことなり」と古くから人気だし、キシメンの語源が君の肉を麺《めん》の具にしたからという説さえあるものな。私も子供の頃、親戚の叔父《おじ》さんが仕留めたのをご馳走《ちそう》になったことがある。味は覚えていないが不満を言った記憶はない。

海外では「頭隠して尻隠さず」がキジではなく「駝鳥《だちょう》の策」になる。これは古代ローマの博物学者プリニウスが「ダチョウの愚《おろ》かさも際《きわ》だっている。体全体が大きいのに頭を茂みに突っ込んだだけで身体全体が隠れていると思い込んでしまう」と『博物誌』に書いたためらしい。ダチョウの習性を誤解したようなので推察を１４７ページにまとめておく。

鳥なのに飛べないダチョウ。彼らは学問上、平胸類《へいきょうるい》とか、走鳥類《そうちょうるい》と呼ばれる。平胸とは飛翔筋《ひしょうきん》が付くための突起が骨にない胸だ。つまりダチョウのバストはとても貧弱なのだ。だがシギダチョウは短い距離なら空を飛ぶ。といってもシギやダチョウとは赤の他人の鳥なのだが。

ダチョウに奇妙な習性があるようにキジにも変わっ

たところがある。なんと彼らは人間が知覚できない地震の初期微動を感知するので我々より数秒早く行動できるのだ。安全対策のためにキジを飼っておくとよいかもしれない。

体が鮮やかな縞《しま》模様をしているアリゾナサンゴヘビ（米アリゾナ州などに生息）も「頭隠して尻隠さず」の一員だ。そればかりか、一発お見舞いする。彼らは防衛手段として危険を感じると体を丸めて頭を隠し、尾を上げ、威嚇放屁《いかくほうひ》をするのだ。この一発は排泄《はいせつ》器官から吸い込んだ空気によるから匂わないが二メートル先まで聞こえるという。

さて、もしあなたがうっかりしてズボンも下着もはかずに外出したとしよう。駅まできたら、どうも周りの視線が集中する。そこであなたはやっと下半身が丸出しであると気が付いた。どうやって乗り切るか。

簡単だ。ハンカチを取り出しなさい。種《たね》も仕掛けもないハンカチだ。経産省の生命工学工業技術研究所による『設計のための人体寸法データ集』では、成人男性の臀部《でんぶ》の幅は九割以上が三十七・七センチ内、女性が三十九・九センチ内だ。

ハンカチの大きさは標準の物が四十五センチの正方形。だからひらりと広げてお尻を隠せばいい。ただし前も必要だから外出時には予備も忘れないこと。また人類がハンカチを必要とするのは外出の際だけではない。レスリングをするときもだ。

レスリングでは試合前に選手が白いハンカチを審判や相手に見せるが、あれは定められたルールだ。日本レスリング協会によると「出血の場合のため、ハンカチをシングレット（ユニフォーム）の中に所持する」とある。持っていないと失格。しかも白と決められていて赤いと反則。

キジやダチョウに劣らず、レスリングも奇妙な部分がある。選手がヒゲを生やした状態で競技するのは禁止。なぜなら肌に当たると痛いから。ただし仙人のように伸ばしていれば相手が痛くないので反則にならない。

また試合中に判定が微妙だとセコンドが感じた場合、ビデオによるチェックを要請できる。この際はスポンジをマットに投げ入れて合図する。このスポンジ、リオデジャネイロ五輪では大会マスコットのぬいぐるみ、中国の世界大会ではドラえもんが使われ、形状に規定はないようだ。

他にも試合中の過度な私語は禁止。裸足《はだし》は認められず、レスリングシューズも紐《ひも》がほどけないようにテープを巻くか、紐のない靴でないといけない。試合は体重による階級制だが「選手の健康」のため、規定の二キロオーバーまで認める計量のときもある。こんなレスリングだがルールがころころ変わるらしく、覚えていても観戦には無益だ。

朝、ヒゲを剃《そ》るのを忘れたレスラーは急いで薬局へ行

| | 内容 |
|---|---|
| **警戒行動** | 敵が近づいてきたとき、土に首を突っ込むような姿勢で地面に伝う音を聞く |
| **防衛行動** | 危機が迫ると体を低くし、首を地面にこすりつけ、外敵から見えにくくする |
| **食餌行動** | 繊維質を消化するため、砂に頭をつけて飲み込む |
| **食餌行動** | 地表の草を食べている |
| **作巣行動** | 卵のために頭を使って地面に浅い穴の巣を掘り、毎日数回、頭で卵を回す |

**駝鳥の策**

けばいいが、猫はそんなわけにはいかない。ヒゲを剃らないからだ。私は若い頃、事情があってチロという名の猫を飼った。

六畳一間の下宿時代だったが窓にネコ用の扉を付けて出入り自由にさせていた。するとある日、部屋に帰ると畳一面に鳥の羽根が撒《ま》き散らかっている。部屋の真ん中ではチロが満足げに昼寝をしているではないか。

どうやら裏の神社の鳩《はと》を捕まえて平らげたらしい。掃除が大変なので二度とするなと、きつく叱《しか》っておいた。数日後、用事から帰るとまた昼からチロがごろんと高いびき。猫というのは気ままでいいよなと愚痴《ぐち》が出かかったとき、チロのヒゲにぽつんと一枚、小さな鳥の羽根。チロを起こして「お前また喰《く》ったのか」と問いつめると、なぜばれたのだろうときょとんと首を傾《かし》げていた。キジには尾があり、猫にはヒゲがある。

# PART 4

# ことわざの謎は社会学で解明できる（かしら）

## 「ハリネズミのジレンマ」は、そもそも起こらない

【ハリネズミのジレンマ】 近づきたい欲求もあるが、傷つくのをおそれて一定距離以上には近づけない心理のこと

私はミステリー小説家である。常について回るジレンマは、おもしろいと思っているのに売れないことだ。これは徹底している。相反する板挟みの状態なのである。

ハリネズミ（ヤマアラシも）もジレンマの達人である。一般的にジレンマとは三段論法の一種で、「もし秘密をもらせば非難を受ける。また秘密を守っても非難を受ける。しかるに秘密をもらすか、守る以外に選択肢はない。結果としていずれにせよ、非難を受ける」立場にあること。

なんだか霞《かすみ》が関《せき》の高級官僚の隠蔽《いんぺい》工作に関わることになった中間管理職の胸中のようだ。ジレンマはなにも人間に関わることだけではなく、要は自身の縄張りに侵入してくる対象との距離をどう保つかということだろう。

人間の場合パーソナルスペースといわれる、腕を広げて円を描いた範囲が縄張りに相当するが、ハリネズミなら針の長さである三センチ。大型となるヤマアラシは針の長さが三十センチある。おそらくそれが彼らのパーソナルスペースに当たるだろう。

問題はジレンマ。果たしてハリネズミはジレンマに陥るか。陥るとしてどう解決してい

るか。ちくちく痛い彼らから学ぶことがあるかどうか。そこで調べてみた。

お腹《なか》以外は針に覆われているハリネズミ。そもそも、「ハリネズミ（正しくはヤマアラシ）のジレンマ」とはドイツの哲学者ショーペンハウアーの寓話《ぐうわ》から生まれたものだそう。「冷たい冬のある日、ヤマアラシの夫婦が互いの体温で凍《こご》えないように密着したが、針が痛くて離れ、またくっつくを繰り返すうちに適切な距離を見つけた」というもの。

つまり「ハリネズミのジレンマ」とは他者とのちょうどよい距離を探る行動学だな。さらに「ハリネズミのジレンマ」は青年期における恋愛にもいえるらしい。恋人に近づきすぎると喧嘩《けんか》になるし、離れすぎると淋《さび》しい。ちょうどよい距離を保つにはどうするか。なにより時間とコミュニケーションを重ねることとなんだって。それが楽しいかどうか。

「ハリネズミのジレンマ」を裏切る（？）光景

さてハリネズミ同士がジレンマによって最適な距離を保った。両者には適度なスペースがと思いきや、あら。写真は、とある動物園のヤマアラシ。ちゃんと快適な密着方法を見つけているようで我々よりもずっと人付き合いがうまいではないか。

男性トイレでパーソナルスペースを確認する実験があったそうな。やってきた男性が複数ある便器のいずれを

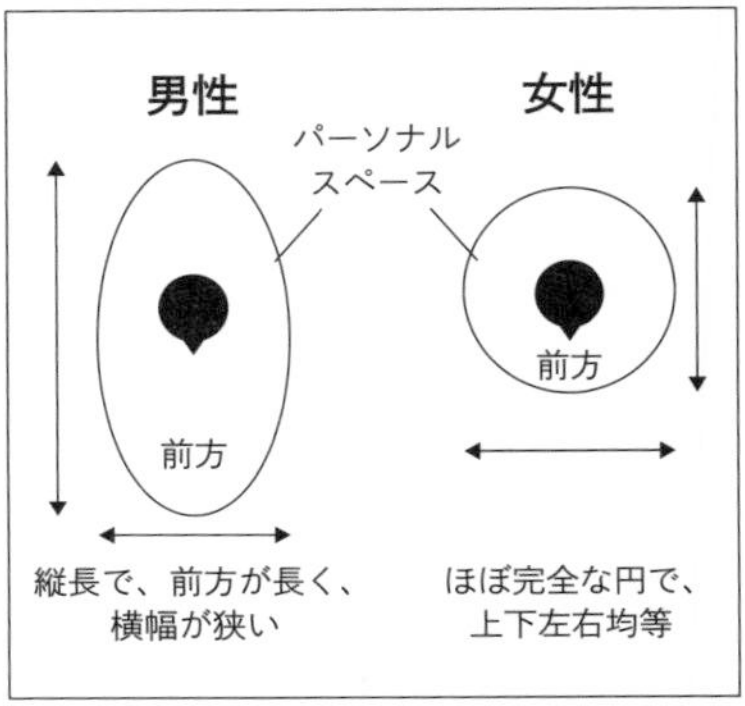


好むかというと、一番人気は入り口からもっとも遠い便器。一番奥が人気なのは片方しか人が来ることがなく、プライベートが守られるからだそう。

夏の京都の河原町《かわらまち》へ行った方なら見たことがあると思うが、鴨川《かもがわ》の岸辺でカップルたちが座っている。その間隔が、まるで何かで測ったように等間隔なのだ。ああ、あれこそ「ハリネズミのジレンマ」だなと実感する。

人間が会話する際に保たれる距離は年齢が上がるにつれて大きくなり、四十歳前後で最大に、その後は再び小さくなっていくという。四十歳前後で距離が最大になるのは、その年齢の人たちが社会でもっとも独立性を要求されるためで、以降小さくなるのは老化により周りの助けが必要になってくるからだといわれている。

話をハリネズミに戻すと、彼らはネズミといっても齧歯目《げっしもく》ではなく、本当はモグラの親戚だ。ペットとしての歴史が浅く、理由がよくわからない行動が多い。一例を挙げれば「アンティング」といって口から泡を出して体にこすりつける。唾液《だえき》を塗ることで針に毒性を持たせているという俗説があるが彼らの唾液に毒の成分はない。

この行動に出るのは、ケージを掃除した後や環境が急に変化した場合が多いので馴《な》れた匂いが消えて、知らない匂いが増えたことへの反応だろう。驚いているのか、または針をお手入れして落ち着こうとしているのかもしれない。

そもそも木陰や岩陰、トンネルを掘って中で暮らしたりしている彼らだが、なぜか高い所に登るのが好きらしい。ハリネズミの針は体毛が硬くなったもので、敵から身を守る役目があるだけでなく、樹上から落下した際に衝撃を吸収するクッションにもなる。この機能に着目した研究者がアメリカンフットボールのヘルメットに使う緩衝材《かんしょうざい》を開発している。激しいぶつかり合いがあるスポーツにハリネズミのジレンマが役立っているわけだ。

そもそもハリネズミは群れを作らず、単独で生活している。ペットとして飼う際もひとつのケージに一匹がよいとされている。だから彼らが「ハリネズミのジレンマ」に陥ることはないのだ。

ううむ。日々ジレンマを感じている当方にはうらやましい限りだ。小説の売れ具合など気にせず、我が道を行く。なんて気分にもならず、いやになる。どうぞ皆さん、助けると思って、ぜひ拙著を。読んでいただければオモシロイことがわかるはず。

もともと日本にいないハリネズミが野外に定着した例は静岡県伊東市、神奈川県小田原市、栃木県真岡《もおか》市で報告されている。ペットが逃げたか、放たれたのだろう。まだまだ行動が不明な彼らだけに人への感染症の有無も曖昧《あいまい》だ。可愛らしいからといって、むやみに触れるのはやめておこう。

# 「帯に短したすきに長し」は二・四〜三・二二メートル内の紐だ。

【帯に短したすきに長し】 中途半端で役に立たないこと。帯としては短すぎ、たすきとしては長すぎて使いにくいさまにたとえた言葉

私はミステリー小説家である。そしてミステリー小説家というものは正直言って、世の中のなんの役にも立っていない。電球の交換も苦手なら、料理もお手上げ。おまけに人ばかり殺している。まるで帯にもたすきにもならない紐《ひも》のようなものである。こんな私でも何か社会の役に立たないかと、あぐねること、しきりなのだ。

そこで帯にもたすきにもならない紐について研究してみようと思う。その紐が帯やたすき以外の何かに使用できるなら、その応用で私も社会貢献できる手だてが見つかるかもしれない。そのためにはまず帯とたすきの長さを知る必要がある。そこで調べてみた。

次に掲げる表は各種の帯とたすきの長さである。懸案の中途半端《ちゅうとはんぱ》な紐は帯には短いわけだから、最短の反幅帯三・二二メートルに足らないことになる。一方でたすきには長いのだから最長の応援団用の五メートルよりも余裕があるわけだ。

うぬ、ちょっと待て。応援団のたすきはどんな帯よりも長いではないか。これでは帯にもたすきにも使える便利品になってしまう。除外だ。同様に剣道の試合で背中に付けるたすきの目印六十九センチがあるが、これも使用目的にかなうので退場してもらった。

## 帯とたすきのサイズ

| 帯 | 長さ／m | 帯 | 長さ／m | たすき | 長さ／m |
|---|---|---|---|---|---|
| 丸帯 | 4.2 | 掛下帯 | 4.15 | 選挙・イベント用 | 1.5〜1.6 |
| 袋帯 | 4.2 | 反幅帯 | 3.22〜3.5 | 駅伝たすき（日本陸連公認サイズ） | 1.7 |
| 腹合わせ帯 | 4.2 | 角帯 | 4.27 | 弓道たすき長尺 | 2.4 |
| 名古屋帯 | 3.6 | 祝い帯尺五 | 4.27 | 弓道たすき通常尺 | 2.2 |
| 踊り帯 | 4.54 | 祝い帯尺三 | 3.72 | 応援団たすき | 5 |

アサヒ染色工芸株式会社・山武弓具店・株式会社恵里友の情報を参考に作成

となるとたすきとしてはもっとも長い弓道《きゅうどう》の長尺の二・四メートル以上。つまりその役に立たない紐は二・四〜三・二二メートル内の長さだ。なるほど、調査は終わった。だがこれが中途半端で役に立たない紐といえるだろうか。否《いな》。古新聞を束ねるのにも、犬の散歩にも十分に使用に耐える。

奇術で使うロープは入門書によると長さが一・八メートルと一メートルのものをそれぞれ用意せよとある。まさに範囲内の紐があれば、ちょっとした宴会芸さえ披露できるではないか。

市販されている靴ひもは百二十センチレベルだから、二つに切れば一足分にはなる。ベルトの長さは男女とも百センチ程度なので代用可能。泥棒をお縄にする場合、両手を二巻きにして拘束《こうそく》するのに約二メートルあればよい。残念ながら江戸時代の捕り縄は七メートル、またそのようなプレイ用に販売されているのは十メートルとなるので、しっかり縛ることはあきらめよう。

だがもしナイロン製でとても細いなら釣り糸にもでき

①巻きつける分の余裕をもって
ロープ棒状に束ねる

②〜③重なったり隙間が空かないよう、
棒状に束ねた部分に余らせたロープを
巻いていく

④下まで巻いたら、①でできた
下部の輪にロープの端を通す

⑤上部の輪を引いて下部の輪を締め、
固定する

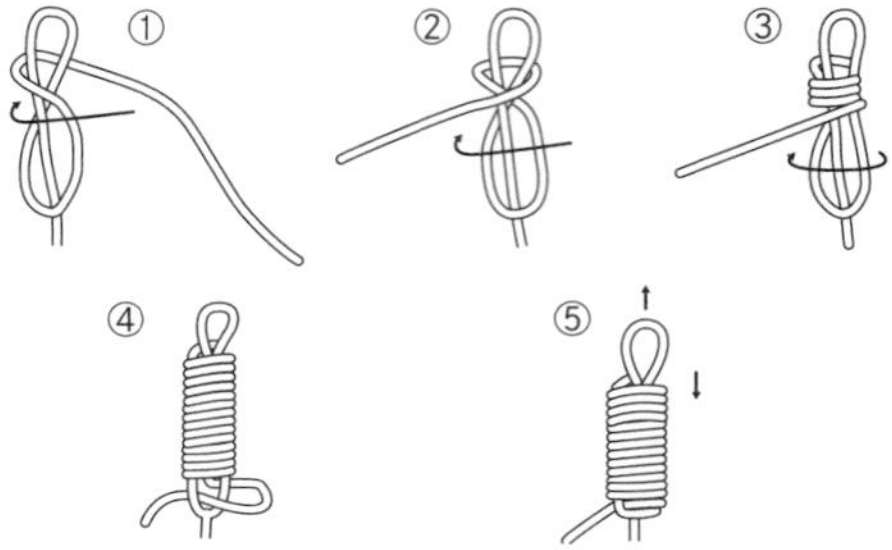


るはずだ。九フィートのロッドには最適ではないか。他にも可燃性のモノなら細かく切って火付けに使う。縄跳《と》びの紐にする。短い仕上がりになるが縄梯子《ばしご》に編めば高い所のモノが取れる。邪魔なようなら棒結びにして引き出しに仕舞っておけばよい。図示しておこう。さすがに最後の使用法として首を吊《つ》るのに使うほど私は世をはかなんではいないが。

一体、この長さの紐を帯にもたすきにも使えないなどと誰が言い出したのか。十分、有益ではないか。言い出しっぺを出頭させて、事の次第を問いたださなければならない。ということでさらに調べてみた。すると該当する人物に行き当たった。英国のウォールソルに住む妻帯者らしい。

ウォールソルとはイングランドのウェスト・ミッドランズ地域、バーミンガムの北西にあり、人口二十五万人強の街。「ウェールズ語を話す人々（ブルトン人）の平原」からきた地名だそうだ。ここでは古く（一二二〇年）から市《いち》が立ち、一八〇九年には家禽《かきん》や卵、バターなどを売り、最盛期には一日二千頭の豚が売買されたという。

そこに問題の妻帯者は住んでいた。あるとき、何がきっかけだったのか「あなたは奥さんと一緒に鵞鳥《がちょう》を食べますか」と問われたらしい。市場にいたのかもしれない。彼は質問に「いいえ、鵞鳥などという中途半端なものは食べません。あれは一人で喰《く》うには多すぎるし、二人で喰うには物足りないのでね」と答えたそうである。これが伝承されて「帯に短し、たすきに長し」の英語版のクリシェになった。

『Too much for one, and not enough for two, like the Walsall man's goose. ＝ウォールソルの人の鵞鳥のように、一人で食べるには多すぎるし、二人には十分ではない』

諸君、この男は嘘《うそ》をついている。鵞鳥のローストはヨーロッパでは大変人気のある一品で、昔は高級なご馳走《ちそう》であった。アンデルセンのマッチ売りの少女がマッチの炎越しに見る幻影のひとつも鵞鳥だ。肝臓は有名なフォアグラである。つまり、本当のところ男は懐《ふところ》が寂《さび》しくて鵞鳥を購入する余裕がなかったらしい。どこの国でも負け惜しみを口にする人間はいるわけなのよ。

それでは買わずに盗むか。それも無理だ。というのも鵞鳥はとても警戒心が強く、見知らぬ人間や動物を見ると金管楽器のような声で鳴き叫び、相手を追い回してくちばしでつつくという。そんな習性から古来、番犬代わりに使われたそうだ。なるほど、小学校で飼われている鵞鳥が首を絞められたように鳴いているのは、こんな理由があったからか。

ウォールソルの人よ。あなたに忠告したい。もし財布にゆとりがなければ鵞鳥ではなく、馬にすべきだ。私がヨーロッパを旅していた頃、もっとも安価なステーキは馬肉だった。ただし固い。

# 「横紙破り」は横を弱い者いじめしている。

【横紙破り】 常識や慣習を無視して自分の思い通りに押し通すこと。また、そのような人。和紙は縦にすき目があって横には裂きにくいことから

私はミステリー小説家である。小説家と紙は関係が深い。パソコンがどんなに普及しても原稿は最終的に紙で書物になるし、執筆段階でもアイデアを裏紙にメモする。「横紙破り」は和紙が横に破れにくいところからきたそうだが、もし和紙でなく、バルカナイズドファイバーだったら、どんな怪力の持ち主でも、この言い回しは生まれなかったはずだ。バルカナイズドファイバーは世界一硬いといわれる紙だから。

これはボロ布やパルプを混ぜ合わせて板にした紙で、軽くて硬く加工しやすい。一八五九年に英国で発明され、プラスチックが普及するまで旅行用のトランクや業務用の箱に使われた。年輩の方なら、その手の箱を目にしたことがあるかもしれない。現在でも逆流電流器など硬い非鉄金属を必要とする物に使っている。

さて、横紙破りと同様の意味で無理矢理に車を横に押すから「横車を押す」。対戦中の人を横から攻撃する「横やりを入れる」は関係ないのに文句を付けること。「縦《たて》の物を横にもしない」のは怠《なま》け者。はてさて、このように、なぜなのか、横は悪者扱いされがちだ。暗に縦のほうが立派と言っているようにさえ思える。

弱い物いじめをしているみたいなので、横を応援してあげたい。何か手はないか。そこで調べてみた。するとひとつあった。「横道にそれる」である。

私はこの言葉が好きだ。読者諸氏も本音ではそうなのではないか。必要な本筋だけを追求する石部金吉《いしべきんきち》では、どうも肩が凝《こ》る。適当に横道にそれていいではないか。そこで横を応援する意味で横道について考えてみたい。

そもそも横道とは何か。本道に対する枝道、脇道。道路法第三条によるなら国道や都道県道から続く市町村道か、里道、農道、林道などだろう。いずれにせよ、途切れずに進んでいけることが前提である。

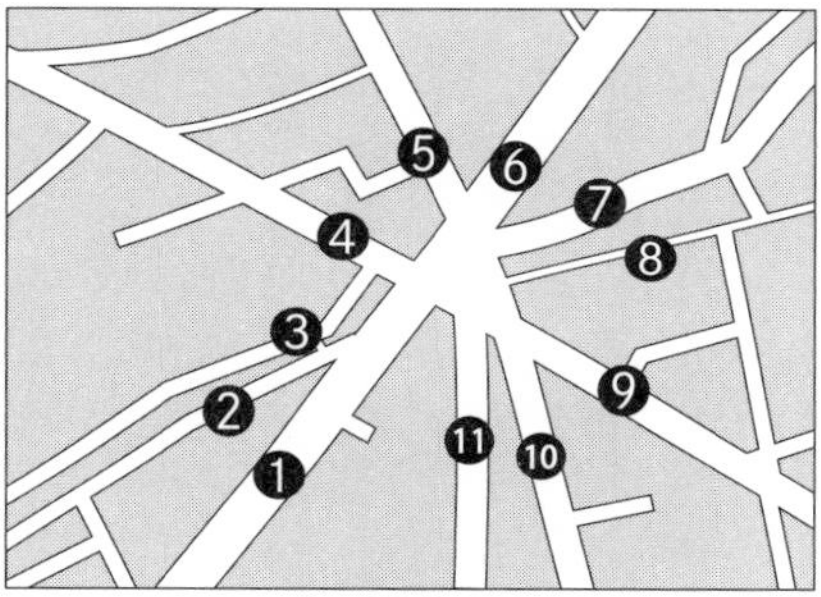

菅原橋交差点

私道は進んでいくと行き止まりに住居や私有地があるし、そもそも入り口に門があるかもしれないから、通路といったほうが正しい。横道にはならない。有料道路も対価を払って入っているのだから、それていることにならない。袋小路《ふくろこうじ》はそれているのではなく、追いつめられている。国土交通省の調査では、日本の道は約八十四%が市町村道である。はっきり言ってほとんどが横道ではないか。

仮に県道を進んでいて市町村道などの別方向に延びる道、横道にそれるには接続地点に立たなければならない。交差点だ。二本の道が交わるのだから四差路になるのが一般的だろうが、東京都江戸川区の菅原橋《すがわらばし》交差点は十一差路になっている。これだけ入り組んでいるのに事故はないという。ドライバーも注意するのだろう。交差点の交番も道を聞かれることは少ないとのこと。しっかりした人が多いらしい。

菅原橋交差点の場合、例えば、❶から❻へ進んだ場合、⓫にいる直進者には斜めにそれた風に見える。少なくとも他者から見れば、直進した人も「あいつ、それたな」と見ている道から曲がっている方角に向かっているように思うはずだ。大阪府河内長野《かわちながの》市にある本町の交差点も九差路である。

世界に目を向ければパリにあるエトワール広場（シャルル・ド・ゴール広場）も横道だらけの交差点だ。かの凱旋門《がいせんもん》を中心点として、十二本の道が放射状に延びており、もはや時計の文字盤。ラウンドアバウトになっているので、進んできたら、どこへ向かうにしても輪になっている部分を巡るので、広場そのものが横道と言ってもいい。

ずばり横道を楽しみたいなら現地へ向かうべきだ。川口市のコミュニティバスには戸塚《とづか》と安行《あんぎょう》を横道経由で循環する路線がある。この辺りはかつての畦道《あぜみち》が道路になったらしく、複雑に入り組んでいるので下車すれば、いくらでも横道を楽しめる。

長崎県道《みち》ノ尾《お》駅から徒歩八分ほどにあるのが横道のバス停。八路線が停車するから下車したら次のバスで座ったまま、好きなほうへ横道にそれることができる。軽井沢の信濃追分《しなのおいわけ》駅からは町内循環バスの北回りが出ている。浅間台《あさまだい》の次が横道下。上へ向かえば横道だ。

他にも愛知県長久手《ながくて》市、福島県福島市、富山県滑川《なめりかわ》市、岐阜県恵那《えな》市、島根県安来《やすぎ》市、

長野県立科《たてしな》町と全国各地に「横道」がある。地図を調べれば手近な場所に発見できるだろう。楽しみたい放題だが、ちょっとこだわって伝統的な作法で横道を散策するのはどうか。一番最初に横道をそれた人に倣《なら》ってみよう。

平安後期に成立した『今昔《こんじゃく》物語集』に、「横道するに」と「横道それ行動」の最古の記述が見られる。なんでも近江《おうみ》の国に安義《あき》の橋（現滋賀県近江八幡市の安吉橋《あぎばし》）というのがあって、そこに鬼が出るので、真《ま》っ直《す》ぐ行けるのを誰もが迂回《うかい》するというのである。

ふううむ。正しい横道のそれ方は橋を敬遠しなければならないのか。しかしこれでは横道にそれるというより、石橋を叩《たた》いて渡る（厳密には渡っていないのだが）といった感じで辛気《しんき》くさい。それに地図で調べると、ここは日野川にかかった県道の橋で川沿いに一キロ、上流にも下流にも次の橋がない。

これでは横道ではなく回り道だ。もう少し横道らしい横道はないのか。そうだ。日本最古の道に横道があるかを調べる手があるぞ。というので奈良県JR桜井線の三輪駅から柳本駅の山側に続く山の辺の道を見つけた。多くの神社仏閣が並び、里へ交わる道も多い。

この道が日本最古とされるのは『古事記』（七一二年）、『日本書紀』（七二〇年）に記述されている道だからだが、景色もいいし、名物の最中《もなか》やわらびもち、そうめん、洋食もいただけるので候補としたい。

だがさらに調べていくと石見《いわみ》国邇摩《にま》郡横道村という地名に行き当たった。現在の島根県大田《おおだ》市温泉津《ゆのつ》町福田横道である。ここがどんなところかというと全国には横道さんという方々がいるのだが、その名前は中臣鎌足《なかとみのかまたり》が藤原姓を天《てん》智《じ》天皇から授かった頃に始まるそうで、この横道村を発祥とするらしい。

　鎌足が藤原姓を天皇から賜《たまわ》ったのは死亡した際の六六九年。『今昔物語集』や『記紀』よりも古いではないか。となると元祖横道はここではないだろうか。よし、それでは福田横道へ出発。山陰本線温泉津駅で下りて、そこからバスの井田線に乗る。山間を縫《ぬ》って旧井田小学校の次が横道だ。

　バスは横道に進む前に二股《ふたまた》を右に折れるので確かに横道にそれているといえよう。あとは下車して歩くと再びいくつか二股が続くので好きなところでさらに横道へ向かえる。このページの写真で見るようにのどかである。春には鶯《うぐいす》が鳴いていようか。温泉もあるようなので疲れたら一風呂浴びよう。

　ということで本来、「横紙破り」について書くつもりが横道にそれた。だがそれでよいと思う。だってちゃらんぽらんのほうが楽だし、少なくとも肩が凝らない。

## 「一線を画す」と福島県では山に登れる。

**【一線を画す】** 境界線や区別をはっきりさせること。明確な区切り、けじめをつけること

私はミステリー小説家である。だが恋愛譚《たん》と無縁かというとそうでもない。そんなシーンも描く場合がある。現代社会は昔と比べて複雑で、いろいろな要素が入り組んでいる。ここからここまでが南千住《みなみせんじゅ》、そっちが北千住《きたせんじゅ》と一概《いちがい》に決めつけられないのである。

画の字はもともと田を区切ることを意味していた。つまり境界線を引くことである。となると世界最古の境界線はどこか。いまだに機能しているのか。

ここです（165ページの写真）。ドイツにあるヘーゼビューとダーネヴィルケとの国境跡。スカンディナヴィアと内ヨーロッパを分けていた土塁で、ここからそっちはヴァイキングの縄張り、こっちはデンマークね、と西暦七三七年前後に線引きしたそうな。今は現存する境界線として考古学の面で役立っている。一方、「一線を画《かく》」した以上、線なのだから延々と続いているはずはなく、どこかで終わっているはずだ。漢字は中国からきたので「画」したところは中国だろう。さて中国でもっとも有名な境界線というと万里《ばんり》の長城《ちょうじょう》。そこで調べてみた。万里の長城はどのように画されているのか。

こんな感じだった。万里の長城の東の端《はし》っこは海に突き出して終わり、西のほうは土の

かたまりになってお終《しま》い。西の記念碑に「第一墩《とん》＝土盛り」とあるからこっちが始まりらしい。どうもわびしいムードだ。万里の長城が精根《せいこん》尽き果てている。

境界線として紀元前に作られた万里の長城は人工的である点が珍しい。昔の境界線はおおむね山や河川で区切られていた。そんな中、日本に珍しい境界線がある。福島、山形、新潟の三県にそびえる飯豊山《いいでさん》には幅が一メートル程度の細長い県境が七・五キロに渡って延びている。山形と新潟に挟まれた福島県の領域を示すものだ。

このヘビのように延びる福島の県境は、明治に新潟の県域が整理された際、福島県民にとって信仰の対象であった飯豊山を手放すまいとして福島からの登山道を死守したためである。秋田と山形にそびえる鳥海山《ちょうかいさん》も山頂を迂回《うかい》するような不自然な県境を有しているが同様の理由からだ。

東京も現在は二十三区だが、かつては三十五区あった。もともと東京市であった頃はもっと少ない十五区で新宿や渋谷は市外の村。それが人口増加で拡大されて三十五区に。その後、東京市が都になり二十三区に整った。

市区町村の境界線とは別に個人の線もある。不動産に関する境界線だ。この境界線は不動産売買の際にトラブルになることも多い。というのも「公図」に基づく場合が多いのだ。

公図とは地図に準ずる図面のことである一方、「地図」は土地の区画や地番を正確に示し、現地の境界を復元できる精度の高い物をいう。我が国では今も全国の「地図」を作成中だが、まだまだ配備されるには時間と費用がかかるらしい。

なにしろ法務局に備え付けられている地図・公図は総計約四百四十万枚で「地図」が約百九十万枚、「公図」は二百五十万枚と公図のほうが多いのだ。東京や大阪などは全体の二割ほどしか「地図」がない。日本は地図の発展途上国なのである。

この公図は明治時代に誕生したもので測量技術も低い。しかもわずか八年間で地元民に作らせた。そもそも土地への課税を目的としていたから「縄のび」といって実際よりも目盛りが長く打たれた縄を使い、面積を少な目に測量したりもしたという。また古い土地ではお隣との境を示す境界標がなくなっていたりする。くれぐれも杭《くい》は残して悔いを残さずにいたいものだ。

画は境界線であるとともに、絵を意味したり、漢字の画数の単位にも使われる。

ヘーゼビューとダーネヴィルケ国境跡

万里の長城の西端（上）と東端

「画」は八画の漢字だ。この画は日本と中国ではまさに一線を画している。

中国のほうは簡体字《かんたいじ》で田から線が突き出ていない。こんな略字、崩し字は意外と身近に多い。代表例は生蕎麦《きそば》。京都の春を告げる「都をどり」は、踊りの古い仮名遣《かなづか》いが「をどり」とワ行の「を」だったのをそのまま歴史的に受け継いでいる。ビールは「ヱビス」、ウイスキーが「ウヰスキー」。「通りぬけられます」の「ます」が枡形《ますがた》だったり、「於志留古《おしるこ》」は女性陣でないと読めない場合が多いだろう。

一方、尾籠《びろう》な話で恐縮だが男性陣には路地裏の赤い鳥居の印がお馴染《なじ》みだ。最近はめっきり見なくなったがこちらは小便禁止。もはやマークだけで共通認識となる意図を伝えている。七が三つで「喜」だったり、「来夢《ライム》来人《ライト》」はスナックだと一目でわかる当て字だ。これらは若者と一線を画しているといえようか。

鳥居のマークが共通認識となるように地図記号にも一線を画している物がある。平成になり地図記号に老人ホーム、図書館、博物館などが新たに加わったが、おやと思うのが風車《ふうしゃ》だ。

Lの字形に×がかつての風車だが、昭和三十年に一旦消滅した。

パイナップル畑の記号

平成 18 年に復活した
現在の風車記号

昭和 30 年に消滅した
かつての風車記号

しかし平成十八年に新たな姿で復活。おそらく粉挽《こなひ》き用ではなく風力発電のものが増えたためだろう。沖縄にはパイナップル畑を示す地図記号があるという。

最後に再び尾籠な話で痛み入る。私の亡父は「痔主《じぬし》」であった。子供の頃に雪隠《せっちん》へ行くと便器に真っ赤な鮮血が残されているのを目にしたものだった。長じて私も血筋から「痔主」となった。

深酒をしたときや下痢《げり》がひどくて何度もトイレットペーパーを使ったりすると覿面《てきめん》に復讐《ふくしゅう》してくる。そのたびに私は「ぢ」という一文字を思い起こす。あれほどずばりの表現はないのではないか。

ちに点々。確かに鮮血が散っている様子で、あの看板を見るたびにお尻がもぞもぞしてくる。これも時代と一線を画している例だろう。ヒサヤ大黒堂《だいこくどう》では江戸時代からこの仮名遣いだぞうな。

人間、度を超すとろくなことはない。深酒は慎《つつし》もう。痛い思いをして、いつも自戒する癖になかなか改まらない。一線を画すのではなく、ついつい一線を越えてしまうのだ。とほほ。

# 「高嶺の花」は昔は手が届く桜だった。

【高嶺の花】高い山の頂上に咲いている美しい花。遠くからただ眺めるだけで、自分の物にすることができないもののたとえ

私はミステリー小説家である。そして貧しい男性である。家柄や容姿がこちらと釣り合わないほど優れた女性を「高嶺《たかね》の花」と称するが、ほとんどの女性が私にとっては高嶺の花と言っていい。だが、なぜ彼女らは「高嶺」で「花」なのか。とても手が届かないと言いたいなら天空の綺羅星《きらぼし》でもマリアナ海溝の真珠《しんじゅ》でもいいはずだ。なのに「高嶺」で「花」という以上、理由があるように思える。

もしかして、とある高嶺にその花が存在し、それに由来するのかもしれない。とすると「高嶺の花」はどの山のどんな花だろう。ということで調べてみた。多くの説では「高嶺の花」はシャクナゲであるという。なんでも霊峰ヒマラヤ山脈の標高三千八百～五千メートル付近に自生する高山シャクナゲ（アンソポーゴン）などを「高嶺の花」と呼ぶらしいのだ。確かに日本でたとえるなら、富士山頂あたりに咲いている花だから、気軽に入手できないだろう。

だが、どうも腑《ふ》に落ちない。というのもヒマラヤ登山はネパールからだ。この国が日本と国交を樹立したのは一九五六年である。それまでネパールは鎖国《さこく》を続けていてヒマラヤ

登山隊も入国できなかったほどの秘境で、日本人では明治から大正にかけての冒険家、河《かわ》口慧海《ぐちえかい》が密教仏典を入手するために潜入したほどだ。仮に慧海がヒマラヤのシャクナゲを「高嶺の花」として伝えたとしても、時代としては新しい。「高嶺の花」はそんなに近代の比喩《ひゆ》表現だろうか。

富士山本宮浅間大社境内の桜

　シャクナゲは、もともとは高山性の植物。その中のセイヨウシャクナゲが現在の園芸品種のもとであり、明治三十九年（一九〇六）、三菱財閥《みつびしざいばつ》二代目、岩崎彌之助《いわさきやのすけ》がイギリスから日本へ輸入したのが最初で、大正十三年（一九二四）頃、新潟で生産が始められたという。ただし日本最古の記録として『拾遺和歌集《しゅういわかしゅう》』（一〇〇七年）の如覚《にょかく》法師の歌の題、「さくなむさ」がシャクナゲといわれ、江戸以前に記載されるのは日本に自生する野生のアズマシャクナゲなどらしい。

　この野生のシャクナゲが「高嶺の花」なのは山の頂《いただき》などの岩場に張り付くように咲くため、なかなか採取ができなかったのと、山岳信仰も影響していたという。曰《いわ》く山の高い頂に咲く、岩場とは不似合いな豪華な花は神の住む山に咲く花、山の精霊の化身、精霊の化身を持ち帰ることは罰《ばち》当たりなことだと考えられ

那智の滝

ておったそうな。そこから古くは神に捧《ささ》げる木、忌《い》み木《ぎ》とされたらしい。

ううむ。「高嶺の花」は精霊の化身か。すると比喩《ひゆ》である「高嶺の花」は山伏《やまぶし》かマタギが言い始めたことなのか。マッチョな彼らにしてはロマンチックすぎないか。

　高嶺といえばなんといっても富士山だ。日本最古の和歌集である『万葉集』にも「富士のたかねに雪は降りける」とある。この時代に「高嶺」の概念はすでにあるのだ。富士山の浅間大社《せんげんたいしゃ》は桜を御神木《ごしんぼく》とし、境内《けいだい》は桜の名所だ。また桜の中でもタカネザクラはもっとも標高の高いところに生えるのだが、残念ながら『万葉集』では高嶺と対をなすのは雪。万葉集から時代がくだり、平安中期（九八四〜六）に花山《かざん》天皇が「いはばしる滝にまがひて那智《なち》の山高嶺を見れば花のしら雲」と那智の山の頂《いただき》と花を関連させている。花山天皇は現在の和歌山県那智山にある大滝（一の滝）の上流の「二の滝」近くに修行のための庵《いおり》を結んだ。その折の歌である。

　続いて平安後期に藤原公実《ふじわらのきんざね》が「白雲とをちの高ねの見えつるは心まとはすさくらなりけり」（『金葉《きんよう》和歌集』）と高嶺と桜を謳《うた》った。そして前述の花山天皇の庵の跡を、西行《さいぎょう》が訪ねて詠《よ》んだ歌が「木《こ》のもとにすみけるあとを見つるかな那智の高嶺の花を尋《たず》ねて」と、ずばり高嶺と花を結びつけている。西行が訪ねたのは二の滝付近の桜といわれ、その桜の木の下に花山院の住処《すみか》の跡を見たそうである。その後、後鳥羽《ごとば》上皇が承元《じょうげん》元年（一二〇七）に「みよし野のたかねのさくら散にけり嵐もしろき春のあけぼの」と「高嶺の花＝桜」にしている。つまり平安から鎌倉の頃には高嶺の花はやんごとなき山々の桜だったのだ。それがいつしか、シャクナゲに移ったわけである。なるほど。手の届かない絶世の美女も時代や人によってそれぞれということなのね。

ならばその他の「高嶺の花」はというとタカネオミナエシ、タカネバラ、タカネスミレ、タカネタンポポなどなど、高山植物では百花繚乱《ひゃっかりょうらん》。高山植物のコマクサの花言葉は「高嶺の花」。さらにお名前が高嶺（たかみね・たかね・たかりょう・こうりょう）さんは全国におよそ二千四百人。石川県と沖縄県にご先祖を持ち、他に東京、鹿児島、神奈川、大阪府に多いそう。生きた「高嶺ハナさん」にお会いできるかもしれない。高嶺の花となったシャクナゲは今では近所の庭で目にできる。ただしツツジ・サツキと似ているから注意が必要。ツツジは開花時期が四～五月、シャクナゲも四～五月、サツキは五～六月。厳密に見分けるために、オシベの数を調べよう。ツツジは五本以上あって多いものだと十本。サツキはほとんどが五本。シャクナゲは十本のものと十四本のものがあるそうです。

## 「苦しい時の神頼み」はご近所で済ませられる。

【苦しい時の神頼み】信仰心のない人が困ったことが起きて苦境に立たされると神仏に助けを祈り求めるということ。人間の身勝手さをいう言葉。また、日頃は近寄らない人に苦しくなると泣きつくたとえ

私はミステリー小説家である。小説家はアイデアがどこから出るのですかとよく聞かれる。私が聞きたい。自動販売機のようにコインを入れてボタンを押せばアイデアがごろんと出てくるのなら、その構造を教えて欲しいものだ。

アイデア捻出《ねんしゅつ》というのは真珠《しんじゅ》取りに似ているといわれ、ざぶんと海の底に潜って貝を拾って海上に上がる。そこで貝を開いて中に真珠がなければ、またざぶん。

そうやって潜っては上がりを繰り返して真珠＝アイデアを得ているのである。それはもう艱難辛苦《かんなんしんく》、四苦八苦《しくはっく》、苦くて痒《かゆ》くて痛い。なのに貧乏である。

どうしようもないときは近所のお稲荷《いなり》さんに行って手を合わせてくることもある。すると帰りにヒントが湧《わ》いたりする。私のアイデア取得には歩くのがよいらしい。

アガサ・クリスティは皿を洗ったというし、芥川《あくたがわ》は布団の中で呻吟《しんぎん》していた。ジンクスは作家それぞれだが、苦しい時には神頼みをせざるを得ないのだ。ラッパは吹かなきゃ鳴らないのである。

だが神頼みもやたらめったらでは効率が悪い。ケースバイケースを知っていたほうが御《ご》

利益《りやく》があるだろう。そこで調べてみた。何に困ったらどんなところで祈願すればよいか。世人の悩みはそれぞれ。今回は縁起を知った上でのほうが有難味《ありがたみ》があるので本項の最後にまとめておく。

私の自宅から駅前への道すがら、お地蔵さんがまつられている。小さいながら祠《ほこら》に収まり、きれいに掃除されて菓子折のような賽銭《さいせん》箱も備えている。小銭があるとき、ときどき願掛けをするが、頭が奇妙なのに気が付いた。見ると横に馬頭観音《ばとうかんのん》と記されている。お地蔵さんではなく、観音様だったのだ。

馬頭観音とは頭の上に馬の顔を乗っけている観音様で、そもそもヒンズー教の神様。馬が草を食べるように煩悩《ぼんのう》を食い尽くすといわれる。かつて日本では馬は大切な労働力であり、急死した際に観音像を建てて供養《くよう》したそうだ。

筆者愛用のメダル

そこから交通安全やペット供養としても信仰されているという。馬は走るのが速いところから御利益も即効性があるらしい。由来がわかると親近感が湧き、行き帰りになんとなく挨拶《あいさつ》するようになってしまった。

「苦しい時の神頼み」の言い回しは江戸中期になって始まるもののようで、海の向こうでは「塹壕《ざんごう》の中に無神論者はいない」(英)、「普段は焼香《しょうこう》せず急場で仏の足にすがる」(中国)、「雷鳴が鳴るまでサンタ・バルバラ(雷・火災への守護聖人)を思い出さず」（スペイン）といったバリエーションになる。

だが私は出不精《でぶしょう》だ。神頼みに出かけるのも億劫《おっくう》に思うときがある。だから縁起かつぎとしていくつかお守りをデスクの端《はし》に置いてある。浅草寺《せんそうじ》の開運のお札《ふだ》。帝釈天《たいしゃくてん》の学業成就《じょうじゅ》のお守り。去年（二〇二〇年）の初詣《はつもうで》で引いたおみくじ（末吉）。宇宙パワーが伝わる隕石《いんせき》のかけら。さらにはパリの奇蹟《きせき》のメダイ教会なる修道院で売られているメダルもだ。

この修道院はパリのど真ん中、六区にあるのだが、身につけていると窮地《きゅうち》を救ってくれるメダイ（メダル）を数百円ほどで販売している。なんでも一八三〇年にマリア様のお告げで修道女が作ったのだが二年後にコレラがパリで流行。その際に配ったところ、患者が激減したそうな。

子供の頃のおまじないも神頼みのひとつだろう。「ちちんぷいぷい」は怪我《けが》の痛みを取る言葉。一説では痛いと泣きやまなかった幼少の徳川家光《とくがわいえみつ》を乳母である春日局《かすがのつぼね》が「知仁武《ちじんぶ》勇《ゆう》、御代のお宝」＝武士として賢さや仁徳、パワーを兼ね備えているあなたは徳川家の宝ですから泣いてはいけませんと諭《さと》したことからだとか。

このちちんぷいぷいは、スペイン語圏では「Sana, sana, culito de rana. Si no sanas hoy, sanarás mañana」＝「治れ、治れ、カエルの尻尾《しっぽ》。もし今日治らなかったら明日治れ」というそうだ。しかしカエルに尻尾はあっただろうか。おたまじゃくしなら別だが。

ちちんぷいぷいに匹敵するおまじないといえばアブラカダブラだ。二世紀頃の書物にすでに見られ、語源は不明だがお守りとして綴《つづ》ると治癒《ちゆ》力があるとされる。意味としては

| | | | | |
|---|---|---|---|---|
| S | A | T | O | R |
| A | R | E | P | O |
| T | E | N | E | T |
| O | P | E | R | A |
| R | O | T | A | S |

SATORの魔法陣

「私は言葉の如《ごと》く物事をなせる」「この言葉のようにいなくなれ」といった言霊《ことだま》信仰に近い内容らしい。

　おまじないの中には、何を目的としてどう使ったかが不明のまま伝わっているSATORなる魔《ま》方陣《ほうじん》がある。中世の聖書に書かれていたり、ローマ時代の遺跡から出土したり、ポンペイの遺跡からも出てきたというから古くから各地で使われていたようだ。

　五個のラテン語「サトル、アレポ、テネト、オペラ、ロタス」からなる回文で四角く文字を組むと上下左右どこから読んでも同じ言葉となる。直訳すると「農夫のアレポは馬鍬《うますき》を引いて仕事する」なのだがアレポが人名なのか、サトルが農夫のことか、はっきりしていない。

　単なる言葉遊びのようだが宗教色もあるし、広く知られていたのだから、なんらかの意味があったのだろう。数秘術ではないかともされる。

　さて、いろいろ見てきたが、残念ながらアイデアをつかむための神頼みの方法は見当たらなかった。私は一体、誰にすがればよいのか。神にさえ見放されている。

## 苦しい時に頼れる神様

| 対象 | 神名 | 場所 | 内容 |
|---|---|---|---|
| 火 | 迦具土神 | 各地 | イザナキとイザナミの最後の子 |
| 酒 | 大山咋神 | 京都 | 山の頂上の偉大な主人の神 |
| 目 | めやみ地蔵 | 京都 | 地蔵尊のお告げで目を病んだ夫のためにお堂の水に薬を浸して目を洗うと治癒 |
| 耳 | みみだれ観音 | 埼玉 | 供えられている竹筒の水を耳に付けると治癒 |
| 咳 | 咳の爺婆 | 東京 | 江戸時代に風外禅師が父母のために刻んだ石像 |
| 歯 | 赤地蔵 | 埼玉 | 赤い塗料のべんがらを削って付けると治癒 |
| 頭 | ほうろく地蔵 | 東京 | ほうろくを奉納すると頭痛など首から上の病を治す |
| 暴風 | 天御柱神 | 奈良 | 強風を抑え、作物を実らせる |
| 占い | 太玉神 | 徳島 | 天香具山の鹿の骨を焼いて占った |
| 手足 | 太郎左近 | 福岡 | 天神様の侍従の医師か霊能者が祀られているとも。手型足型を奉納して平癒祈願 |
| 各部 | 撫で牛 | 各地 | 悪い部位と同じ箇所を撫でる |
| 婦人病 | 淡島神 | 各地 | 天照大神の六番目の姫。雛祭りのルーツ |
| 魔除け | 鍾馗 | 各地 | 玄宗の夢で鬼を退治 |
| 守門 | 仁王 | 各地 | 帝釈天の化身 |

## 苦しい時に役に立つまじない

| まじない | 方法 | まじない | 方法 |
|---|---|---|---|
| 雷をさける | 「くわばら」と３回唱える。雷は桑畑に落ちないから | 手や足のしびれ | 指先のつばを頭に３回付ける |
| しゃっくりを止める | コップの水を自分から遠い方の縁で飲む | 失せものを探す | 「にんにく」と唱えながら探す |

# 「同じ穴のムジナ」の共犯者はキツネである。

【同じ穴のムジナ】一見無関係に見えても実は同類であること。同類の悪者

私はミステリー小説家である。ミステリーとは謎《なぞ》、不可解な現象のことなのだが、表題のムジナも面妖《めんよう》な存在である。そしてそのムジナと同じだといわれても、この言い回しは主語が欠けているために誰が（あるいは何が）ムジナと同じ穴なのかわからない。

そもそもムジナ自体どんな動物なのか。小泉八雲《こいずみやくも》の「むじな」にあるようにノッペラボウになって人を化《ば》かしたりするせいなのか、タヌキやキツネのことだったり、ときには雷によって空から落ちてきた妖怪、雷獣とも同一視されている。

なんと『日本書紀』には三種《さんしゅ》の神器《じんぎ》の勾玉《まがたま》がムジナの腹中から出てきたと記述されているのである。それほど古くから知られているというのに、ムジナの正体は曖昧《あいまい》なのだ。

『和漢三才図会』のムジナ

大正十三年（一九二四）、現栃木県鹿沼《かぬま》市で発生した「たぬき・むじな事件」は、ムジナとは何かで大審院《だいしんいん》（現在の最高裁）まで争われた。事件の概要はというと、あるとき、狩りに出た土地の猟師さんがムジナ二匹を仕留めた

「たぬき・むじな事件」大審院判決を報じる東京日日新聞（1925年6月10日朝刊）

のだが、禁猟期にタヌキを捕獲することを禁じた狩猟法違反として警察に逮捕されてしまった。「動物学においてタヌキとムジナは同じ」と警察が主張したからだ。

一方、猟師さんは「この辺りではタヌキとムジナは別の生き物だよ」と裁判で争い、結果、被告人は無罪。大審院曰《いわ》く「タヌキとムジナは動物学的に同一だが、広く国民に定着しているものではなく、別種の生物と思う人も多い」からだとか。この裁判は「事実の錯誤《さくご》」に関する判例として有名らしい。

だがこの一件、裁判長も錯誤しているように思える。現在ではムジナは伝承されている外見や生態が似ているところからアナグマ（正確には日本固有種のニホンアナグマ＝食肉目イタチ科、北海道以南に生息）であるとする説が濃厚でハクビシンも候補とされている。したがってタヌキかどうかを争うこと自体、化かされているといっていい。古来、ムジナ（ニホンアナグマ）がタヌキと混同されていたのは狸《たぬき》寝入りをしたり、人家近くに生息して夜行性だったからだ。だがタヌキはイヌ科、アナグマはイタチ科である。

また中国では「同じ穴のムジナ」を「一丘之貉（同じ丘のムジナ）」と言う。漢《かん》の時代に楊惲《よううん》なる役人がおり、司馬遷《しばせん》の孫にあたるせいか驕《おご》りがあったようで、昔の君主も今の君主も小人（小人物）を信じるような一丘之貉だと発言してクビになった逸話からくる。

中国語の貉はタヌキのことらしく、アナグマは「獾」。タヌキである貉をムジナと訳したところから混同が始まったのかもしれない。出典は『漢書』（八二年）だから、そもそもの伝来からして取り違いが始まっている様子だ。

では裁判で「事実の錯誤」として代表視されるムジナは一体、何と同じ穴なのか。「同じ穴の」という以上、主語となる何かと同じ穴であることになる。調べてみると「同じ穴のキツネ」の類句がある。間違われる代表の「同じ穴のタヌキ」も類句として並んでいる。室町時代の『応永本論語抄《おうえいほんろんごしょう》』（一四二〇年）が出典。

キツネは穴掘りが得意ではないそうだ。そこでアナグマが留守をしている間に穴に入り込み、尿《にょう》や糞《ふん》をまき散らしておく。アナグマはきれい好きなので悪臭ふんぷんたるキツネの糞尿に耐えきれず、せっかくの穴を捨てて引っ越してしまう。そこをキツネがゆうゆうと横取りするのである。またキツネは餌《えさ》とするウサギやネズミの穴に同居する場合があり、この際は仲良く暮らすのだとか。

アナグマの掘った穴

つまりムジナと同じ穴にいるのはキツネのことだったのである。写真がいわゆるムジナの穴。ムジナ（アナグマ）はとても穴掘りがうまいらしい。どのぐらい

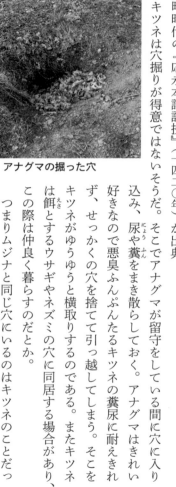

## 各種食品のむじな

| 料理 | 関西 | 関東 | 京都 | 金沢 |
| --- | --- | --- | --- | --- |
| きつね | 甘い油揚げ入りのうどんのみ | うどんでもそばでもきつね | うどんでもそばでもきつね | いなり |
| たぬき | きつねうどんのそば版 | 揚げ玉入りのうどんやそば | 刻んだ揚げに生姜のあんかけうどん、そば | 揚げ玉入りのうどんやそば |
| 揚げ玉卵とじ丼 | ハイカラ丼 | たぬき丼 | | |
| 衣笠丼 | きつね丼、甘い油揚げと九条ネギの卵とじ | ない | 衣笠丼 | |
| 木の葉丼 | カマボコやネギなどを卵でとじた丼 | ない | 木の葉丼 | 玉子丼 |

穴掘りがうまいかというと、一番深い部分は地下四メートルに達するという。英国の種では中世から続く巣を使うこともあり、入り口は百以上、部屋は五十室、総延長一キロに及ぶという。ここに老若男女《ろうにゃくなんにょ》、一族郎党で暮らすそうだ。もはやマンション一棟分といえるではないか。確かにこんなに快適な穴ならキツネが横取りしたくなるのも納得できる。

さてこのムジナ、穴ばかりでなく我々が知る暖簾《のれん》の向こうにも出現し、まさにキツネと一緒だったり、タヌキになっていたりするのだ。その正体は「ムジナそば」。蕎麦屋《そばや》のきつね（油揚げ）とたぬき（揚げ玉＝天かす）が器に同居している蕎麦である。関東ローカルのメニュウらしい。

タヌキやキツネであるムジナ一同は麺《めん》類の世界でもややこしい。関西の「きつねうどん（甘い油揚げ入り）」は関東ではうどんでもそばでもきつねだ。あまりややこしいので表にしておこう。関東のたぬき丼《どん》を関西でハイカラ丼と呼ぶのは「捨ててもいい天かすを具に使うとは関東の人はハイカラやな」からきたともいう。

関東にない「木の葉丼」は三つ葉や海苔《のり》が加わる場合もあり、舞い散る具材が木の葉を思わす様子から名付けられたともいうが、私としては「カツ丼のカツと思いきや、木の葉のようなカマボコとは化かされた」とする説を採りたい。化かされついでにムジナがどのように人を化かすかというと、

①田や道を深い川と思わせる。

②馬糞を饅頭《まんじゅう》に、肥《こえ》だめを風呂に思わせる。

③方向感覚をなくす。

以上、大きく三つに分類できるそうな。ふううむ、これもタヌキやキツネとそっくりだ。ちなみにニホンアナグマは現在、増えているというが、二〇一九年の段階で自治体によっては絶滅危惧《きぐ》種、準絶滅危惧種に指定されている。六甲山系の育ちの私も遭遇したとの話は聞いたことがなかった。そもそも里に暮らす動物たちであるムジナを追い出しているのは我々人間かもしれない。ちなみに岡本綺堂《おかもときどう》『半七《はんしち》捕物帳』の「小女郎狐《こじょろうぎつね》」に「こっちが古狸で相手が狐、一つ穴だからな」のセリフが出てくる。大正六年（一九一七）から昭和十一年（一九三六）にかけての雑誌連載だから、この頃まではまだキツネだと理解されていたらしい。

# 「輪をかける」と縁起が良い。

**【輪をかける】** 程度が一層はなはだしくなること

私はミステリー小説家である。つまり著述した物を出版するわけである。したがって記述には厳格を期さないと出版文化の信頼を損なうことになる。

輪をかけるという言い回しを使う場合にも注意が必要だ。この言葉は、あまりに素っ気《そけ》ない。誰がいつ、どこで、何の目的で、どこにどんな輪をかけたのか。前後の脈絡が不完全なので、頓珍漢《とんちんかん》な使い方をしかねない。そこで調べてみた。

語源は弓らしい。弓矢を勢いよく飛ばすためには弓の弦をぴんと張る必要がある。そこで使用時に弓をたわめ、弦の端《はし》っこの輪を弓の先端、本弭《もとはず》、末弭《うらはず》という掛け口にひっかける。弦は長さを調節されているため、ぴんと張力を発揮する。つまり弓は常時、弦が張ってあるわけではないのだ。知らなかった。

考えてみれば輪と人間の付き合いは長い。我々はいろいろな輪をかけている。現在、もっとも身近にかける輪といえば輪ゴムだろう。台所などでよく使われているのは18号で、ふたつ折りにした長さが七十ミリ。最小の7号まで代表的な寸法の物が全七種類、ＪＩＳ規格でそれぞれサイズが定められている。むろんもっと小さい物も大きい物もある。

輪ゴムは基本的に天然のラテックスが原料だ。この天然ゴムは十五世紀末、コロンブスが第二回のアメリカ航海の際、立ち寄ったハイチ島で見ている。住民がゴム鞠《まり》で競技していたのだ。しかし先を急いでいたのか特段、関心を払わず、十八世紀までゴムは注目を浴びなかった。

一七七〇年になって英国の化学者が西インド産のゴムのかたまりで鉛筆の字が消せることを学び取り、ラバーと名付けた。それまで鉛筆の字はどうやって消していたかというと、画家がやるようにパンを使った。名付け親の化学者がゴムを入手したのも画材店なのだ。

それから約九十年後の一八五八年。鉛筆のお尻に消しゴムが付けられた。気が付くまでに少し時間がかかりすぎと思う。一八二〇年に、輪ゴムが誕生する。生みの親はゴムを馬車の屋根などの防水材にしようとしていたトーマス・ハンコックさん。

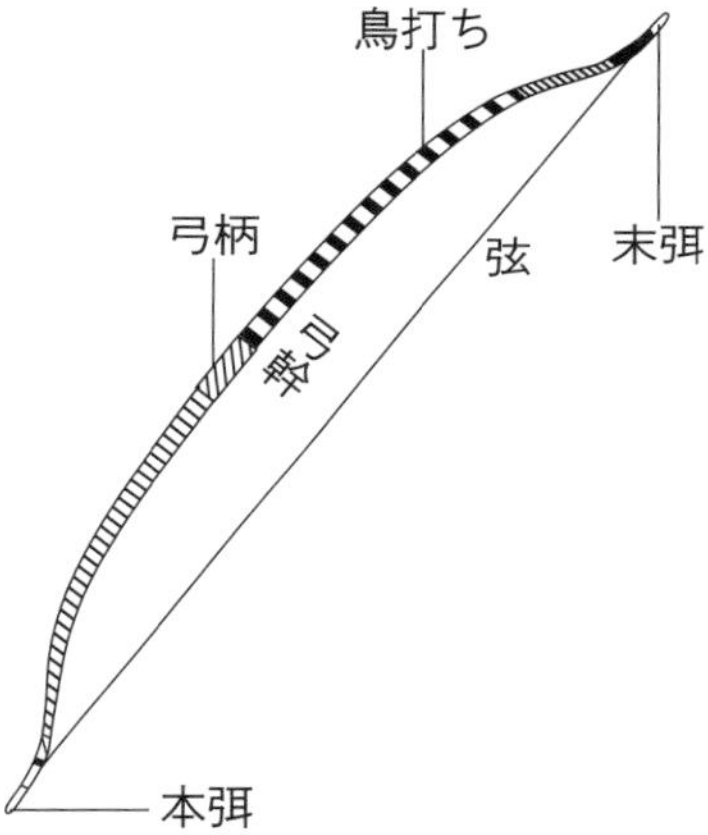


彼は手に入れていたアマゾン先住民御用達《ごようたし》のゴム製の袋を、なにを思ったか薄く輪切りにした。すると、あら便利。靴下や服の袖《そで》を留めるのに具合がいいぞ。それなら他にもとハンコックさんはゴムの帽子や長靴、手袋、ゴムボートも作っている。どうも根っからの発明好きらしい。

身の回りの身近な輪といえばキーホルダーもだ。

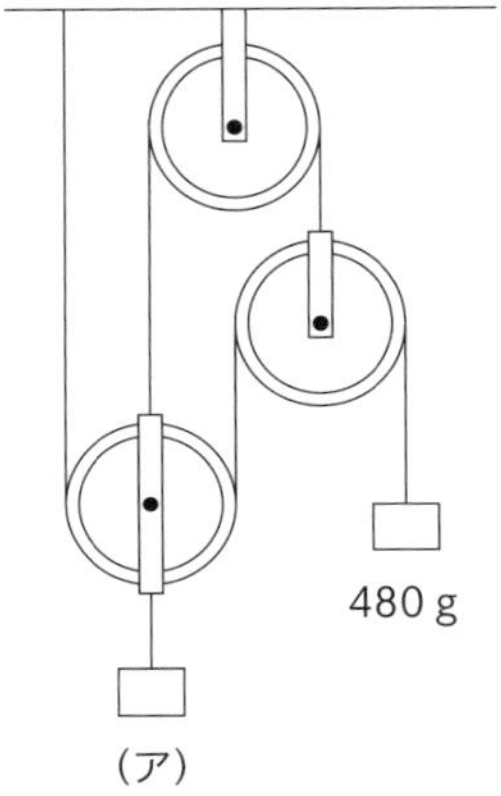


鍵やマスコットを取り付けた金具を鞄《かばん》やなにかに引っかけるのだが、あの輪になった金具でもっとも多いのがナスカン（二〇一九年調べ）。中に仕込まれた小さなバネが働く様子は涙ぐましい。ただしキーホルダーは海外旅行のお土産《みやげ》にもらったりすることが多いが、付ける鍵のほうが不足して引き出しに眠ることがしばしばだ。

義務教育にも「かける輪」が登場する。滑車《かっしゃ》だ。「一本の糸に働く力はすべて等しい」、「上にひっぱる力と下に引っ張る力は常に等しい」、この二つの原理を我々は習った。そして重たい物を少ない力で引き揚げることができると教わる。教わったはずだ。なのに、すっかり忘れている。読者諸氏もそうだと思う。そこで問題。右上の図の重り（ア）は何グラムですか。答は文末。

牛に掛ける輪はカウボーイの投げ縄。西部劇の十八番と思いきや、なんと古代エジプトの寺院にファラオが牛に投げ縄をしているところが彫られているそうな。時代はぐんと下って二〇一六年、米オレゴンでカウボーイが泥棒を投げ縄で召し捕ったお手柄があった。カウボーイが正業のロバートさんはオレゴンのショッピングセンターに鞍《くら》を付けたままの馬を乗せたトレーラーを止めた。すると女性の悲鳴が聞こえたので、ハイヨーと馬に乗って急行。すると男がうら若き乙女の自転車を奪おうとしているではないか。

男は馬でやってくるロバートさんを見て、自転車を捨てて逃げ出そうとしたが、そこへロープが一擲《いってき》。見事、男の足をからめとって転倒させ、警官が到着したときにはロデオの牛のように縛り上げられていたという。

ロバートさん曰《いわ》く、「普段やっていることだ。なんてことはないさ」。その後、娘さんとロバートさんにロマンスが芽生えたかどうか気になるところだが報道されていない。もしかするとそのまま馬にまたがって夕日に向かって去っていったのかもしれない。

輪の中で礼儀とはいえ、あまり掛けたくないのが数珠《じゅず》だ。数珠は宗派によって使い方が違うらしい。真言《しんごん》宗では中指に掛け、日蓮《にちれん》宗では三つの房《ふさ》を中指に掛けて外に垂らす。とはいえ、一般的な使い方でも失礼に当たらないそうなので略式の作法を表にしておく。

話が湿《しめ》っぽくなったので楽しく掛ける輪に目を移そう。子供の頃に誰《だれ》もがやったことのある輪投げ。台に立てた棒に輪を投げて見事ひっかける。あの遊びは神戸港に入港する外国船で行われていたのが大正時代に港湾関係者に広まったそうだ。

| | |
|---|---|
| **移動中** | 房が下になるように左手で持つ |
| **焼香時** | 左手親指以外の四本の指に通して持つ |
| **坐位姿勢** | 左手首に掛ける |
| **合掌時** | 焼香時と同様か、合掌した両手に掛ける |

**略式数珠の使い方**

今では国際輪投げ協会があり、公式審判のもと、各地で投輪競技が行われている。対戦相手と交互に一本ずつリングを投げるのだが、リングの持ち方は自由。ただし必ず片手でなければならない。またプレイの際は両足が地面に接していること。

投輪は先に投げられた物が完全に静止してから行う。なにより必ず投輪ラインの後方から投げ、リングが手から離れて台に落ちるまでにラインを踏んだり、越えたら違反だ。そういえば子供の頃、縁日《えんにち》のお兄さんに「坊や、その線から入っちゃあ、いけねえよ」と言われたものだが、あれは正しいルールだったのである。

他にもまだまだ人類が掛ける輪がある。冬場に腹にかけるのは腹巻き。昭和の頃、一世を風靡《ふうび》したのがフラフープ。クリスマスになって戸口に掛けるクリスマスリース。ヒイラギやモミなどで作るが、冬場も緑色の常緑樹の葉は不死や生命力を意味するからだ。

似たような輪が日本にもあるが、もっとビッグサイズだ。茅《ち》の輪《わ》といってチガヤで編んだもので、直径数メートルもあり、人間がくぐれるようになっている。この茅の輪を各地の神社で夏越《なご》しの祓《はらえ》（六月三十日）、年越しの祓（十二月三十一日）の際、参道にかかげる。参拝者は設けられた茅の輪をくぐると心身が清まり、災厄《さいやく》を払い、無病息災につながるのである。

そもそもは日本神話に登場するスサノオノミコトが旅の途中、備後《びんご》国の蘇《そ》民将来《みんしょうらい》さん宅に一夜の世話になり、お礼に「茅の輪を腰に付けてれば疫病《えきびょう》を逃れるよ」と教えたところからきたという。現在では車でくぐれるところやペット用もあるそうだ。ところで滑車の答は千九百二十グラム。解けましたか。

# 「なくて七癖」には貧乏神が憑いている。

【なくて七癖】人は誰でも癖を持つもので、癖がなさそうに見える人でも七つぐらいは癖があるということ

私はミステリー小説家である。癖《くせ》は左の奥歯ばかりで食べ物を噛《か》むこと。右は歯間に隙間が多く、物が挟まるのだ。職業とはまったく関係ないが癖とはそういったものだろう。なくて七癖、あって四十八癖。四十八というのは相撲《すもう》の決め手ぐらい多いと比喩《ひゆ》しているらしい。そこで、ついやってしまう癖を調べて次ページの表にまとめてみた。

男女問わずピックアップしたから「外出時、ショウウインドウで自分をチェック」したり「かまととぶる」のが悪癖《あくへき》かどうか。男性の私には理解が及ばないところである。

こうして見ると、ついやってしまう癖は四十八どころではない様子だな。筆頭にあげられるのは「貧乏揺すり」か。足を絶えず細かく揺することだが、なぜ貧乏揺すりと言うのか。諸説あるらしいからこちらも表にしておく。

足を揺すると貧乏神に憑依《ひょうい》されるというのは理屈は別にしてニュアンスとして理解できる。貧乏揺すりの原因はい

| |
|---|
| 足を揺すると貧乏神に憑かれるとされたから |
| 高利貸しが貧乏人に取り立てるとき足を揺することが多かったから |
| 貧乏人が寒さに震える様子から |
| 高貴な人には貧乏人がせかせか動いているように見えるから |
| 貧乏人が緊張して足を揺すっていたから |

貧乏揺すりの語源

## ついやってしまう癖

| | | | | | |
|---|---|---|---|---|---|
| 同じことを2回言う | 愛想笑いをする | 人前で溜め息 | 他人に八つ当たり | 思ったことをすぐ言う | 貧乏揺すり |
| 知ったかぶりをする | 興味ない話に適当に相づち | 愚痴ばかり言う | 小さな嘘をつく | 見栄をはる | 独り言を言う |
| 好きな人と嫌いな人で態度に差 | 「〜的な」「〜みたいな」と語尾を濁す | 引き笑いをする | 素敵な人を見かけると目で追う | それほどのことでもないのに「なるほど」と言う | 話す前に「あっ」と言う |
| おしぼりで顔を拭く | 外出時、ショウウインドウで自分をチェック | 相手の話に話をかぶせる | かまととぶる | 話題を強引に自分に持ってくる | 「でも」「しかし」などの否定語ばかりを使う |
| 目上にごまをする | 無駄に語尾を上げる | 笑い話をするとき、自分が笑う | 「わたしは〜」と語尾を伸ばす | 大げさに話をする | 他人に釣られて同じ鼻歌を歌う |
| パソコンのキーを強く叩く | スマホを頻繁にチェック | 「逆に」と言う | 足を組む | 髪を触る | 爪を噛む |
| 口癖を言う | 腕組み | 頬杖をつく | 早口 | ストローや箸を噛む | くしゃみを手で押さえない |
| 舌打ち | なんでも自慢話になる | 忘れ物をする | 他人の揚げ足を取る | 手元にある物をいじる | 携帯をいじりながら人の話を聞く |

まだに科学的に解明されていないという。どうやらストレスが関係しているようだが、この癖は医学的には悪癖ではない。今般、飛行機で取《と》り沙汰《ざた》されるエコノミークラス症候群の解決に一役買うのである。

また医学雑誌には貧乏揺すりが多い女性は死亡率が低いと報告されている。第二の心臓である足の筋肉を動かして血液を全身に循環させるからだ。つまりわれわれは大いに貧乏揺すりをするべきなのだ。

表に戻って項目を見よう。「口癖を言う」とは別に「〝逆に〟と言う」を取り上げたが、これは口癖以上の定番になって

## 海外で禁止の癖と当地での意味

| | | | | |
|---|---|---|---|---|
| **行為** | ピースサイン | 小指を立てる | サムズアップ | 手のひらを相手に向ける |
| **意味** | ギリシャで「くたばれ」 | 中国、シンガポール、インドネシアで「最低」 | アフガニスタン、イラン、ギリシャ、イタリアで「くそくらえ」 | ギリシャで侮辱、米で「お前の話はもういい」 |
| **行為** | 二本指を立てる | OK サイン | サムズダウン | ガッツポーズ |
| **意味** | 英語圏では侮辱 | フランスで無価値、ブラジルで「自分は危険」 | 英米で「殺せ」 | パキスタン、フランス、ブラジルで侮蔑 |
| **行為** | 顎を掻く | 右親指を噛む | トイレのドアをノック | 水を出したままにする、長いシャワー |
| **意味** | イタリア、ベルギー、フランス、チュニジアで「消えろ」 | インド、パキスタンで「家族もろとも滅びろ」 | 欧米では「早く出てこい」(確認はノブをひねる) | オーストラリアでは無駄遣い(水不足から) |

る気がするからだ。他にも「ちなみに」「ある意味」「だから日本は駄目《だめ》なんだ」もよく耳にする。

でも、しかしと否定語ばかり使う人も多い。聞いているとうんざりしますよね。中には「でも、例の件ですが」とか「しかし、今日はいい天気だね」と続く内容が否定的でないのに頭に持ってくる人もいて、相手をしているこちらは一瞬身構えてしまう。

どきりとする程度ならいいが、Dから始まるD言葉が口癖になっている人に接すると憂鬱《ゆううつ》だ。「だって」「だったら」「だけど」「でも」「ですから」「どうせ」などである。これが連続すると気分は奈落《ならく》の底へ落ちる。

他にも不愉快にさせられる癖では「引き出しの開け閉めの音が大きい」「電話の声がでかい」「立ち上がるときに音を立てて椅子《いす》を引く」「ドアをばたんと閉める」などなど。

## 癖になる食べ物

| | | | | | | |
|---|---|---|---|---|---|---|
| マカダミアナッツ | グズベリー | おしゃぶり昆布 | 酢昆布 | とろけるチーズピザ用 | かに味噌 | 銀杏 |
| アーモンド | セロリ | カリカリ梅 | 数の子 | 裂けるチーズ | ゴルゴンゾーラチーズ | ビーフジャーキー |
| パクチー | 裂きイカ | いぶりがっこ | にんにく | ゴーヤ | イカスミパスタ | 梅干しの仁 |
| 魚の肝 | クラッカー | 出し巻き卵 | イカフライ | メンマ | 牡蠣 | アンチョビ |
| ドライフルーツのアプリコット | しそ梅 | 茹でた絹サヤ | ハニーローストピーナッツ | 梅海苔 | あん肝 | 麩菓子 |
| ウニ | スパム | ホヤ | アボカド | 鮭の皮 | 白子 | ピータン |
| 節分の豆 | イカの塩辛 | とびこ | 甘栗 | わさび海苔 | 鮒寿司 | コンニャクゼリー |

癖というのは一定の集団内では「ああ、またか」と慣れがくるものだが、別の文化圏では身振り（ジャスチャー）と勘違いされ、タブー視されるから注意がいる。それらも表にしよう。

表にはないが相づちを打ちすぎるのは欧米では話の腰を折っていると思われるそうだ。ドイツではナチスを思わせるので指を伸ばした挙手は禁止で、代わりに人差し指を立てる。日本でするオイデオイデは欧米ではあっち行けだ。

わからないのは癖が生まれ持ったものかどうかだ。生まれたばかりの赤ちゃんはまっさらなはずだから、性別、年齢、職業、階層、集団、文化などからくるのではないか。となると人生のフェーズごとに新しい癖ができるはずだ。その代表は食べ物だろう。またまた表にする。

男女問わずに抽出《ちゅうしゅつ》したが、コンニャクゼリーに関しては私はパスだ。コンニャクはもっとも苦手な食品である。一方で鮭《さけ》の皮には一票。カリカリに焼けたのは確かにうまい。

これらの中には子供の頃は苦手だったが大人になってから食べて癖になった食品もあるみたいだ。魚の肝《きも》は好例。サンマの肝の苦さは子供の頃に目覚めなかった。癖になる食品にはカロリーの高い脂肪や砂糖が多く含まれる。京大農学部の研究によると動物にとって油脂を摂取することは快楽らしく、やみつきになるのは本能だという。油脂に限らず鰹《かつお》だしも同様だそうだ。したがって肥満につながる油脂や砂糖に代わって幼い頃から鰹だしの嗜好《しこう》を養うといいらしい。

東京都文京区にある太田《おおた》神社には貧乏神がまつられている。なんでも小石川《こいしかわ》で貧乏暮らしをしていた旗本の夢に現れた老婆《ろうば》姿の貧乏神が、「あまりに居心地《いごこち》がよくて長居をした。お礼に福を授けよう」とのたまい、彼女の言った通りにすると御利益《ごりやく》があったという。

この神社の祠《ほこら》に願掛《がんか》けし、貧乏神を一旦、家に招き、満願の二十一日目に丁寧に送り出すと貧乏と縁が切れるといわれている。貧乏神は焼き味噌《みそ》が好物らしく、その匂いを楽しむために渋団扇《しぶうちわ》を持っているそうだ。

ちなみに貧乏神は仏典によると女性だそう。名を黒闇天《こくあんてん》といい、吉祥天《きっしょうてん》なる美人の姉がいたという。福を招く吉祥天と不吉な黒闇天は表裏一体《ひょうりいったい》で、姉が家にやってくるとしばらくして妹も訪ねてくる。貧乏神の妹を追い出すと姉も一緒に出ていってしまうので福だけを招くことはできないとか。ううむ、美人の姉は是非《ぜひ》、家に来て欲しい。妹が来ても平気だ。これ以上、貧乏にならないだろうから。

# PART 5

# ことわざの謎は経済学で解明できる（はずだ）

## 「捕らぬ狸の皮算用」は一万五千円（内経費九百円）。

【捕らぬ狸の皮算用】まだ捕まえてもいない狸の皮をはいで売ればいくらになると、儲けの計算をすること。そこから不確実な事柄に期待して計画を立てるたとえ

私はミステリー小説家である。繰り返しになるが小説家は貧乏である。だから倹約しなければならない。食事も質素に。できるだけ自給自足を。ゴーヤにプチトマトなどを家庭菜園で育て、ネギは根本を鉢に植えて二毛作《にもうさく》だ。

このように野菜類はなんとかなるが、どうしても動物性タンパク質が欲しくなる。魚は釣りが趣味なのでまかなえるとしてもブタや牛となるとお手上げだ。せいぜい鶏《にわとり》を飼えるぐらいか。これも朝から鳴かれると夜型の小説家は閉口する。

さてどうするか。そうだ。狩猟だ。幸い私が暮らしているのは東京でも郊外なので、ちょっと足を延ばして山へ行けば何か摑《つか》まるかもしれない。

昨今はイノシシや鹿が繁殖《はんしょく》して田畑を荒らしていると聞く。人助けにもなって喜ばれ、大根や芋《いも》をわけてくれるかも。しめしめ。これで付け合わせまで確保できるぞ。ステーキにするか、鍋にするか。ああ、涎《よだれ》が止まらない。

などと妄想しきりなのは小説家の性《さが》と思って欲しい。「捕らぬ狸《たぬき》の皮算用《かわざんよう》」もいいところで、計画性がゼロである。きちんと準備しなければ成果は期待できぬ。そこで調べてみた。

まず何を捕獲するか。熊、イノシシはパスしよう。素人《しろうと》が手を出すのは危険だ。野生の牛はもう日本にはいない。鹿にしても私は弓も鉄砲も持っていない。走って追いかけるほど足が速くない。ウサギも同。ではスッポンか。いや、噛《か》まれると指がちぎれるぞ。

考えた結果、タヌキに落ち着いた。食肉目イヌ科タヌキ属の哺乳類だ。まず体が五十〜六十センチと小さいから抵抗されても大怪我《おおけが》はしないはずだ。それにカチカチ山でもお婆《ばあ》さんは狸汁を予定していたし、随筆の大家である佐藤垢石《さとうこうせき》先生も『たぬき汁』を著している。読んでみるとかなりいけるのもあるらしい(表参照)。タヌキ肉は臭《にお》いが強いので酒で煮たり、ショウガ、ニンニク、山椒《さんしょう》などで臭い消しすればよいようだ。ちなみに先生によるとタヌキは細い声でヒョウヒョウヒョウと鳴くとのこと。

余談になるが「捕らぬ狸の皮算用」は明治期以前には見られない言い回しだそうだ。それまでは「穴の狢《むじな》を値段する」とか「飛ぶ鳥の献立《こんだて》」と言っていたそう。そ

**佐藤垢石たぬき料理メニュウ**

| 献立 | 内容 | 評価／佐藤 |
|---|---|---|
| 狸の肉団子 | 肉をミンチにして胡椒と調味料を加えて軽く焼く | なかなかいける。くさみがない |
| 狸ステーキ | ステーキ | 硬くて歯が通らなかった |
| 狸カツ | カツ | カツも同様（ステーキと） |
| 狸の清羹（吸い物） | 肉に「種とし（ネナシカズラの種）」、人参、大根、青豆の具 | あまりくさいので敬遠せざるを得なかった |
| 狸の刻み油炒め | 刻んだ肉を油炒めしてハッカで味付け | 乙である |
| 狸ポテトサラダ | 肉片を湯通し、マヨネーズと酢を加え、蕃菜（ハマミズナ）の葉と馬鈴薯をあえる | くさみが付いている上に肉がはなはだ硬かった |
| 狸の味噌汁 | 八丁味噌を十分調味料で味を調え、賽の目の肉を加える | これは結構であった。山兎に似た土の匂いが肉に香り、一種の風味となって食欲を刺激 |
| 総合評価　※第１位＝狸の肉団子　※第２位＝狸の味噌汁 | | |

### 自作タヌキ罠設計図

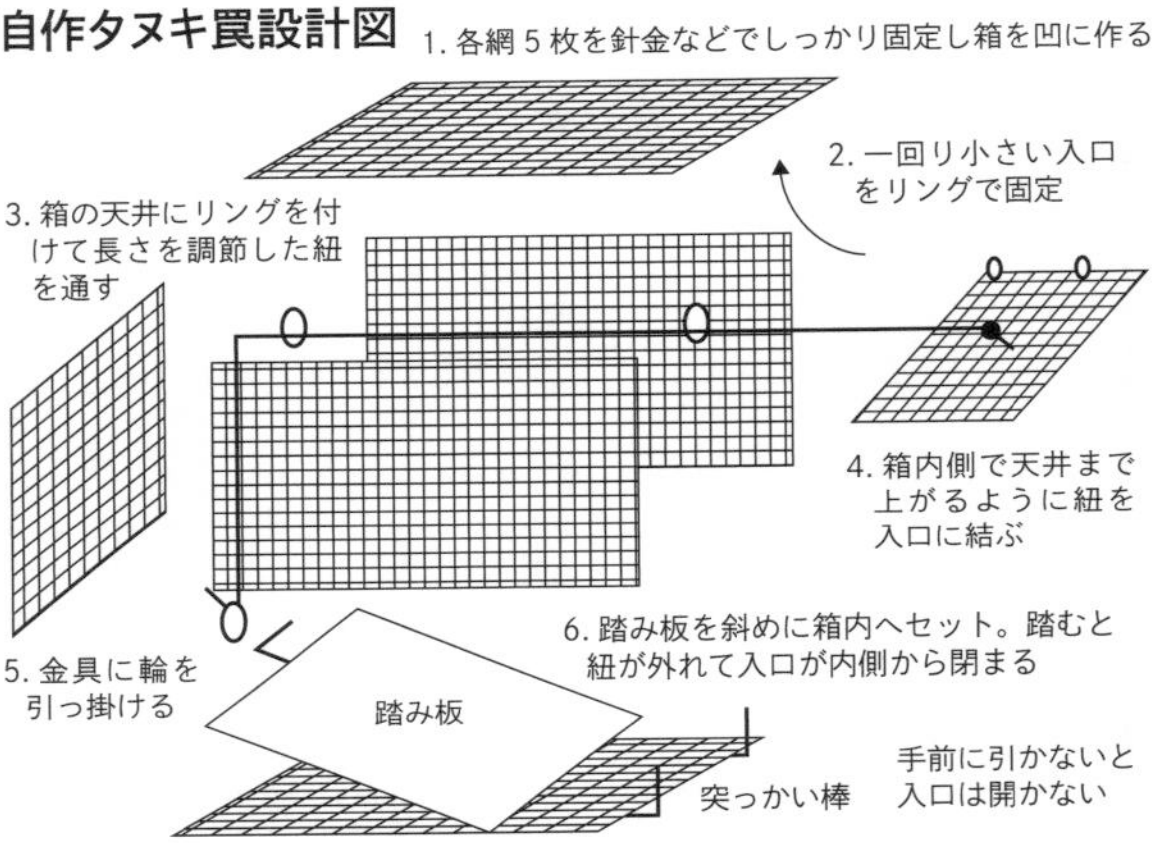
1. 各網5枚を針金などでしっかり固定し箱を凹に作る
2. 一回り小さい入口をリングで固定
3. 箱の天井にリングを付けて長さを調節した紐を通す
4. 箱内側で天井まで上がるように紐を入口に結ぶ
5. 金具に輪を引っ掛ける
6. 踏み板を斜めに箱内へセット。踏むと紐が外れて入口が内側から閉まる
踏み板
突っかい棒
手前に引かないと入口は開かない

れが昭和の戦後に急速に広まったとかで、都市の経済成長と里山《さとやま》に暮らす人との経済格差をうかがわせる。海外ではタヌキが熊・キツネ・鹿に代わるようだ。さてターゲットはタヌキに決定。食べれば舌が喜び、食後もおこづかいがついてくるはずだ。だって、ことわざでも捕まえる前に皮算用してるのだから。一体、いくらになるんだろう。

インターネットによると毛皮まるのままで一万五千四百円（六十五×二十六センチ。頭と尾はなし）。筆に仕立てると高価な物では二万九千八百円もしている。一匹で一本とは思えないから、毛並みのよい獲物なら、しばらく遊んでいられるぞ。

よし、タヌキの料理も皮の値段もわかった。次は捕獲場所だ。近年、タヌキは都市で増えているという。東京二十三区に五百～一千頭が生息すると推定され、排水溝などで目撃されている。郊外でのお住まいは河川や湖の水辺、広葉樹と針葉樹の混合林を好むそうだ。そういえば地主の森田さんが「この辺りはまだタヌキがいるんだ」と言っていたな。だったら深《しん》山幽谷《ざんゆうこく》に分け入る必要もなく、近所でラクチンだ。

よしそれでは最後の捕獲方法だ。私は飛び道具を持っていないし、カウボーイのように投げ縄ができるのでもない。となると罠《わな》だろう。タヌキの罠とはどんなものか。調べてみるとちょっと困った事態になった。タヌキを罠で捕まえるのは鳥獣保護管理法で基本的に禁止されているのだ。違反した場合は懲役一年以下もしくは百万円の罰金。

おっと。タヌキを捕まえるつもりが、こっちがお縄になってはあべこべだ。だが世の中には例外というものがあって条件を満たせばタヌキを罠で捕獲してもよいという(表)。私は狩猟免許がないので狩猟期間内の柵のある住宅となる。幸い森田さんがタヌキを目撃した雑木林(宅地開発中)は工事の柵が巡らされている。そこに罠を設置することにしよう。

<table>
<tr><th colspan="2">行政から捕獲許可を得る場合</th><th>狩猟免許を持っている場合</th></tr>
<tr><td colspan="2">捕獲を禁止されていない場所で、かつ垣や柵に囲まれた住宅敷地内</td><td rowspan="2">問題なし</td></tr>
<tr><td>狩猟期間外は行政の許可を得る</td><td>狩猟期間内なら許可なく罠が使える</td></tr>
</table>

**タヌキ罠使用条件**

さて罠だ。罠は各メーカーが販売しているが二千五百〜七千円と高価だ。ここは自作すべきだろう。百円ショップで針金を網目にした板や金具を購入し、箱罠を作る（設計図参照）。合計九百円。仕掛けの紐《ひも》は自前の釣り具からナイロン製でほどけやすい滑る釣り糸にした。

続く餌《えさ》はタヌキが好む物。川崎市で交通事故にあったタヌキの胃の内容物を調べた論文では、かつて人為物に依存していたのが自然由来の物に変化しているという（二〇一三年六月〜二〇一四年十二月の三十三個体）。カキ、モクレンの種子、イヌビワなどの果実類。加工された魚・肉、ソーセージなどの人為物。木の根や葉が多いようだ。

罠もできた。餌も用意した。こうしてタヌキの捕獲作戦は近所の雑木林《ぞうきばやし》に展開され、一晩を待つこととなった。つかまるだろうか。わくわくする。成功の場合、注意すべきは狸が犬や猫からジステンパーやダニをうつされているケースだ。捕獲時には手袋をしよう。

さてカラスがカーで翌早朝。浮き足立ちながら雑木林へ。すると何かかかっている。見事に成功だ。まさにタヌキ。だが小さい。よく見ると子ダヌキではないか。するとそいつが細い声でヒョウヒョウ。旦那《だんな》、勘弁《かんべん》してください。どうか喰《く》わないで。そのように懇願《こんがん》しているようにも聞こえる。ふうむ。それではしばらく猶予《ゆうよ》をやろう。大きく育てばその分、喰い甲斐《がい》もあるしな。

ということで子ダヌキは我が家へ。ほら、ポン太。餌だ。リンゴに、カキに、ソーセージ。ヒョウヒョウ。旦那、うまいです。そうか。早く大きくなれ。

こうして一年。ポン太はでっぷりと成長した。ふふふ。やっと食べ頃になった。さあ、観念しろと包丁を研《と》いでいるとポン太がヒョウヒョウと鳴く。

駄目《だめ》だ。食えない。一年飼っている間に愛着が湧《わ》いた。仕方ない。ポン太はあきらめてコンニャクを使おう。ちぎって油で炒《いた》めてオカラを加えた味噌汁《みそしる》。精進《しょうじん》料理の狸汁だ。ポン太、お前も喰うか。ヒョウヒョウ。そうかうまいか。タヌキはお寺と馴染《なじ》みがあるもんな。ううむ。今回はひとつ勉強になった。食べるつもりならタヌキに名前を付けてはいけない。

# 「爪に火を点す」とくさいだけで節約できない。

【爪に火を点す】　ロウソクの代わりに爪に火をつけて明かりにするということで、極端に倹約すること、非常にけちなことのたとえ

私はミステリー小説家である。小説家というのはとても貧乏である（しつこい？）。本が出なければおまんまの食い上げ。しかも筆は一本、箸《はし》は二本なので、いくら働いても数の上で追いつかないのだ。

ああ、悲しいな。石川啄木《いしかわたくぼく》のようにじっと手を見る。おや、爪《つめ》が伸びてる。不衛生だから切っておこう。足もだ。ということで夜中に爪を切ってしまった。親の死に目に会えないのか。

いや、両親はすでに他界しているので心配はない。それに夜爪は「世を詰める」ところの忌《い》み言葉。夜に爪を切ると暗いので怪我《けが》するからやめなさいと母親に教わったっけ。だが無事に作業は終わり、合計二十個（切った爪の数え方はどうなのだろ。つけ爪は本らしいが）の小爪《こづめ》（呼び名は知っている）がティッシュペーパーにわびしく残されたのだった。

待てよ。貧乏な小説家としては倹約を志《こころざ》さなければならない。ことわざにあるように「爪に火を点《とも》す」ことを疎《うと》んじてはならないのだ。捨てる以外にない切った爪だが、せっかくここにあるのだ。冬山での遭難時の焚《た》き火《び》の火種、闇《やみ》の中でのわずかな明かり。まさ

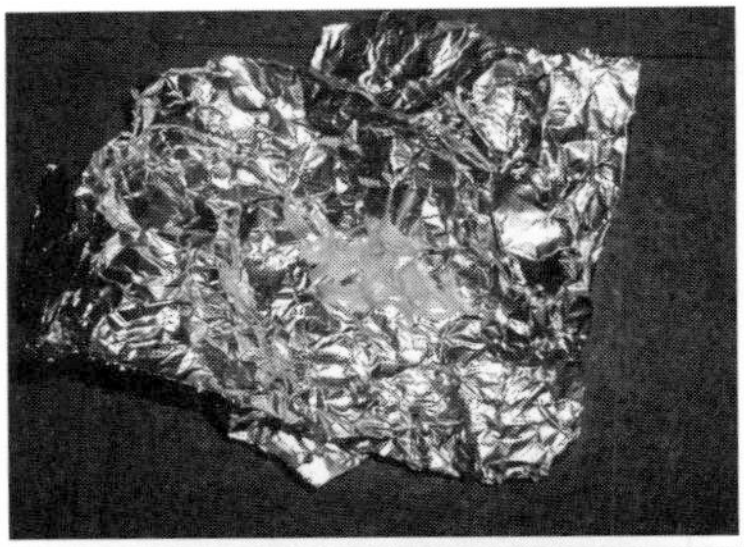

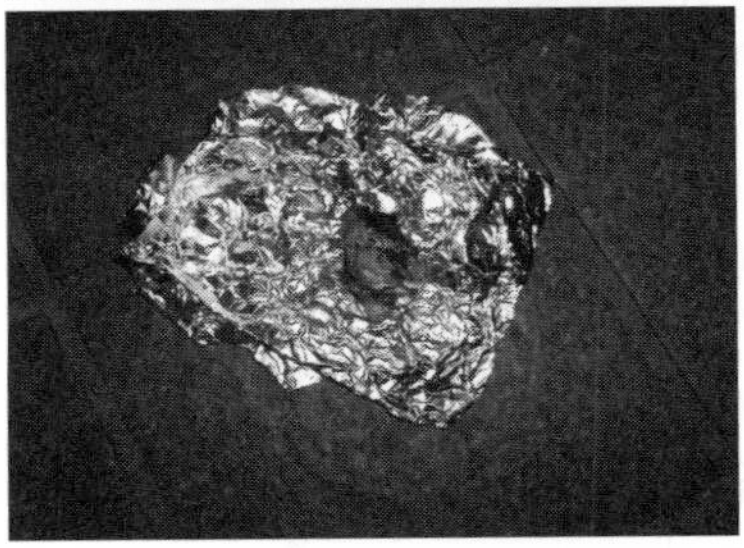

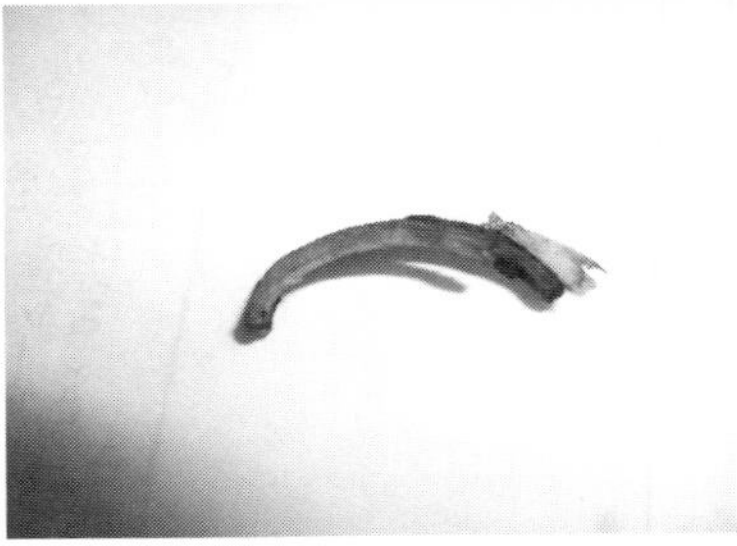

かのときに役に立つかもしれない。

何事も経験だ。爪に火を点してみよう。だがその前に点火したら爆発したり、毒ガスが発生したりしないか。爪は燃やして安全かどうかを確認すべし。そこで調べてみた。

我々が物心付いたときから付き合いのある爪。硬いから骨と同じカルシウムかと思いきや、表皮が角質《かくしつ》化したもので主成分はタンパク質の一種、ケラチンである。このケラチンに多く含まれているのがシスチンで、これが鎖《くさり》状に結合して爪は組成されているという。シスチンは大豆や小麦に多く含まれているそうな。

表皮から変化してできた点で爪と毛とをひっくるめて角質器と呼ぶ。つまり爪は毛の仲間なわけで同様に伸びる。成人では一日に〇・一ミリだといわれている。私が切った指の爪は測定すると二ミリ。つまり二十日間ほったらかしだったわけで、ここまで伸びるとかなり鬱陶《うっとう》しい。今後は二、三週間を目安に切ることを心がけよう。

表題である「爪に火を点す」の言い回しは『玉塵集《ぎょくじんしゅう》』（一五六三年）に見られる。当時は明かりに使う油やロウソクがとても高価で庶民には贅沢《ぜいたく》。そんなところから油やロウソクを惜しんで爪を代用に。というのはむろん誇張表現で、それほど貧乏だと嘆じているわけである。海の向こうではもっと涙ぐましい。「火打ち石の削《けず》りくずを集める」（イギリス）、「石ころの皮をむく奴《やつ》」（オランダ）、「卵の毛を刈る」（フランス）などなど。

油やロウソクがどのくらい高価だったかというと、江戸時代、行灯《あんどん》に使う菜種油《なたねあぶら》は匂いも少なく明るいが一升《しょう》で四百文《もん》（約八千八百円）。米の値段の二〜四倍だったそう。

そこで庶民はその半額ほどの魚から採った魚油（イワシ、クジラ、サンマ）の灯油《ともしあぶら》を利用していた。

なんと、魚の油を明かりにした？　と首を傾《かし》げるあなた。家庭にあるツナ缶も魚油なので穴を開けて綿紐《わたひも》などを灯心にすれば即席のランプになる（警視庁災害対策課のお知らせ）。火が消えれば油をカットしたヘルシーなツナ缶として召し上がれ。

ただし魚油の難点はくさいことと煤《すす》が多く出ること。そして豆電球程度の明るさしかない。では行灯の十倍の明るさといわれる百目《ひゃくめ》ロウソクはどうか。こちらは三時間半の燃焼時間で一本二百文（約四千四百円）。鰻重《うなじゅう》以上の値段ではないか。道理で大名や豪商しか使えなかったわけだ。ロウソクを燃やしたときに溶けた蠟《ろう》（蠟涙《ろうるい》）を買い集めてリサイクルするロウソクの流れ買い業者もいたほどである。

むろん実際に爪に火を点したとしても明るさの点では役に立たない。そもそも爪＝ツメはツ＝粗、メは＝煤。つまり粗煤＝ツメ＝粗悪な石炭が転じたという説がある。その昔、燃料としてよく燃える石炭を採掘した際、燃えにくい粗悪な石炭はボタ山として積み捨てられていた。だが倹約する家庭ではそこから拾ってきた粗煤を活用していたという。

しかしこのボタ山、一旦、火が付くと厄介《やっかい》なのだ。二〇二一年現在、佐賀県多久《たく》市では四年前からボタ山がくすぶり続けている。消防車で放水しても土中から煙が上がり続け、鎮火に至っていないそうだ。風が吹くたびに異臭が鼻を突くそうでたまったものではない。屋外といっても火の用心をおこたってはならないのである。

さて大筋、爪については把握できた。点火しても爆発したり、毒ガスの発生もないようである。それではティッシュに残されている合計二十個、約一グラムの小爪を燃やしてみよう。

むろん火事を出さないように屋外で、さらにはボタ山のないところでだ。向かったのは我が家の玄関先。この辺りはかつて雑木林《ぞうきばやし》であり、石炭が取れたとの話は聞かない。どのくらい明るいか知るために夜中に決行した。

アルミ箔《はく》に入れた小爪にライターで火を付ける。燃えることは燃える。おそらく爪に含まれた脂肪分によるのだろう。しかし明るくない。ブスブスとくすぶるだけ。何度か点火し直しても全焼しなかった（２００ページの写真）。

## 爪占い

| 形状 | 性格 | 形状 | 恋愛観 |
|---|---|---|---|
| 縦に長い爪 | 周りの空気を読むのが得意<br>周りにあわせ、自分の意見が言えない<br>想像力豊かで右脳派、理論より感覚重視<br>完璧主義者<br>警戒心が強い | 小さい形の爪 | 消極的で自分から告白は論外。出会いがあっても自分からチャンスを逃す。警戒心が強く、告白されてもなかなかイエスと言わないタイプ。自ら連絡を取ったり、アプローチすることはない。交際すると気遣いが細やか |
| 横が長い爪 | 物事を理論的に考える左脳派<br>周りの空気を読むのが苦手<br>自分の思いを理論的に話すのが得意<br>気が短い<br>我慢ができない | 横が長い爪 | 情熱家で一目惚れでそのまま告白するタイプ。愛されるより愛することを好むが熱しやすく冷めやすいので浮気しやすい |
| 四角い爪 | 何事にも真面目<br>信念がある<br>自分が信じたことを貫くが融通が利かない<br>頑張り屋で我慢強い<br>いい加減なことは苦手 | 爪の角が四角 | 一目惚れはせず、時間をかけて愛を育てる。片思いでも長い間、思い続ける。とても一途なタイプ |
| 丸い爪（卵形も） | 天真爛漫<br>人に好かれる<br>争いを好まず、なるべく平和に暮らす主義<br>明るく、周りを和ませる<br>マイペース | 爪の角が丸い | 異性から愛されやすく、穏やかな人柄が人を引きつける。理想は高くなく、自分に似ている、自分の身の丈にあっていると感じる人との恋愛を好む。甘え上手、恋人の心をつかんで放さない魔性の部分も |
| アーモンド型の爪 | 嘘が苦手<br>礼儀正しい<br>頑張るのが苦手<br>自分の思った通り進まないと前に進めない<br>想像力が豊か | アーモンド型の爪 | 恋愛に自分の理想をとことん求める。ロマンチストで華やかな魅力を持つ人で、自分のお眼鏡にかなわないと恋愛に発展しない |
| つるぎ（剣）型の爪 | 一人で行動するのが得意<br>グループ行動は苦手<br>目標を達成するのが好き<br>前向きに行動する<br>トラブルメーカーになることがある | | |
| 三角の爪（逆も） | いろいろ細かいことを気にする<br>空気を読みすぎ疲れる<br>アイデアが豊富<br>自分の考えを正確に相手に伝えられる<br>空気を読めない人が苦手 | | |

しかもややくさい。卵や硫黄《いおう》が焦《こ》げるのに似ている。そうか。考えてみれば爪は毛の仲間だった。髪が燃焼するのと同様に硫黄くさいのも当然だ。確か昔の民家は夜の明かりが囲炉裏だったはず。切った爪が飛んで燃えたら火葬を思わす臭《にお》いで嫌《いや》がられたとネットサイトに解説されていたな。

実験は終わった。そして爪に火を点してもなんの役にも立たないと判明した。残念だ。爪とは長い付き合いなのだ。物を摑《つか》んだり、相手をひっかいたり、スイッチを押したりする以外にも陽《ひ》の目を見させてやりたい。どうにかならないか。なる。実は爪にはとんでもない情報が秘められているのである。

爪占いだ。人にそれぞれ個性があるように爪にもその人なりの形状がある。だから爪の形でその人の性格や恋愛観がわかるらしい。表に爪のタイプと内容をまとめておいた。中指の爪を参考にすればよいそうだ。どうでしょう。当たっていますか。

占いばかりでなく、科学的な成果もある。爪を見れば健康がわかるといわれ、普段、爪は薄いピンク色だが貧血時には青白い。慢性の腎臓《じんぞう》病では白くなる。黒っぽいと肺や呼吸器などが不調。黄色い時は肝臓を疑うべし。爪を押して白くなったところがピンクに戻るようなら心臓が通常通りに働いている証拠で、ちょっとした自己診断の指針になるのである。貧乏の達人である小説家は医者にかかるようではお手上げだ。健康第一。爪は健康のバロメーター。好ましければ医者いらず。大豆や小麦をよく嚙《か》んで食べよう。

# 千百五十円で足りる「地獄の沙汰も金次第」。

【地獄の沙汰も金次第】罪人を厳しく裁く地獄の裁判でも金を出せば手加減してもらえるということで、金の力は万能であるというたとえ

私はミステリー小説家である。したがって日頃から犯人にさんざん人間を殺すように仕向けている。これは殺人教唆《きょうさ》に当たる重い罪だ。したがって死後は地獄へ向かうだろう。だがその前に冥土《めいど》で閻魔《えんま》様のお裁きを受けるわけで、悪者をでっち上げている身としては蛇《じゃ》の道は蛇《へび》。「地獄の沙汰《さた》も金次第」なら袖《そで》の下《した》を渡せばなんとかなるかもしれないので奸策《かんさく》を練る必要がある。

それに冥土への道行きは旅の一種だ。路銀《ろぎん》は欠かせないだろう。となると一体、いくら持っていけばいいのか。そこで調べてみた。と言いたいところだが、あちらへ行った人は戻ってきていないので正確な記録が残されていないのである。どうするか。考えた末、私の知る限りで、もっともあちらに詳しい落語の「地獄八景《じごくばっけい》」を当たることにした。さてご存知の通り、地獄に行くにはまず三途《さんず》の川を渡らなければならない。ここの渡し賃は一般に六文《もん》とされる。

だが地獄八景では死に様によって渡し賃が変わっている。心中は二人で死んだからニシで八文。お産がもとで死んだ場合はサンシで十二文。

文とは江戸時代の通貨単位で、現代の価値と比較するのは難しいが小説家はからっけつなので最低価格の六文、敵討《かたきう》ちの項（220ページ）の例を取って一文＝二十五円、百五十円で勘弁してもらおう。

ちなみに三途の川がどんな風《ふう》か知りたければ実際に現地に行ける。群馬県甘楽《かんら》町を流れる白倉川《しらくらがわ》支流には「三途川」がある。青森県恐山《おそれざん》を流れる「正津川《しょうづがわ》」も別名、三途川だ。

問題の閻魔の裁きだが、地獄八景では残念ながら袖の下を使うことはなかった。だが裁きの前に念仏《ねんぶつ》を買う。買った念仏を持って閻魔の裁きを受けるとその効果で罪が軽くなるらしい。半端物《はんぱもの》や流行遅れが一万円。とりあえずそちらを計算に入れると一万百五十円だ。

ううむ、高いのか安いのか、やや微妙な感触だ。それにこの一例だけでは判断には不足だ。ことは地獄と天国の分かれ目なのだ。他に参考にできるものはないかと調べていくと同じ古典落語の「死ぬなら今」があった。

この話は悪徳な商売で大店《おおだな》となった店の主人が死に際に「地獄行きは確実だから三途の川の渡し賃六文と百両を頭陀袋《ずだぶくろ》に入れておいてくれ」と息子へと頼む。

その後、冥土にきた主人は閻魔に地獄行きを宣告されるが袖に百両を滑り込ませ、重みで小判と理解した閻魔によって極楽《ごくらく》行きと逆転判決を得る。

ところが閻魔に渡した小判は息子が芝居の小道具とすり替えていて、閻魔と鬼たちが小判を使って遊び回ったところ、回り回って贋《にせ》小判は極楽へ。

天国の奉行所は閻魔たちの遊蕩《ゆうとう》ぶりをけしからんことと召し捕り、監獄へ入れる。地獄は開店休業となり、「死ぬなら今」というわけだが、しかし百両となるとかなりの大金だ。江戸時代の貨幣《かへい》価値は変化が激しいと述べたが、一両は四〜八万円。少なく見積もっても四百万である。貧乏な小説家でなくとも棺桶《かんおけ》に入れてもらえる人はいないだろう。そもそもそれだけの余裕が私にあれば生きている内に使ってしまう。

なにか名案はないかと悪あがきをしていると、またまた古典落語の「お血脈《けちみゃく》」にいきあたった。この噺《はなし》は長野の善光寺《ぜんこうじ》に由来する。善光寺には「お血脈」という印判があり、百疋《ぴき》＝二十五文の浄財《じょうざい》を納めると額《ひたい》にハンコをスタンプしてもらえ、「どんな罪を犯しても極楽へ行ける」というパスポートだ。キリスト教の免罪符《めんざいふ》と変わらないようなお血脈に世人が飛びつくのは当然で、大流行したために、誰もが極楽へいき、地獄は鬼たちが喰《く》うに困るほどの不況を迎える。そこで閻魔は善光寺からお血脈を盗めば景気回復の対策になると考え、亡者の中から石川五右衛門《いしかわごえもん》を呼び出す。

地獄で釜《かま》ゆでにされていた五右衛門は依頼を快諾《かいだく》、娑婆《しゃば》へ戻ると闇夜《やみよ》に乗じて善光寺へ。宝物殿で小さな箱を見つけ、開いてみるとまた箱。マトリョーシカのような繰り返しの後に、やっとお血脈を手にする。欣喜雀躍《きんきじゃくやく》した五右衛門は「ああ、ありがたや」と額に押し頂いた途端、極楽へスウウ。

江戸時代にお血脈を額に押してもらうのは百疋＝二十五文、六百二十五円だが、現在で

オボルス硬貨

は千円で頂戴《ちょうだい》できる。これはかなりリーズナブルだ。筆者としてはこちらで手を打ちたい。事前にお参りして渡し賃と合わせて千百五十円だ。

死出《しで》の旅に副葬する冥銭《めいせん》は各国に見られる行為らしい。中国、韓国、台湾、ベトナムなどは紙幣《しへい》を真似《まね》た玩具のお金を棺《ひつぎ》に入れるし、欧州では死者の口にコインを含ませる。これは我々の三途の川と同様に現世と来世を分けるアケローンという川があり、そこの渡し守であるカローンに払う渡し賃だ。

ギリシア神話からの習慣だが、口に含ませるコインは一オボス硬貨。現在の貨幣にすると千円程度らしい。三途の川の係員は奪衣婆《だつえば》というお婆《ばあ》さんだが、カローンはお爺《じい》さん。欧州のほうが渡し賃が高いのは川幅が広いのだろうか。

確かに三途の川は三通りの渡り方が可能なので命名されたが、善人は橋を渡れ、軽い罪人は浅瀬を徒渉《としょう》、罪人は深場をなんとかしなければならなかった。それが文明の利器が浸透したのか平安以降は船で渡れるようになった。渡り方に三通りあれば利用者の獲得のために低価格にする必要があったのかもしれない。まさに地獄は資本主義経済が浸透しているのである。

ここまで地獄行きの対策を練っていたのだが「地獄の沙汰も金次第」の本来の意味が

異なるという記述が出現した。どんな由来かというと昔、多くの使用人を使う村の長者が亡くなり、葬儀を依頼された和尚《おしょう》が準備していると長者が地獄へ堕《お》ちていく光景が脳裏に浮かんだ。

そこで和尚は長者の資産を急いで村人に分け与えよと伝言を出した。長者の遺族は「地獄へ堕ちては大変だ」と富を村人に分配。村人は豊かになり、長者の地獄行きも変更されたという。

つまり閻魔に袖の下を使えというのではないのだ。資産は生きている人のために使え、分配して共同体に役立たせよということで、個人の資産が共有という思想は、マルクス経済学ではないか。そうか、閻魔とはレーニンの先祖だったのか。言われてみればどことなく似ている。

京都の引接寺《いんじょうじ》こと千本ゑんま堂を始め、各地に閻魔堂がある。もっとも手軽な袖の下ならお賽銭《さいせん》を多めに入れて閻魔帳に手心を加えてもらう手がある。また一説には閻魔はレーニンではなく、お地蔵さんの化身ともいわれる。だから近所のお地蔵さんに手厚くしておけば地獄のインターナショナルに加盟できるかもしれない。

# 「重箱の隅をつつく」とかまぼこと野菜で安上がりだ。

【重箱の隅をつつく】 重箱の四隅に残ったものを楊枝でつついて食べる意味から、非常に細かいことを問題にして口うるさく言うことのたとえ。余計な事にばかり神経を使ったり、こせこせしたような態度をなじる際に使う

私はミステリー小説家である。ミステリーは犯人が殺人現場に残した手がかりを探すのが定石《じょうせき》である。手がかりの多くは微少な残留物である場合が多い。マッチの燃えかすは大きいほうで、毛髪や花粉、床に残された奇妙な疵《きず》など、目を皿にして探さなければ見つからないものばかりである。

しかし名探偵はそれらを発見し、さらにはその手がかりによって犯人を特定する。犯人にしてみれば、とても嫌《いや》な奴《やつ》である。細かいことにこだわる粘着質な奴だ。もっと真正面から挑んでこいとなじりたくなるだろう。だが名探偵とは、そういう性格なのだ。おそらく弁当を食べるときにおいしいものから食べずに、最後までとっておいて、それを食べ終わっても未練があり、箸《はし》でほじくってしまうような性癖なのだ。まさに重箱《じゅうばこ》の隅《すみ》をつつくような人間なのである。

そもそも重箱とは中国の弁当箱である食籠《じきろう》が伝来したものであり、すでに室町時代の文献に登場する。だから重箱の隅をつつく奴はその頃から存在したことになる。中国では同様の格言を「吹毛求疵《すいもうきゅうし》」（毛を吹いて疵＝傷を探し求める）というそうな。やらずもがなの

あらさがしのことであり、他人の隠し事を暴いたり、わずかの過ちも見逃さないこと。皮膚に生えている毛を吹いてまで、傷を探し出すことからくるというから、まさに死体を解剖する監察医だ。翻《ひるがえ》って、よけいな事をして、かえって自分が不利になることも意味する。犯人に逆襲され、ピンチを迎えるわけである。出典は『漢書』中山靖王《ちゅうざんせいおう》。

この中国語の四字熟語は海を越えると split hairs、髪の毛を裂くという同じ毛を使う言い回しとなる。髪を一本一本裂くように、細かいことにこだわり、あら捜しをするという表現で、ゲルマン諸語でもほぼ英語と同じ。ドイツ語は Haare spalten「髪の毛を裂く」、Haarspalterei betreiben「髪を裂くことに従事する」、オランダ語 haarkloven「髪の毛を裂く」、デンマーク語 bedrive hårkløveri「髪の毛を裂くことを犯す」、スウェーデン語 ägna sig at hårklyverier「髪の毛を裂くことに身を捧げる」などなど。

フランス語とイタリア語になると、さらに具体的になり、フランス語 couper les cheveux en quatre「髪の毛を四つに裂く」、イタリア語 spaccare un capello in quattro「髪の毛一本を四つに裂く」。などと髪の裂き方にまで言及している。なぜ、四つなのかは不明だが、フランス人とイタリア人は手先が器用なのかもしれない。いずれにせよ、言い回しそのものに細かくこだわっている。ここまであげつらう以上、洋の東西を問わず、重箱の隅をつつく奴は世にはびこっているらしい。

聞き逃せばよいのだ。細かいいつのる奴の言葉など知らんぷりすればいい。だが耳に言葉が届くと読解しようとするのが人間の常であり、培《つちか》われた習癖は無視できない。夫婦げんかの元は大半、ここにあるだろう。適当な生返事を効果的に使う方法論は、いまだに哲学界では述べられていないのだ。大変、困る。おそらくニーチェもキルケゴールも逃げの一手に出る恐妻家だったのだろう。本当は二人とも未婚だけど。

では私が考えよう。重箱の隅をつつかれた場合、どのような対応をすればよいのか。解説にある通り、重箱の隅をつつく行為はそもそも重箱の隅を楊枝《ようじ》でほじくって食べることである。となるとその重箱の隅には食品が存在していることになる。では何がそこにあるのか。それがわかれば重箱の隅の対処法が検討できるはずだ。そこで調べてみた。

こういった場合はインターネットが便利である。検索サイトに「重箱・料理」と打ち込んで掲示されている画像を追いかけていった。それを計数し、まとめたのが表である。計数対象としたのは四隅のある四角の重箱（六角形・八角形は省く。角が丸い場合はそこを隅とする）で、サンプルは重箱一段の四隅を一ケースとして百一段を調べた（計四百四隅）。おせちが主だが行楽、贈答用のものなども含まれている。

結果は表の通り。重箱の隅に登場するのは紅白かまぼこが最多だ。さらに栗きんとん、紅白なます、田《た》作《づく》り、黒豆など箸休めといえる存在が四隅を固めている。意外なのはエビ類だ。品目は食材でまとめてあるが、エビに関しては伊勢エビに始まり、佃煮《つくだに》まであったため、分類化した（芥子《から し》蓮根《れんこん》も筑前煮《ちくぜんに》の蓮根と迷ったため分けた）。

しかし箸休め族より各上のオカズといえるエビが十七隅に鎮座《ちんざ》しているとは重箱の隅も発掘意欲をそそるではないか。

| 該当品目 | 個数 | 該当品目 | 個数 | 該当品目 | 個数 | 該当品目 | 個数 |
|---|---|---|---|---|---|---|---|
| 紅白かまぼこ | 27 | 栗きんとん | 24 | 紅白なます | 23 | 伊達巻 | 22 |
| エビ | 17 | 昆布巻 | 16 | 田作り | 15 | 黒豆 | 14 |
| こんにゃく | 12 | だし巻卵 | 12 | れんこん | 12 | ごぼう | 11 |
| ブリ | 11 | 数の子 | 10 | 人参 | 9 | 豆腐 | 7 |
| ちまき | 7 | レタス | 7 | タコ | 7 | さつまいも | 6 |
| 肉団子 | 6 | ローストビーフ | 6 | 里芋 | 6 | 鴨肉ハム | 6 |
| イカ | 5 | 焼き豚 | 5 | 八幡巻 | 5 | 南天 | 5 |
| お多福豆 | 4 | イクラ | 4 | トコブシ | 4 | しいたけ | 4 |
| たけのこ | 4 | ちらし寿司 | 4 | 松葉飾り | 4 | ホタテ | 4 |
| コハダ | 3 | かぼちゃ | 3 | サラミ | 2 | さやいんげん | 2 |
| サバ | 2 | 芥子蓮根 | 2 | 巻き寿司 | 2 | いなり寿司 | 2 |
| 昆布松前漬け | 2 | パセリ | 2 | ポテトサラダ | 1 | マリネ | 1 |
| アマダイ | 1 | シャコ | 1 | サンマ | 1 | サケ | 1 |
| 錦糸卵 | 1 | おしんこ巻 | 1 | がんもどき | 1 | 棒ダラ | 1 |
| 大根 | 1 | アワビ | 1 | 梅干し | 1 | クラゲ | 1 |
| ちくわ | 1 | 若桃 | 1 | 高野豆腐 | 1 | くわい | 1 |
| ふき | 1 | ひじき | 1 | なす | 1 | しめじ | 1 |
| スコッチエッグ | 1 | 唐揚げ | 1 | 鶏肉 | 1 | おから | 1 |
| ほうれん草ぬた | 1 | バイ貝 | 1 | クルミ | 1 | マンゴー | 1 |
| 葉らん | 1 | ゆりね | 1 | 菊花カブ | 1 | 金柑 | 1 |
| 小エビ佃煮 | 1 | エビのうま煮 | 1 | ホタテひも | 1 | | |

**重箱の隅でつつかれた回数一覧**

　さらにごぼう、れんこん、人参などの野菜類は飾りの葉物、根菜《こんさい》などをひとくくりにすると総計九十七品になり、約四分の一の頻度《ひんど》で四隅に置かれている。つまり重箱の隅をつつくと二十五％の確率、四回に一回は野菜類と出会うのだ。これはかなりの数値ではないだろうか。

　この統計から見えてくるものは何か。相手が重箱の隅をつついてきた場合、彼または彼女は食物繊維《せんい》をつまみあげている場合が多い。そしてそれを口に入れるのだから、他の食品に比べてしっかり嚙《か》む必要が生じる。でないと消化に悪い。これが重箱の隅をつつかれた際の対応策ではなかろうか。消化に悪いよ。よく嚙みなさいと相手に助言を述べるのだ。あたかも相手をおもんぱかったような一言を。しかしこれはミステリーでいうところのレッドヘリングである。燻製《くんせい》された赤いニシンは英国では狐狩《きつねが》りに反対する動物愛護家が猟犬の鼻を惑わすために用いた。ここから相手の注意をそらすモノ、そのような行為をレッドヘリングと呼ぶ。

奇術でいうミスディレクションと同じで、重箱の隅をつついてくる相手の注意を別の方向へ誘導するのだ。これは、より具体的に「ゴボウの花って見たことある？」とか「蓮根の穴っていくつあるか知ってるか」と相手がひっかかる言葉がよい。つまり重箱の隅をつつかれた場合、植物類に詳しくあれということである。むろん動物、ことに人間ならさらに効果的だろう。

「ニーチェはアヒルがなぜいつも一列に進むか考えた」とか「キルケゴールはいつも赤いズボン吊《つ》りをしていた。なぜか」などと、相手を煙《けむ》に巻くのだ。大思想家を持ち出されると誰しも恐縮する。そこに活路が開け、話は重箱の隅から別の話題に転換するのだ。その際、「キルケゴールがいつも赤いズボン吊りをしていたのはズボンがずるから」と結論を用意すること。ちなみに蓮根の穴は真ん中に一個、周りに八個あるのが一般的だが、種類や成長度合いによって八個から十七個とバラエティがあることを補足しておく。お試しあれ。

# 「同じ釜の飯を食う」のは古墳時代の豪族、メニュウは豪華。

【同じ釜の飯を食う】　起居をともにする。親しい仲であることのたとえ

私はミステリー小説家である。したがって一匹狼《おおかみ》だ。また上京前は関西の実家で暮らし、上京後は一人暮らしだったので同じ釜《かま》の飯《めし》を食った相手はいない。学生時代に賄《まかな》い付き下宿や学生寮で仲間と暮らしていたら、わいわいと楽しかっただろうなと残念である。

表題の言い回しはかなり古くからあるようで同様の意味の言葉が『日本書紀』に見られるという。同書で「昔は吾《わ》が伴《ともだち》として肩摩《す》り肘《ひじ》触りつつ、共器《おなじけ》にして同食《ものくら》いき」と語ったのは九州北部の豪族、筑紫磐井《ちくしのいわい》。「昔は吾が伴」というのはヤマト王権が派遣した軍を率いる近江毛野臣《おうみのけなのおみ》。両者が九州北部で一戦を交えたときの逸話だという。真偽は定かでないが『日本書紀』にある「磐井の乱」のくだりである。

このとき、磐井は朝廷に反旗を翻《ひるがえ》していた。そこで両者は戦うことになったのだが二人は地方豪族として大和《やまと》朝廷の親衛隊の任務に就いていたことがあるらしく、その時代のことを述べているという。

昔の仲間と争うことになった事情は深く詮索《せんさく》しない。時間が経てば状況も変わるのでそ

んなこともあるだろう。それよりも気になるのは磐井と近江毛野はどんな同じ釜の飯を食っていたのかだ。そこで調べてみた。

磐井の乱があったのは五二七年、古墳時代で仏教伝来の少し前とされる。この時代は弥生時代よりも米作りが広がり、イネの普及とともに主食が木の実から米をはじめとする穀物に取って代わった。

またカマドが登場し、甑《こしき》を使って強い火力で穀物をおいしく蒸して食べた。

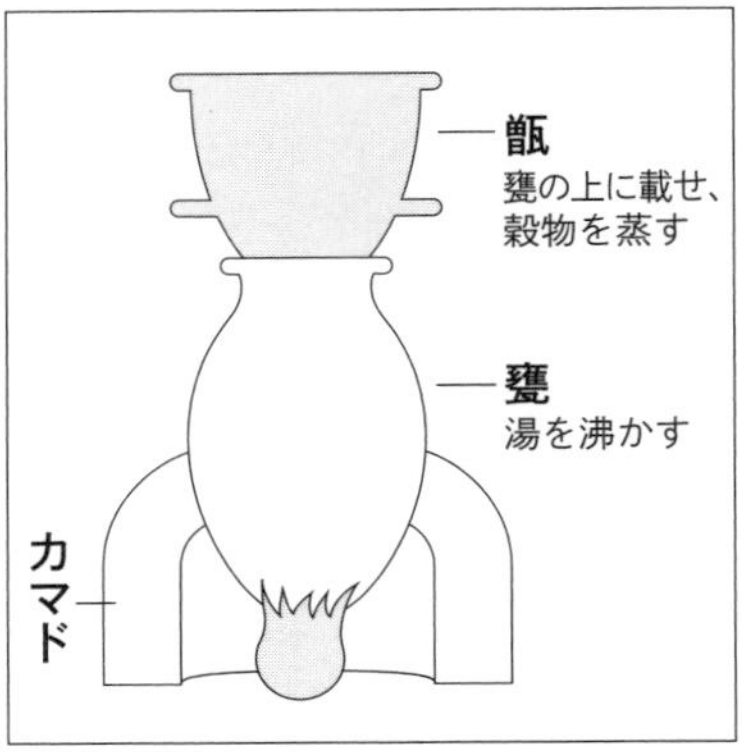


甑とは図のように湯が沸《わ》いている甕《かめ》の上に載《の》せて穀物を蒸す道具だ。さて問題の飯だが古墳時代から奈良時代へ移行する頃の食事を『古事記』と『日本書紀』が記録しているので表にまとめてみよう。

どうだろう。かなり豪華ではないか。古墳時代以前の縄文《じょうもん》時代の遺跡から出土した食品を紹介すると鳥獣肉としてイノシシ、鹿や熊、カモシカ、猿、タヌキ、ウサギ、キツネ、アナグマ。

魚ではニシン、スズキ、マダイ、マグロ、カツオ、サワラ、フグ、ハモ、サメ、鮒《ふな》、鯉《こい》、ナマズ。亀のスッポン。貝はアサリ、牡蠣《かき》、蛤《はまぐり》など。

植物類は表の他にもトチ、ドングリ、クルミ、ウリ、ソバ、リョクトウ、エゴマなどが

| 五穀（『古事記』） | 五穀（『日本書紀』） | 稲 | 副食 |
|---|---|---|---|
| 稲、粟、小豆、麦、大豆 | 稲、粟、稗、麦、豆 | 強飯（こわいい）、かたかゆ（今日の炊いた飯）、粥、こみず（重湯）、ほしいい（保存食）、焼き米 | 野菜、魚、貝、海藻、鳥獣肉、木の実 |
| **酒** | **調味料** | **加工品** | |
| 甘酒、白酒（しろき）、黒酒（くろき）、難酒（かたざけ）、糟 | 酢、醬（ひしお）、未醬（みそ）、くき（納豆） | 馴れ鮓、ししびしお（肉類の醬）、きたい（魚貝肉の干物）、すわやり（魚干物）、かつお（鰹節）、漬物、そ（乳製品） | |

**古墳時代の食品**

縄文時代にすでに食料になっているので古墳時代も引き続き口にしていたと考えられる。また正月に食べる供物の糯米《もちごめ》は古代でも常食だったらしい。

五穀として『古事記』は小豆《あずき》を取り上げているが事実、宮城県の古墳時代の人骨の歯から小豆かオオバユリと見られる澱粉《でんぷん》が検出されているから『記紀』の記述はそこそこ正しいようだ。

この表をざっと見るだけでも古墳時代の食事はバラエティに富んでいたと想像できる。加工品として並ぶ魚貝肉の干物などは貝柱の干したやつで、一杯やったと思えるではないか。なにしろ酒も各種揃《そろ》っていた様子だから。飲み過ぎた次の朝は重湯《おもゆ》で軽く済ませたのだろう。

加工品の「そ」は牛や羊の乳を煮詰めて濃くした漿《しる》のことで練乳だ。なんとも健康的で朝食にはもってこい。パンが欲しくなってくるぞ。

日本人の食事が日に三回になるのは鎌倉時代初期で古墳時代は朝夕の二回。古代に三食食べていたのはローマ人、ギリシア人だけ。イタリア方面は古くから食いしん坊だったのね。

**各地釜飯駅弁**

| 駅名 | 商品名 |
|---|---|
| 東海道本線浜松 | 浜の釜飯 |
| 中央本線甲府 | 武田陣中鍋めし |
| 中央本線小淵沢 | 山菜鶏釜めし、山のふもとのとり釜めし、炭火焼地鶏釜めし、あわびの釜めし |
| 東北本線仙台 | 鯨釜飯し |
| 信越本線横川 | 峠の釜めし |
| 信越本線長岡 | 火焔釜めし |
| 信越本線新津 | 越後釜めし(山の幸)、越後釜めし(海の幸) |
| 高山本線美濃太田 | 松茸の釜飯 |
| 山陰本線和田山 | こだわり釜めし |
| 上越線越後湯沢 | まんぷく釜めし |
| 篠ノ井線松本 | 安曇野釜めし |
| 飯田線飯田 | 伊那路山菜釜めし |

とはいえ、古墳時代の豪族も舌が相当に肥《こ》えていたに違いないけど。

「同じ釜の飯を食う」が、かなり古い時代の話だったとして「同じ釜飯《かまめし》を食う」となると話が違ってくる。釜飯は古墳時代からぐっと時代が下がって大正十二年、関東大震災の後、東京上野で行われた炊《た》き出《だ》しをヒントに浅草の女将《おかみ》が一人用の釜で客に出したのが始まりだそうな。

やがて釜飯は駅弁として重宝されるようになり、各地で今も人気を博している。ご存知の陶器の容器は食べた後も家で使うのに便利だからと台所の流しの下にひとつかふたつ転がっているものだ。ついでなので各地の釜飯駅弁を紹介しておく。

「同じ釜の飯を食う」がひとつ屋根の下で暮らすのに比べ、「同じ釜飯を食う」となると「袖摺《そです》り合うも多生《たしょう》の縁」とか「旅は道連れ」といったニュアンスが漂う。料理屋でたまたま同席になったとか、列車の旅で向かい合ったとかだ。

最初は黙礼する程度だったのが二人とも同じ釜飯駅弁を開いたので、「おや、同じですな」「ええ、これがうまそうと思いまして」なんて会話が交わされて話が弾《はず》みそうだ。

一方で起居《ききょ》をともにして食べるにしても臭《くさ》い飯ではまずい。刑務所の食事は朝、昼、晩の三食。喰《く》うに困ってお世話になり、食事にありつこうという輩《やから》もいるそうだ。

その臭い飯の内容というとご飯は白米と麦の混合。朝はご飯、味噌汁《みそしる》、漬け物。昼と夜は味噌汁に代わってオカズが二点加わるという。この食事は獄中労働の軽重に応じて五段階に分かれている。非常に重い作業の場合はカロリーが一番高いわけである。

昼と夜のオカズはというと焼き魚、コロッケ、肉じゃがなどの主菜にサラダが加わる。また服役している者が楽しみにしているのが祭日の三時に出る特食、チョコレートや饅頭《まんじゅう》、大福などのおやつである。ある証言では大阪刑務所で出される味噌汁は味が自慢の料亭もかなわないほどの絶品であるという。喰うに困ってどころか、味噌汁目当てにもぐりこむ奴《やつ》もいるのではないか。

我々はいろいろな機会に人と食事をする。どこで誰とどんな食事をともにするかは、その人物の人となりを示しているようである。

# 「江戸の敵を長崎で討つ」には興行収益三億円以上が必要。

【江戸の敵を長崎で討つ】江戸の地で自分をひどい目に合わせた相手に対して遠く離れた長崎で敵討ちするという意味。意外な場所や領域、筋違いのことで仕返しをすること。関係のないことをして気を晴らす場合にも使う

私はミステリー小説家である。ミステリーには多岐にわたる趣向があるが、古くから捕《とり》物帖《ものちょう》というジャンルが形成されている。岡本綺堂《おかもときどう》の『半七《はんしち》捕物帳』、久生十蘭《ひさおじゅうらん》の『顎十郎《あごじゅうろう》捕物帳』、ご存知、『銭形平次《ぜにがたへいじ》』に『人形佐七《にんぎょうさしち》』。

捕物帖とは岡《おか》っ引《ぴ》きの報告を受けて与力《よりき》や同心《どうしん》が町奉行所に上申すると書役が御用部屋の当座帳のようなものに内容を書き留めておく。この帳面を捕物帖といったそうな。今でいう事件簿のようなものらしい。

ことわざのように江戸の敵《かたき》を長崎で討《う》ったなら、江戸の関係者が長崎で起こした敵討ちのはずで、神田の岡っ引き、半七親分も帳面なり噂《うわさ》なりで見聞していたのではないだろうか。と思いきや「江戸の敵を長崎で討つ」とは本当の敵討ちではなく、見世物《みせもの》つまり興行界での話なのであった。

朝倉無聲《あさくらむせい》の『見世物研究』によると文政二年（一八一九）、浅草奥山で大坂の籠《かご》職人、一田庄七郎《いちだしょうしちろう》が巨大な小屋をかけた。十八間《けん》（三十二・七メートル）×七間（十二・七メートル）もあったのだから野球のダイヤモンド並みだ（公認野球規則より）。そこに半座するの

は『三国志《さんごくし》』でお馴染《なじ》みの中国の英傑、関羽《かんう》。像の高さが二丈《じょう》二尺《しゃく》、二丈六尺とも伝えられ、八メートル近い巨大なオブジェである。

この見世物は籠に使う竹を駆使した細工物で他にも赤鬼、麒麟《きりん》など合計二十五品目を並べ、大変な人気を博した。五十日間の興行で入場者三十万人、収益として千四百五十両、およそ三億円にのぼったらしい。この大ヒットに負けじと日本橋亀井町の籠職人、亀井斎が酒呑童子《しゅてんどうじ》の細工物で立ち向かったが一田の人気にはかなわなかった。

亀井町は古来より籠細工が名物、江戸っ子は歯ぎしりすることしきりだったが、そこへ東両国広小路に新たな小屋が現れる。長崎の細工職人がギヤマンで細工した灯籠《とうろう》とオランダ船の見世物だ。灯籠はガラス製とはいえ、高さ二丈二尺五寸、幅一丈三尺。こちらも八メートルほどの巨大な六角形に異国の風物が蜃気楼《しんきろう》のように灯火で浮かび上がる。船のギヤマン細工もからくり仕掛けの人形が口上に合わせてマストを登ってしゃちほこ立ちしたり、帆縄を綱渡りしたり、最後に石火矢《いしびや》を撃ったりする。これが一田の籠細工を凌駕《りょうが》するほど大当たりした。まさに江戸の職人が大坂に負けたが、その仇《かたき》を長崎が討ってくれたわけで「江戸の敵を長崎が討つ」と流行《はや》り言葉になったそうである。

関羽の籠細工（歌川国貞画）

生き馬の目を抜く興行界に比べて本当の敵討ちはというと江戸時代の記録に残っているもので百二十九件

## 敵討ちのいろいろ

| 敵討ちの種類 | 内容 |
|---|---|
| 後妻打ち（うわなりうち） | 妻を離縁した夫が1カ月以内に再婚した場合、前妻が予告の上で後妻に対して恨みを晴らす敵討ち。本当に命を狙うのではなく、前妻が女仲間に助っ人を頼んで後妻の家に押しかけ、竹刀で台所の物をこわして回る。 |
| さし腹 | 仇を名指しして自身は切腹をする。名指しされた相手は取り調べによって申し立てが正しいと判断された場合、切腹しなければならない。剣術に覚えがない者でも確実に敵討ちできる方法として有効だった。 |
| 太刀取り | 事情があって自身が敵討ちを実行できない人物に、仇が逮捕されて処刑される際に手を下させてやる。 |
| 妻敵討ち（めがたきうち） | 浮気した妻と相手に対する夫の制裁。密通した男女は死罪、2人を殺した夫は無罪となる法の適用から。 |
| 返り討ち | 敵討ちをされる側に認められた正当防衛。敵討ちは決闘であるため、罪に問われない。 |
| 再敵討ち（またがたきうち） | 討たれた敵の親族、返り討ちにあった射手の親族による敵討ちの繰り返しは許されない。 |

| 敵討ちが許される場合 | 敵討ちが許されない場合 |
|---|---|
| 子供が親の敵を討つ | 親が子供の敵を討つ |
| 被害者に子供がいない場合、弟が兄の敵を討つ | 兄が弟の敵を討つ |
| 被害者に子供、兄弟、孫がいない、または幼い場合、甥が叔父の敵を討つ | 被害者に子供、兄弟、孫がいない、または幼い場合、叔父が甥の敵を討つ |
| 被害者に親類がいない場合、門弟が師匠、家来が主、友人が敵を討つ | 被害者に親類がいるにもかかわらず、門弟が師匠、家来が主、友人が敵を討つ。また師匠が門弟、主が家来の敵を討つ |
| | 敵に近づく目的で家来や奉公人になり、機会をうかがって討つのは禁止。敵でも主従関係を結べば主であり、主殺しは封建制度では大罪 |

## 敵討ちのステップ

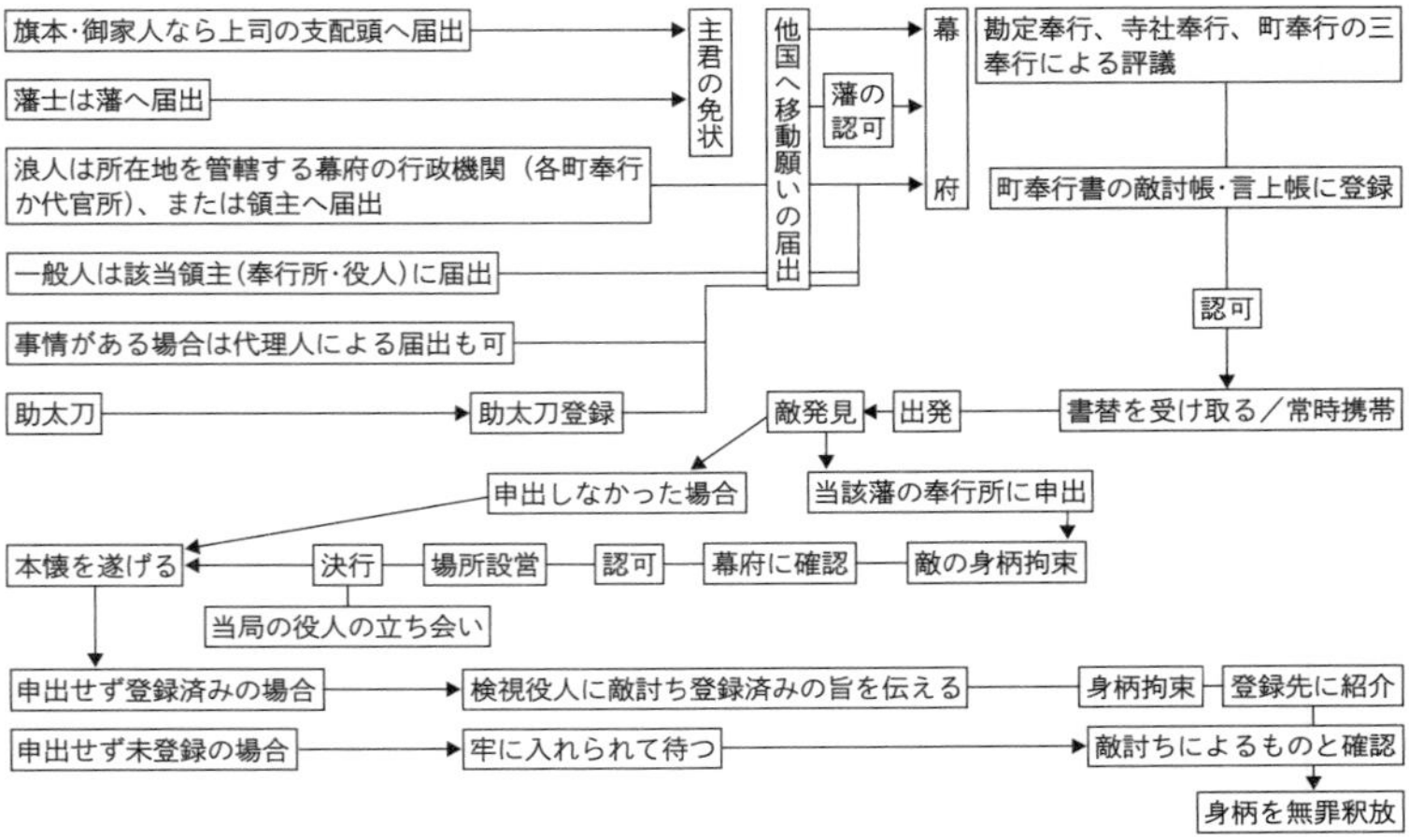

という。はて、お江戸二百五十年のタイムスパンにしては少ないぞ。むろん都合があって公《おおやけ》にできないケースも多かっただろうが、めったやたらと斬《き》り合っていたわけではなさそうだ。何か理由があるのだろうか。そこで調べてみた。

どうも敵討ちの記録件数が少ないのは、許可制だったかららしい。しかも手続きが煩雑《はんざつ》で各自治体（藩）によって規定も異なっていた（薩摩《さつま》・土佐《とさ》藩は禁止）。つまり敵を求めて各地を旅する場合、行政手続き、各種条例に明るくないと敵討ちは難しいのである。

これは困ったことになった。というのもあなたは、ひょんなことから、今、江戸時代にタイムスリップし、長崎で敵討ちを遂行しなければならない状態なのだ。

まず何から手を付ければよいのか。むろん敵討ちの許可申請である。幕府が認める敵討ちは父母（養子縁組も含む）

| 茶屋メニュー | | |
|---|---|---|
| 団子1本4文（約100円） | 大福餅1個4文（約100円） | 甘酒1杯8文（約200円） |
| おむすび1個2文（約50円） | とろろ飯1杯32文（約800円） | そば・うどん1杯16文（約400円） |
| 酒／松（最上級）1合40文（約1000円） | 酒／梅（上級）1合20文（約500円） | 酒／梅（並）1合10文（約250円） |
| ※おつまみ＋酒2合で40から60文（約1000～1500円） | | |
| ※注文した場合、お茶はサービス | | |

| 旅籠 | 例1　中山道垂井宿丸亀屋 | | 例2　東海道新居宿紀伊国屋 | |
|---|---|---|---|---|
| 夕食 | 飯 | （汁）干大根 | 飯 | （汁）大根切干 |
| | （皿）筍、卵とじ | （焼物）塩ボラ | （皿）ぼら、焼き豆腐、にんじん | （鉢）うなぎ |
| | | | （皿）あさり貝、かんてんの酢醤油かけ | |
| 朝食 | 飯 | （汁）豆腐 | 飯 | （汁）刻み大根 |
| | （皿）ワラビ、麩、ふき、椎茸、焼き豆腐 | （焼物）塩ブリ | （皿）八杯豆腐 | （焼物）かれい |
| | | | （猪口）揚げ豆腐、角大根 | |

【東海道】

日本橋—品川—川崎—神奈川—保土ヶ谷—◎戸塚—藤沢—平塚—大磯—◎小田原—箱根—三島—◎沼津—原—吉原—蒲原—◎由比—興津—江尻—府中—鞠子—◎岡部—藤枝—島田—金谷—日坂—◎掛川

【山陽道】

三条大橋—羅生門—山崎—芥川—郡山—瀬川—◎昆陽—西宮—◎大蔵谷—加古川—御着—◎姫路—正條—片島—◎有年—三石—片上—◎藤井—岡山—板倉—◎川辺—矢掛—七日市—高屋—◎神辺—今津

【長崎街道】

赤間関—大里—小倉—黒崎—◎木屋瀬—飯塚—◎内野—山家—原田—田代—轟木—◎中原—神埼—境原—佐賀—牛津—◎小田—北方—塚崎—◎嬉野—彼杵—松原—大村—◎永昌—矢上—日見

や兄・姉など自身より目上の直系親族（直系尊属）が殺害された場合に限られ、当時、目下となる妻子・弟・妹（直系卑属）は対象外。

武士は親族の他に門弟、家来、友人が討手になれた。庶民も認可は困難だが敵討ちが可能で多くは無認可で決行し、後日確認で無罪となったそうである。

敵討ちの規定、手続き、その他は行政書士が必要なほど複雑なので表にまとめておく。敵討ちをやってもよい場所も決められていて、廓内《かくない》や神社仏閣では禁じられていた。

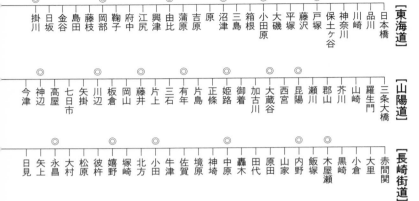

さてそれでは江戸時代にタイムスリップしたあなたは、手続き後、敵討ちの旅の計画を練る。まず江戸から長崎までは経路によるが約千四百キロだ。当時の旅は健脚の人なら日に四十キロ歩いたという。それに準じるなら、あなたの旅は三十五泊する必要がある。

行程は江戸日本橋を出発、東海道、山陽道、

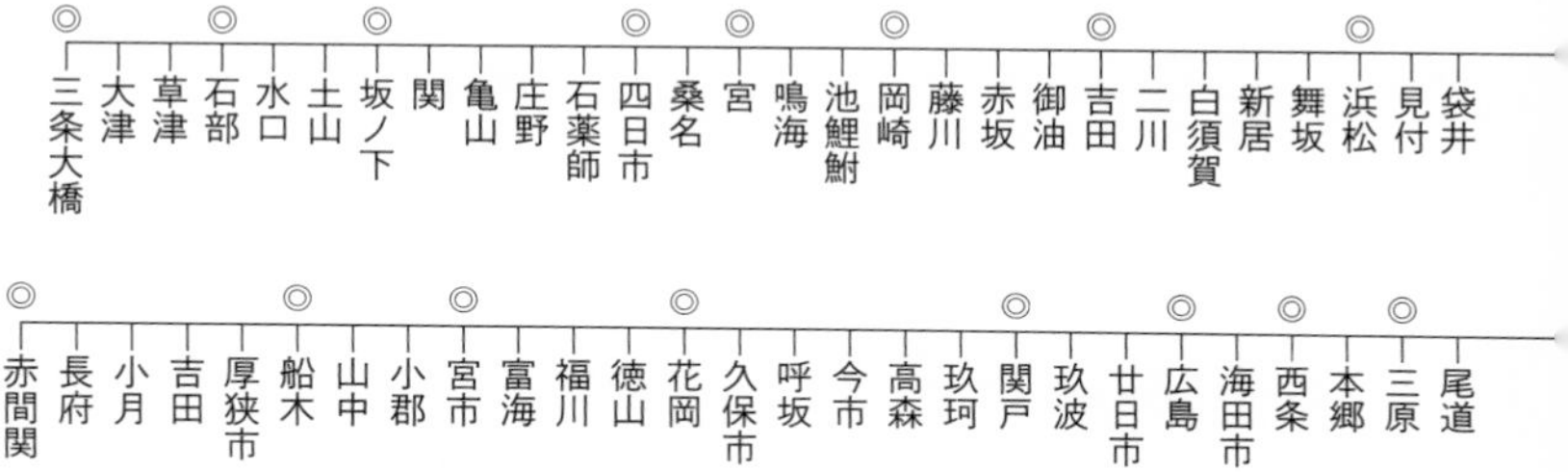

**江戸長崎間旅費**

宿　代　35 日 ×200 文（最低料金で統一）＝7000 文
茶　屋　35 日 ×2 文（おむすびで統一）＝70 文
渡し賃　10 回 ×3 文＝30 文
合　計　7100 文＝17 万 7500 円
（長崎街道の渡し賃が不明のため、渡し賃は 10 回×3 文で算出）

長崎街道で長崎奉行所のあった市内まで。街道地図からあなたは約四十キロ間隔で宿場町をピックアップし、上図のようにまとめた。

むろん腹が減っては戦《いくさ》はできぬ。したがって食事は日に三度とることとする。当時の旅籠《はたご》は一泊二百～三百文《もん》（約五千～七千五百円）で朝夕食付き。各食一汁《じゅう》二、三菜《さい》が平均的である。昼食は途中の茶屋でとる。

敵討ちの旅だけに飲むは別として、打つ買うは慎《つつし》むべきだろう。となると楽しみは食事だけだ。毎日同じではあきるから、どんなものが食えるかも223ページの表に。

こうしてあなたはお江戸日本橋を出発。敵討ち成就《じょうじゅ》の祈願も欠かせないので事前に神田明神《かんだみょうじん》参拝、鎌倉で大仏祈願。静岡で富士が見えたら手を合わせ、京都で八坂《やさか》神社にお願い。ついでに西宮戎《にしのみやえびす》で商売繁盛《はんじょう》。岡山といえば吉備津《きびつ》神社。広島は厳島《いつくしま》神社。そのままずんずん進んで九州入り。太宰府《だざいふ》天満宮《てんまんぐう》で最終祈願。

　こうして長崎に到着したあなたは、やっとのことで風の噂に聞いた敵を見つけることができた。そこで表内にあるように役所に敵討ちの申し出をすることになる。

　するとありがたいことに役所は敵を拘束《こうそく》し、事実確認の後、決行の段取りを取ってくれる。なんと竹矢来を組んだスペースと立会人を用意してくれ、大勢の見物客が見守る中、いざ尋常《じんじょう》に勝負。この日のためにお玉《たま》が池《いけ》の道場に学び、これぞ師範より賜《たまわ》った小松五郎《こまつごろう》義兼《よしかね》が鍛えし業物《わざもの》、目にも見よ。と一閃《いっせん》。おお、見事に本懐《ほんかい》を遂げたぞ。これで一安心、奉行所で「帳消し」の手続きを終えて敵討ち終了だ。

　ああ、長い旅だった。何度もくじけそうになったが、歯を食いしばった。自分で自分を褒《ほ》めてやりたい。いえいえ、あなた。忘れないで欲しい。あなたの敵討ちを裏でそっと支えてくれた人々がいるのだ。それは半七ら岡っ引き。

　討ち手本人や相手の身元確認、届出の有無《うむ》、書状のやり取り、場合によっては立ち会いをするなどの実務は彼らが担《にな》うのである。もし「江戸の敵を長崎で討つ」ことになれば、現地に出張し、相手の捕縛《ほばく》、決闘場の設営管理と大捕物である。人口百万人の江戸に対して岡っ引きは五百人。忙しい中、尽力してくれた彼らこそ本当の助太刀《すけだち》だろう。

　敵討ちの最長例は五十三年後という。七歳のときに母親を殺害された女性が五十九歳で本懐を遂げる。七歳の身空《みそら》でよく相手の顔を覚えていたものである。そして五十三年間、なんともなかった討たれたほうはびっくりしただろうなあ。

# あとがき

終わりよければすべてよしという。ここまで我々はことわざや故事成語をざっと見てきたわけだが、本書も立つ鳥跡《あと》を濁《にご》さず、画龍点睛《てんせい》を欠くようではいけない。うん？　待てよ。画龍点睛を欠くとは、そもそもどんな状態を述べているのか。そこで調べてみた。画龍は絵の龍、点睛の睛とは瞳《ひとみ》のこと。なんでも中国の絵の名人である張僧繇《ちょうそうよう》さんが、お寺の壁に龍を描き、「眼《め》を入れると逃げちゃうんだよな」とか言いながら、最後に書き足したらその龍が天に昇っていったそうな。つまりそれほど迫真の絵だったと言いたいわけである。となるとその龍の瞳がどんなだったか。見てみたいですよね。龍は逃げたし、問題のお寺の場所も判然としていないそうだが、張さんの他の龍があった。ただし掲載するには不確定要素があるので、跡を濁すが皆さんもネットでどうぞ。なるほど確かに目が点です。さてはて、ここまでもそうだが、このあとがきでも日頃何げなく口にしている言い回しをいかに私が曖昧《あいまい》にしているか身に染みた。できるだけ隅《すみ》にいよっと。ちなみに画龍点睛は「がりょう」と読む。私は今まで「がりゅう」と読んでいた。とほほ。

浅暮三文

## 主要参考資料

**《書籍・ムック・雑誌・論文》**坪内逍遙『当世書生気質』岩波文庫／菅原健介『羞恥心はどこへ消えた？』光文社新書／池田譲『タコの知性　その感覚と思考』朝日新書／中町泰子監修『日本の占い・まじない図鑑』2、3　ミネルヴァ書房／藤田祐樹『ハトはなぜ首を振って歩くのか』岩波科学ライブラリー／北代司『誰も教えてくれない完全ムショ暮らしマニュアル』KKベストセラーズ／「歴史と旅」増刊『もっと知りたい神と仏の信仰事典』秋田書店／コンラート・ローレンツ著、日高敏隆訳『ソロモンの指環―動物行動学入門』ハヤカワ文庫／アンドリュー・パーカー著、渡辺政隆・今西康子訳『眼の誕生』草思社／マウリツィオ・ボンジャンニ著、増井久代訳『万有ガイド・シリーズ15　馬の百科』小学館／ライアル・ワトソン著、木幡和枝訳『風の博物誌』河出書房新社／日本ことわざ文化学会編、時田昌瑞・山口政信監修『世界ことわざ比較辞典』岩波書店／三省堂編修所編『新明解故事ことわざ辞典』三省堂／折井英治編『暮らしの中のことわざ辞典』集英社／「日経サイエンス」2016年6月号／福島直〈『コロンブスの卵』各国版〉「東京大学理学部廣報」1992年10月号／倉重祐二〈西洋シャクナゲ〉「新潟経済社会リサーチセンター月報」2011年5月号／山根一郎〈「驚き」の現象学〉「椙山女学園大学研究論集」第36号（2005年）／野口衛〈薬の来た道進む道〉「薬学図書館」1989年第3号／成沢慎一〈天然ゴムの歴史〉「日本ゴム協会誌」1982年10月号／山元啓史〈歌ことば「橘」「梅」「桜」における関連対の抽出〉人文科学とコンピューターシンポジウム論文2017年12月／伏木亨〈やみつきを支配する旨味の科学〉NPO法人近畿アグリハイテク2009年講演会要旨

**《メーカー、各種ウェブサイト》**伊藤園／オムロン／上野凮月堂／無印良品／ミサワホーム／三井住友トラスト不動産／内田樹の研究室／国分寺市／長門市／兵庫北播磨観光／農林水産省／東京消防庁／海上保安庁／Osaka Metro／大阪本場青果協同組合／郡山市ふれあい科学館／東京国立博物館／国立天文台／富士山本宮浅間大社／み熊野ねっと／百舌鳥・古市古墳群／レファレンス協同データベース／名字由来net／国際輪投げ協会／JAF／JRA／リアライズネット／東京農業大学「食と農」の博物館／日本豆腐協会／日本転倒予防学会／乗馬クラブクレイン／LOVEGREEN／YAMA HACK／KYOTO SIDE／Ofee心理学と雑学のまとめ／脳科学辞典／DANDELIONGAMEBLOG／ハイブリッドな生活／尊い東京の姿／きになるうさみみ／BARCELONANDO／Discover江戸旧蹟を歩く／足立区全店制覇男のさらなるお蕎麦屋さんめぐり／「定滑車・動滑車・組み合せ滑車」shun_eiのnote／やまもりのブログ「中国の身長変遷史4」／古代ローマライブラリー「ケーナでの晩餐について」／NAVERまとめ「グルメすぎる古代ローマ人が食べていた衝撃の動物食」／NAVERまとめ「楊貴妃が太っていたというのは嘘」

※その他、各種辞書類、ニュースサイトおよびWeb検索サービス等を参照した。



## 本文画像提供

PIXTA（P42上、P47、P57、P59、P63、P74、P99、P101右、P105、P119、P121、P151、P165中、P169、P170、P205）／iStock（P114、P115、P140、P145、P165下、P179）／フォトライブラリー（P81左、P101左）／登屋本店・渡邊佐平商店（P42中）／大江観光株式会社・新治製菓舗（P42下）／東京大学史料編纂所所蔵模写（P93・加藤嘉明像のみ藤栄神社所蔵）／Flickr（P77・photo by Kathrin Mezger、P83・photo by Christopher）／Joachim Müllerchen（P165上・https://upload.wikimedia.org/wikipedia/commons/5/5b/Danewerk.JPG）／Classical Numismatic Group, Inc.〈http://www.cngcoins.com〉（P208）／国立国会図書館（P11・「新板大江戸名物双六」より、P61・『古今狂歌袋』より）

七転《ななころ》びなのに八起《やお》きできるわけ
2021年10月10日　第1刷発行

著者
浅暮三文《あさぐれみつふみ》

発行者
富澤凡子

発行所
柏書房株式会社
東京都文京区本郷2-15-13（〒113-0033）
電話（03）3830-1891［営業］
（03）3830-1894［編集］

DTP
株式会社キャップス

印刷
萩原印刷株式会社

製本
株式会社ブックアート


ISBN978-4-7601-5406-7